キャラメル・ピーカンロールは浮気する

ジョアン・フルーク
上條ひろみ 訳

CARAMEL PECAN ROLL MURDER
by Joanne Fluke
Translation by Hiromi Kamijo

CARAMEL PECAN ROLL MURDER
by Joanne Fluke

Japanese translation published by arrangement with Kensington Publishing Corp.
through The English Agency (Japan) Ltd.

Published by K.K. HarperCollins Japan, 2025

この本を友人のリンダ・ラファエル・ジェサップに捧げる
あなたに会いたいわ、リン！

キャラメル・ピーカンロールは浮気する

CARAMEL PECAN ROLL MURDER

おもな登場人物

ハンナ・スウェンセン――〈クッキー・ジャー〉経営者
アンドリア・トッド――ハンナのすぐ下の妹
ビル・トッド――アンドリアの夫。保安官
ミシェル・スウェンセン――ハンナの一番下の妹
ドロレス・ナイト――ハンナの母。ロマンス作家
ノーマン・ローズ――ハンナの友人。歯科医
マイク・キングストン――ハンナの友人。保安官助手
ロニー・マーフィー――ミシェルのボーイフレンド。マイクの部下
サリー・ラーフリン――〈レイク・エデン・イン〉オーナー
ディック・ラーフリン――〈レイク・エデン・イン〉オーナー
ローザ――〈レイク・エデン・イン〉従業員
ウォリー・ウォレス――実業家
ソニー・バウマン――釣り番組の人気出演者
ジョーイ・ズィー――ソニーのアシスタント
リリー・ウォレス――ウォリーの娘。ソニーの婚約者
ジャネット・ウォレス――ウォリーの妻

1

　ハンナ・スウェンセンは、バタースコッチ・ディライト・クッキーの最後の天板を業務用オーブンから取り出して、ラックの棚に置いた。ベーカリー兼コーヒーショップ〈クッキー・ジャー〉の店頭用にクッキーを焼く朝の作業はもうすぐ終わる。厨房の壁の時計を見ると、本日必要なクッキーを焼き終えるまえに、元気をくれるコーヒーを一杯飲む時間はたっぷりありそうだった。

　コーヒーを注いでいると、壁の電話が鳴った。共同経営者のリサ・ビースマンかリサのおばのナンシーが出てくれるのを待たずに、自分で出ることにした。「〈クッキー・ジャー〉のハンナです」

「ハンナ！」電話をしてきた男性はわずかに息を切らしていた。「今朝アールはコーヒーを飲みにきてる？」

「待って、マイク。確認するから」電話はウィネトカ郡保安官事務所の保安官助手、マイク・キングストンからだった。「何かあったの？」

「そうなんだよ！　ハイウェイが混乱状態で、アールの牽引車が必要なんだ」

「衝突事故？」

「ああ、それも一件じゃない。フィッシングボートを積んだどこかのばかが、〈コーナー・タヴァーン〉から鋭角に出てきたんだ。スピードを出しすぎていたアイオワから来た車がそれにぶつかり、そこにまた別の車がぶつかった。ロニーとぼくで急いでなんとかしないとさらに増えそうだ」

「ちょっと待って。アールが来てるか見てくる」ハンナは急いで厨房をあとにし、コーヒーショップにつづくレストランスタイルのスイングドアを押し開けた。アール・フレンズバーグとその妻のキャリーは、奥のテーブルでコーヒーを飲みながらハンナの焼きたてのお菓子を楽しんでいた。アールに合図して厨房に呼び、やってきた彼に受話器をわたした。

「マイクからよ。ハイウェイでトラブルですって」

「何があった？」アールは受話器を受け取って尋ねた。しばし耳を傾けたあと、小さくうなずく。「オーケー、わかった。キャリーと来ているからふたりで向かうよ」

もう少し話してから、アールはハンナに受話器を返した。「ディガーがここにいるかどうか、マイクが知りたがっていた。いると伝えたら、彼にも来てほしいそうだ」

ハンナは身震いした。この寒気は厨房の温度とは関係ない。「だれか亡くなったの？」

アールは首を振った。「そうじゃない。ミネアポリスからの交通量を緩和するために、ディガーに霊柩車で来てもらいたいらしい」

　ハンナはすぐに理解した。ディガー・ギブソンは地元の葬儀屋で、路上の大きな黒い霊柩車は、人間の死が避けられないことを実感させる。ディガーの霊柩車を見ると、ドライバーは車のスピードを落とし、より慎重に運転するようになるのだ。ミネソタ・ハイウェイ・パトロールは、毎年釣りのシーズンがはじまるとディガーに電話し、ディガーはシーズンの初日にミネアポリスからレイク・エデンまで霊柩車で何往復もして、ドライバーのスピードを落とさせ、事故を回避させていた。今年は公式に釣りシーズンがはじまる初日のハイウェイのパトロールのほかに、その一週間まえから〈レイク・エデン・イン〉で開催されるウォールアイ・フィッシング・トーナメントでも役目を果たすことになりそうだ。

「大きいポットにコーヒーを用意するようリサにたのみましょうか？」ハンナはアールにきいた。「ここにあるクッキーも包むから、キャリーと出るとき持っていって」

（ウォールアイはスズキ目パーチ科の大型淡水魚）。

「ありがたい」アールはそう言って、コーヒーショップに戻っていった。

　ハンナはクッキーを包みながら、フィッシング・トーナメントのことを思った。トーナメントがはじまるのは明日だが、早めに訪れる参加者もいるのだろう。今は〈レイク・エデン・イン〉の客足が伸びない時期で、オーナーであるサリーとディックのラーフリン夫妻は、フィッシング・トーナメント開催地にその時期の自分たちのホテルを選んでくれたウォリー・ウォレスに感謝していることをハンナは知っていた。

ウォリーは事実上ミネソタの伝説だった。彼は義理の父親からボート製造ビジネスを引き継ぎ、成功させた。〈ウォレス船舶〉は高収益企業であり、オリジナルブランドのウォリー・ボートは国じゅうで人気のフィッシングボートだ。ウォリーはフィッシングボートで成功すると、スポーツ用品のチェーン店を開き、全国的に評判になった。ウォリーのスポーツ用品店の本店は、ミネソタを訪れる観光客の目的地のひとつだった。

ウォリー・ウォレスは自身の高い評判と、実業界の実力者でいるのには責任がともなうことを理解していた。慈善に資金を使い、大学の奨学金を出し、ミネソタの若者たちに数え切れないほど初心者向けの仕事を提供し、スポーツイベントのスポンサーになった。地元高校のフットボールチーム、ジョーダン高校ガルズが新しいユニフォームと装具を必要としていたときは、ウォリーに手紙を出しただけで、デザインされたユニフォームが送られてきた。もちろん、ユニフォームの背中には〈ウォリー・スポーツ〉のロゴがついていたが、それは当然のことだった。

ウォリーの寛大さのせいで、ミネソタのだれもが彼のためにいくぶんルールを曲げた。ウォリーがたのめば、たいていのことは許された。つい最近も、彼主催のウォールアイ・フィッシング・トーナメントに参加申しこみをした人全員が、通常より早く釣りのライセンスをもらえるようになった。といっても、トーナメントの期間およびエデン湖での釣りにかぎり有効のライセンスではあるが。

　もちろんウォリーのトーナメントは宣伝もぬかりなく、ハンナが聞いたところでは、インは満室に近いということだった。

　ハンナは袋詰めしたクッキーを店頭のリサとナンシーのところに持っていった。そのあと、本日のクッキー作りに戻った。

　デニッシュに使うパフペストリー生地はすぐに解凍できた。延ばして必要なサイズに切り分けた生地を天板にならべ、レモンカード作りに取りかかる。本日のスペシャルはレモンデニッシュで、ハンナは早く試食したくてたまらなかった。

　レシピノートをめくって曽祖母エルサのレシピのページを開き、そこに書かれている手順を読んだ。デニッシュ生地にレモンカードを詰めて焼き、その上に粉砂糖のフロスティングを少量たらす、というものだ。

　レモンカードを作るのは簡単だった。鍋を火からおろし、最後にひと混ぜしたとき、裏口のドアをノックする音がした。

「ノーマンね」ハンナはノックの特徴に気づいて言った。そして、マイクとロニーにうるさく言われて設置したのぞき穴を確認せずにドアを開けた。「さあ、はいって」

「ほんの少ししかいられないんだ」ノーマンはそう言ってドアの横のフックに上着をかけ、作業台に行ってお気に入りのスツールに座った。

「コーヒーを飲む時間はある?」

「一杯なら。マイクに持っていくクッキーを取りにきたんだ」

「それなら急ぐことないわ。マイクに届けるクッキーならもうアールとキャリーにわたしたから」

「それはマイクも知ってるよ。でも、彼からもっと持ってきてほしいと電話があった。さらに四台の車が追突してしまったんだ。かなり大規模な事故現場になってきている」

「あらまあ!」ハンナはノーマンのためにコーヒーを注ぎ、彼に持たせるクッキーを見つくろうために業務用ラックに向かった。「大けがをした人はいるの?」

「今のところその報告はない。でもマイクは状況が悪化することを心配していた」

「その可能性はつねにあるものね」ハンナはラックからクッキーのトレーを何枚か引き出し、袋詰めをはじめた。「マイクはコーヒーをもっとほしがってた?」

「あっても悪くないと言っていた。リサに伝えてくるよ」

「オーケー」ハンナはマイクに持っていくクッキーの袋詰めを終え、ノーマンのためにも半ダース用意した。振り向いて厨房の窓の外を見たあと、ハンナの顔がくもった。

「どうしたの?」コーヒーショップから戻ってきたノーマンがきいた。

「外は雨みたい」

「知ってる」

「止むといいけど」

「マイクもそう言ってた。事故現場では雨がいちばん困るからね」ノーマンは作業台のスツールに戻ってきてコーヒーのカップを手にした。「今朝は早かったんだね。朝ひとりだと寂しいよ、ハンナ。きみがそばにいることにすっかり慣れちゃったから」

　頭のなかで警報が鳴り、ハンナは何も言わないことにした。ノーマンの家は居心地がよくて快適だし、主寝室の暖炉も気に入っていた。だが、彼の家に滞在するのは一時的なもので、自宅のアパートが恋しかった。ノーマンを客用寝室に追いやっているのも申し訳ない気分だった。ハンナとモシェの悪い記憶が薄れさえすれば、また自宅に戻れるだろう。

「猫たちに食事をさせてくれた？」彼女は作業台にクッキーの皿を運び、ステンレスの台の上に置きながら尋ねた。

「もちろんさ。モシェが食事の時間を忘れさせてくれないからね！　考えてみるとカドルズもだな。あの子はモシェからいくつか技を習ったようだよ。時間どおりに食事をあげないと機嫌が悪いから」

　ハンナは微笑んだ。彼女の飼い猫で体重が十キロもあるモシェは、朝食を出すのが遅れるとうなり声をあげるのだ。飼い主が仕事から戻ったときはおやつも要求した。寝るまえのおやつは魚の形のサーモン風味のカリカリで、日々の食事はツナとサーモンだ。「わたしたち、二匹ともわがままに育てちゃったわね」

「そうだね」ノーマンはクッキーに手を伸ばした。「これは何クッキーだい、ハンナ？」

「バタースコッチ・ディライト・クッキーよ」

「アイシングがかかっていてきれいだね」ノーマンはクッキーをかじってにっこりした。

「うん、すごくおいしい！　残りは持ってかえっていいかな？」

「いいわよ。自分のぶんは確保して、マイクに全部食べられないようにしてね」

「そうするよ。リサからコーヒーを受け取ったら、ハイウェイに向かう。今夜、閉店後に迎えにこようか？」

「ええ、お願い。仕事が終わったら来て」

「夕食は家で？　それとも外食にする？」

ハンナは眉をひそめかけた。これではまるで家族みたいだ。ノーマンの家に泊めてもらうようになってもう三週間になるし、そろそろ先のことを考えなければならない。

「ハンバーガーが食べたいな」ノーマンが言った。「ローズのカフェのパティメルトはどう？」

「いいわね」ハンナはすぐに同意した。

「コーヒーとクッキーをありがとう、ハンナ。じゃあ、またあとで」ノーマンは上着を取って身につけると、裏口のドアを開けた。「四時までに来るよ」

「わかった」ハンナは言った。

　ノーマンが行ってしまうと、ハンナはクッキーを焼く作業に戻った。レモンカードは充分に冷めていた。クリームチーズはもう生地にのせてあるので、つぎに必要なのはレモンカードだ。レモンカードをのせたあと、生地の四隅を折り返し、卵液を塗ってグラニュー糖を振りかけた。焼くのにそれほど時間はかからず、三十分もしないうちに焼き終えていた。かなり大量のクッキーを事故現場に届けたので、もっと焼くべきなのだが、そのまえにコーヒーを一杯飲みたかった。コーヒーを注ぐと、作業台に戻ってお気に入りのスツールに座り、長いため息をついた。昨夜はよく眠れなかったので疲れていた。少しのあいだ目を休めてもいいかもしれない。そのあとでつぎに焼くクッキーを決めよう。

作り方

① 耐熱ボウルに有塩バターを入れ、電子レンジ（強）で
1分加熱したあと、さらに1分待ってから取り出す。
バターがとけていなければさらに20秒加熱して20秒おく。
とけたら取り出して冷ましておく。

② 電動ミキサーのボウルにグラニュー糖、ブラウンシュガー、
塩を入れ、低速で混ぜる。

③ 低速のままバニラエキストラクト、ベーキングソーダ、
ベーキングパウダーを順に加え、よく混ぜる。

④ とき卵を加えてよく混ぜ、ミキサーを切って
ボウルの内側をこそげる。

⑤ ①のとかしたバターを加え、低速でよく混ぜる。

⑥ 中力粉を半カップずつ加え、その都度よくかき混ぜる。

⑦ ミキサーを切ってボウルの内側をこそげ、
ボウルをミキサーからはずす。

⑧ バタースコッチチップをスプーンで混ぜこみ、
最後にひと混ぜする。

⑨ ボウルにラップをかけて冷蔵庫に入れ、
少なくとも45分冷やす（ひと晩でもよい）。

⑩ クッキーを焼く準備ができたら、オーブンを190℃に予熱する。

⑪ 冷蔵庫から生地を出し、スプーンか容量小さじ2の
スクーパーを使ってボール状にした生地を、
用意した天板に間隔をあけてならべる。

バタースコッチ・ディライト・クッキー

材料 ●米国の1カップは約240cc

有塩バター……227グラム

グラニュー糖……2/3カップ

ブラウンシュガー……2/3カップ（きっちり詰めて量る）

塩……小さじ1

バニラエキストラクト……小さじ2

ベーキングソーダ（重曹）……小さじ1/2

ベーキングパウダー……小さじ1

とき卵……大2個分（グラスに入れてフォークで混ぜる）

中力粉……3カップ（きっちり詰めて量る）

バタースコッチチップ……2カップ
（340グラム入り1袋。わたしは〈ネスレ〉のものを使用）

ハンナのメモその1：
手で混ぜてもできるが、電動ミキサーを使うほうが楽。

準備：
天板に〈パム〉などのノンスティックオイルをスプレーする。
またはオーブンペーパーを敷く。

粉砂糖のドリズル

材料

粉砂糖……1カップ(きっちり詰めて量る)

バニラエキストラクト……小さじ1

牛乳……大さじ2〜4

作り方

① ボウルに粉砂糖とバニラエキストラクトを入れ、
牛乳大さじ2を加えて、たらすのにちょうどいい固さに
なるまでかき混ぜる。ゆるすぎるときは粉砂糖を追加する。

② 冷ましたクッキーにスプーンでたらす。
絞り袋を使ってもいいし、スクイーズボトルのノズルから
たらしてもいい。

ハンナのメモ:
ある程度の年齢の方なら、カウンター席やダイナーにあった
詰め替えられるマスタードとケチャップのスクイーズボトルを
覚えているかもしれない。同様のボトルは〈スマート&ファイナル〉などの
調理器具コーナーで買うことができる。
あとはふたを開けてドリズルを入れ、ノズルの先端を切り取って、
クッキーの上に絞るだけ。

⑫ 190℃のオーブンで10～14分焼く（わたしの場合は12分）。

⑬ クッキーが焼けたらオーブンから取り出し、天板のまま少なくとも3分冷ましたあと、ワイヤーラックに移して完全に冷ます。

だれもが好きになるバタースコッチ味のソフトクッキー、
2.5ダースから3ダース分。

ハンナのメモその2：
このクッキーはそのままでもおいしいが、
少しデコレーションしたければ、
粉砂糖のドリズルを作って少量たらす。
粉砂糖のドリズルのレシピは次ページへ。

2

それはハンナの人生のこの数カ月を映画にしたもので、彼女は見たくなかった。いやでたまらないにもかかわらず、無人の映画館にはいって席に着いた。映画のサウンドトラックは彼女のお気に入りの曲、ふたりの曲だと思っていたものだ。涙がこみあげたが、頬を伝うほどではなかった。

ふたりはラスベガスのホテルのバルコニーに立っており、温かい彼の腕に包まれているのに、彼女はかすかに震えていた。静かだった。夜明けまえ特有の静けさだ。陽が昇ろうとしていたが、空は暗く、インクの黒、喪失の黒、究極の悲劇の黒だった。

そして、ほとんどわからないくらいにゆっくりと、地平線がほのかに色づきはじめた。太陽が昇る準備をしていた。それと同時にその日の悲しみがやってくる。彼を見送るために空港に行くと約束したその日の。

「日の出を見るのが好きなんだ」彼は静かに言った。「復活のようだから。すべてがまた新しくまっさらになって、過去の失敗を忘れられる。がんばれば、人生最良の日にできると思えるんだ」

　ハンナは何も言わなかった。ことばは必要なかった。ただ向きを変えて彼にキスした。すると音楽が大きくなって、つぎの場面に移った。

　もう一度キスをしたあと、涙がこぼれそうになっている彼女を残して、彼は保安検査場を通り抜けようとしていた。彼女はしばらく脚を動かせずにそのままそこに立ち尽くしたあと、やっと背を向けた。彼は行ってしまい、彼女は寂しかった。

「すみません、お客さま」ロスが靴と手荷物が来るのを待つあいだに話をしていた、アメリカ運輸保安局職員が近づいてきた。「いっしょに来てください」

「いっしょに行くって……どこに？」

「スキャナーのところです」

「でも……わたしはどこかに行くわけじゃないんです。見送りにきただけで……」そのとき、スキャナーの向こう側にロスが見えた。「あの人です、彼を空港まで送ってきたんです。何があったんですか？」

「大丈夫です」職員は笑顔で言った。「とにかく、ついてきてください」

　ロスが彼女を手招きしていた。ＴＳＡ職員についていくことを彼が望んでいるなら、そうするまでだ。

　職員はハンナをスキャナーまで連れていき、戻ってくるようロスに手招きした。「急いでください」彼はロスに言った。「あと十分で飛行機が出ます」

ロスは急いでスキャナーを通り抜けてくると、ハンナを抱きしめた。「きみにこれをきかずに行くことはできない」

「何をきき忘れたの？」

ロスはハンナの両手を取ってひざまずいた。「ハンナ・ルイーズ・スウェンセン……ぼくと結婚してくれるかい？」

「まあ！」ハンナは息をのんだ。突然、膝が震えだし、彼のそばの床に膝をついていた。腕がまわされ、唇が重なる。ハンナはこれまでの人生でこれほどの幸せを感じたことはなかった。

キスは永遠につづくかに思われたが、不意に拍手が聞こえてきた。顔をあげると、ＴＳＡ職員たちに囲まれて、拍手をされていた。

繰り返されるふたりの歌の音が大きくなり、ハンナがなんとかのどのつかえをのみこむと、また場面が変わった。それはハンナの結婚式の日で、彼女はごみ収集車の後部にある大型ごみ容器（ダンプスター）のなかにいた。彼女をつぎの犠牲者にしようとした殺人者から身を隠していたからだ。ウェディングドレスを着る時間も、ミシェルとアンドリアにヘアメイクをしてもらう時間も、デザートシェフ・コンテストに優勝して獲得したメキシカン・リヴィエラへのクルーズ旅行のための荷造りをする時間もなかった。

もちろんマイクは来てくれた。彼はごみ収集車を停め、運転手と力を合わせてダンプスターのなかからハンナを救出し、彼女はバターの包み紙やスパゲティソースや、さまざまなよくわからない食品にまみれたジーンズとスウェットシャツ姿で、教会の通路を走った。ハンナはグランマ・ニュードスンのコメントをまだ覚えていた。「わたしたちのハンナがやってくれました」と彼女は言ったのだ。教会にいた人びとは笑い、グランマ・ニュードスンは教会の地下に彼らを移動させてコーヒーとクッキーでもてなし、アンドリアとミシェルと姉妹の母は、ハンナの体をきれいにしてロスの花嫁になる準備をさせるために牧師館に連れていった。

ハネムーンはすばらしかった。初めて見るもの、訪れる場所、食べるもの、愛とよろこびの長い夜があった。こんなに幸せでいいのだろうかと思ったのを覚えている。だが、その幸せはつづかなかった。少なくとも、それほど長くは。

結婚して一カ月もたたないある日、ハンナが仕事から帰ると、ロスはいなくなっていた。置き手紙も、留守番電話のメッセージもなく、彼のスーツケースと衣類のほとんどが消えていた。ハンナはパニックになった。ロスに何かあったのだろうか？　マイクとノーマンはハンナをなだめ、ロスに何があったのか明らかにすると約束した。

マイクとその部下たちはそれをやりとげた。ロスは結婚していたが、相手は彼女ではなかったとマイクに告げられたあのつらい夜を思い出し、涙がハンナの頰を伝った。ロスは法的な妻のもとに戻っていた。ハンナとの結婚は偽りだった。

その後、さらに大きな衝撃がハンナを襲った。数週間後にロスが戻ってきて、言うとおりにしないと彼女を殺すと脅したのだ。

彼のきつい声と冷たい目つきから本気だとわかった。機会があれば殺してやろうと思っているのはまちがいなかった。だが、ハンナと仲間たちはその機会を与えず、ロスは最終的に彼女のアパートのカーペットの上で死ぬことになった。

まだロスのことを愛しているのだろうか？　彼を愛している、その愛がそんなにすぐに消えることはないと思ったこともあった。逆に、だまされたことで彼を憎んだこともあった。それでも彼を心から愛していたし、彼が言ったことはすべて事実だと思っていた。だが、ロスはハンナをだまし、彼女の信頼を裏切った。もう無条件にだれかを愛することはできないかもしれない。

「ハンナ？　どうしたの、ハンナ？」

女性の声で不幸な夢から覚めたハンナは、急いで体を起こしたので、マグのコーヒーをこぼしそうになった。「サリー？」厨房にはいってきた女性を見てハンナは言った。

「どうしたの、ハンナ？」サリーは繰り返した。「眠りながら泣いていたわよ。悪い夢でも見たの？」

ハンナは急いで考えた。サリーは秘密を守ってくれるだろうが、失敗した結婚を思って泣いていたと認めたくなかった。

「なんでもないの」ハンナは急いで言った。「眠りこんで悪い夢を見たみたい」

「それなら、わたしが起こしにきてよかったわ。ひどい夢みたいだったから」

「ええ、ほんと」ハンナは急いで考えながら言った。「チョコレートを切らしちゃう夢を見ていたの」

「あらまあ！」サリーは笑いだした。「それはたいへんね、ハンナ！　チョコレートを切らしたらどうなるの？」

「みんな憂鬱の沼に沈むでしょうね」ハンナは心の平静を取り戻し、なんとか笑みを浮かべながら答えた。「注文したクッキーを取りにきたの、サリー？」

「ええ。リサとナンシーがもう車に積みこんでくれたわ。お店のほうでコーヒーも一杯飲んできたけど、あなたともう一杯飲んでもいいわよ。話したいことがあるから」

ハンナは急いでコーヒーポットのところに行った。自分のためにお代わりを注ぎ、サリーのためにあらたにコーヒーを注ぐ。「新作のレモンデニッシュの味見をしたい？」

「よろこんで！　今朝はすごく忙しかったから、朝食のことをすっかり忘れてたわ。大きなイベントの前日がどんなだか知ってるでしょ？」

「どうかしら。朝食を忘れるほど忙しかったことなんてないから」

「とにかく……今朝は考えることがたくさんあったの。実は、困ったことになってるのよ、ハンナ」

「フィッシング・トーナメントのこと？」

「それもあるわ。すべて問題なくやれると思っていた。給仕スタッフを増員して、バーでディックの手伝いをするバーテンダーをひとり雇って、清掃スタッフも二名増員した」

「すべてぬかりないように聞こえるけど」

サリーは悲しそうに笑った。「わたしもそう思った。でも、まさか一週間のトーナメント期間中、デザートシェフがずっといなくなるなんて予想外だった」

「あらまあ！」ハンナはひどく驚いた。「たいへんね、サリー！　彼は辞めたの？」

「いいえ、彼はすごく信頼できる人よ。でも、彼のお母さんの具合がひどく悪くなったのは想定外だった。ディックが昨夜彼を空港に送っていって、デザートシェフはクリーブランドに飛んだ。今朝彼から電話があって、お母さんは緊急手術をすることになったそうよ」

「早くよくなるといいわね」

「お医者さんによると、手術は無事成功したけど、トーナメントの週はずっと入院していなくちゃいけないんですって。退院したら彼の妹が世話をしにくることになっているけど。つまり、少なくとも一週間は彼なしでやっていかなきゃならないの」

「どうするつもり？」

　サリーは小さく肩をすくめた。「どうもこうもないわ。お菓子作りはわたしにもできるけど、助けてくれる人が必要よ。それがここに来た理由。リサとナンシーにたのみにきたの。どちらかに手伝いにきてもらえないかと」

「なるほど。かまわないわよ。今はお客さんがそれほど多くない時期だから」

「リサもそう言ってた。ここは自分たちだけでやれるとも」

「それなら、マージを雇うつもり？」

　サリーは首を振った。「ほかに選択肢がなければね。マージはお菓子作りが上手だけど、うちの厨房には慣れていないから」

「リサとナンシーおばさんも慣れていないわよ」

「わかってる。だからあなたを雇ったらどうかと言われたわ」

「わたしを？」ハンナは驚いて眉をあげた。「でも、朝はここでクッキーを焼かないと」

「わかってる。でも、ナンシーがあなたの作業を受け持つし、マージとジャックがコーヒーショップでリサを手伝うと言ってくれているの。お願いしたいのは半日だけなのよ、ハンナ。お昼のビュッフェが終わったら帰ってかまわない。でも、お店のことは自分たちだけでできるから、午後に戻ってくる必要はないとリサは言ってる。そうそう、ノーマンもトーナメントに参加するのよ。午後は彼とフィッシングボートに乗ることもできるわ」サリーはそこまで言うと、小さなため息をついた。「どうかしら、ハンナ？　助けにきてもらえる?」

ハンナは少しのあいだ考えてみた。環境を変えるのもいいかもしれない。アンドリアも手伝いとして同行してくれるだろう。アンドリアはウォリー・ウォレスや、ウォリーの釣り番組のスター、ソニー・バウマンに会いたがるはずだ。彼女はレシピの材料を集めたり、業務用ミキサーを使ったり、焼けたお菓子をオーブンから取り出したりと、厨房の大きな力になっていた。

「ハンナ?」

「レモンデニッシュを用意するあいだ、ちょっと考えさせて」

ハンナは業務用ラックのところに行き、数秒で戻ってきた。「新作のデニッシュを食べてみて、サリー。感想を聞きたいの」

サリーはデニッシュをひと口かじってにっこりした。「最高よ、ハンナ。それほど手間じゃなければ、初日の朝はこれを焼いてほしいわ」サリーは口をつぐみ、小さなため息をついた。「手を貸してくれるわよね、ハンナ? ひとりではどうしても無理なのよ」

サリーはなんと言われるか不安そうで、ハンナは気の毒になった。サリーはいい友だちだし、デザートシェフ不在の一週間のことでほんとうに困っているようだった。

「もちろん、一週間ぶんのアルバイト代は出すわ」サリーは言った。

「わかった、やるわ。アンドリアにわたしの手伝いをたのめたらね。それと、アルバイト代はいらない。もしそうしたければ、アンドリアには少額のアルバイト代をあげてもいいけど、たぶんあの子も受け取らないと思う。それにわたしはあなたに借りがあるのよ、サリー」

サリーはけげんそうな顔をした。「どういうこと？　わたしになんの……借りがあるの？」

「コニー・マックが〈クッキー・ジャー〉の厨房で殺されて、マイクに犯罪現場テープを張られたとき、厨房を使わせてくれたじゃない（『ブルーベリー・マフィンは復讐する』参照）」

「でも……」

「いいえ」ハンナはさえぎって言った。「アルバイト代は受け取れないわ。代わりにわたしとアンドリアにお昼のビュッフェをごちそうして。わたしたちにはそれで充分よ」

大きな笑みがサリーの顔に広がった。心からほっとしたようだ。「ふたりとも来てくれるのね？　楽しくなりそう！　こんなに幸せな気分になったのは、デザートシェフがいなくなってから初めてよ！」

ハンナはほんの一秒で完璧な答えを見つけた。「それなら、キャラメル・ピーカンロールのレシピを教えてくれる？」

サリーは笑った。「抜け目ないわね、ハンナ。もちろんいいわよ。どっちにしろレシピをあげるつもりだったし」

「ありがとう、サリー。朝食のビュッフェ用にキャラメル・ピーカンロールを作るつもり?」

「いいえ、あなたが作るのよ。初日はわたしが手伝うけどね」

「初日はどんな予定なの?」ハンナは尋ねた。

「ウォリーは参加者たちに湖を探検させて、釣る場所を選んでもらいたいんですって。まずは参加者たちを歓迎して、みんなが知り合いになれるように自己紹介をしてもらうつもりなの。それが終わったら、ソニーがルールを説明して、いつ釣果を計量するか教える」

「つまり初日は慣れてもらうだけなのね」

「ええ、それと、食事が出る時間を伝え、トーナメントの判定方法を説明するの。参加者たちがエデン湖と〈レイク・エデン・イン〉に慣れるための親睦の日なのよ」

「その夜は特別なディナーを出すの?」

「ええ、とかしバターで焼いたウォールアイを出すつもり。それで、仕事のオファーは受けてくれたと考えていいのね」

「ええ。気分転換になりそうだし、いい機会だから。ついでに、インに滞在できるようにひと部屋用意してもらえるとありがたいんだけど」

サリーはけげんそうな顔をした。「それはかまわないけど……ノーマンの家で楽しくやってるんだと思ってた」

「楽しいわよ。ただ、ノーマンは寛大にもわたしに主寝室を提供して、自分は客用寝室で寝てる。そのせいで……」声が小さくなり、ハンナはかすかに顔をしかめた。「レイク・エデンの人たちはわたしたちの関係についてまちがった印象を持っているんじゃないかと思うの」

「あなたがノーマンと寝ているとみんなに思われているってことを、すごく礼儀正しく言うとそうなるわね」

「そうなの」ハンナは認めた。「それがすごく気になってきちゃって。レイク・エデンのゴシップのネタになりたくないし、モシェを置いてひとりでアパートに戻るわけにもいかないし」

「モシェはまだ怖がってるの？」

「ええ。ノーマンといっしょに何度か猫たちを連れていってみたんだけど、モシェはすごく怖がって階段ものぼれなかった」ハンナは顔をくもらせた。「この先あの子がうちに帰りたがるかどうかわからない」

「でも、あなたは帰りたいのね？」

「ええ、自分のうちが恋しい。ただ、モシェを置いていけないだけなの」モシェがいっしょに帰れないかもしれないと思うとのどが詰まり、ハンナはそれをこらえながら説明した。

「モシェはノーマンの家を気に入ってるの？」

「ええ。あの子はカドルズが大好きなの。でも、わたしはいつまでもあそこにいるわけにいかない。正直……ノーマンに甘えすぎだし。それに、自分のうちが好きなのよ」

「わかるわ。うちに帰りたいのに帰れないのね。ノーマンはそれを知ってるの？」

「ええ、わたしの気持ちはわかると言われた。彼はずっとわたしといたいと言ってくれたけど、それは無理だし」

「ノーマンはモシェを引き取ると言ってくれたんでしょ？」

ハンナはうなずいた。「ええ、もちろん。でも、彼はわたしがモシェを置いていけないこともわかってる」

「そのジレンマを打開するために、彼は何か解決策を考えてくれた？」

「それはまだ。いずれはモシェも恐怖を克服してくれると思っているみたい。でも、わたしの部屋につづく階段に近づいた瞬間、あの子は震えだして小さく悲鳴をあげるの。その声があまりにも哀れで、実際に階段をのぼって無理になかに連れていったらどうなるか、考えたくもない」

「獣医さんのスーとドクター・ハガマンには相談した？」

「ええ。試しつづけさえすれば恐怖を克服できるだろうって言われたけど、わたしは信じられなくて」

サリーはコーヒーをひと口飲んだ。「あなたはどうなの、ハンナ？　自分の部屋につづく階段をのぼると動揺する？」

ハンナはのどのつかえをのみくだした。「ええ。何度も頭をよぎるの……床に倒れた彼の姿が」

「心から彼を愛していたのね？」

それは質問ではなく事実を述べただけだった。ハンナは小さくため息をついた。「ええ。ロスの正体を知ってからは、彼を信じていた自分の愚かさに気づいたけど！　でも、倒れている彼を見たときのことを思うと、まだ胸が詰まるの。だから……」

「わかるわ。まちがいはだれにでもあるものよ、ハンナ。でも、もうだれも愛せないと思うのは大きなまちがいよ」

③ 小さめのボウルにグラニュー糖とコーンスターチを入れて混ぜ、
②の鍋に加えてよくかき混ぜる。

④ 湯が沸騰している下側の鍋に上側の鍋をセットし、
もったりするまでかき混ぜる（5分ほど）。

⑤ 上側の鍋をはずし、火のついていないこんろの上に置く。

⑥ レモンゼストとバターを加えてよくかき混ぜる。

⑦ レモンメレンゲパイに使うときは、
あらかじめ焼いておいたパイ皮に注ぐ。
そうでないときは室温まで冷ます。
冷めたらレモンデニッシュやレモンチーズケーキに使う。

レモンカード
(こんろで作るレシピ)

材料

全卵……3個

卵黄……4個分（このあとレモンメレンゲパイを作る場合は
卵白4個分をボウルに入れて室温に戻しておく）

水……1/2カップ

レモン汁……1/3カップ

グラニュー糖……1カップ

コーンスターチ……1/4カップ

レモンゼスト（レモンの皮のすりおろし）……小さじ1〜2

バター……大さじ1

ハンナのメモ:
二重鍋（ダブルボイラー）を使うと失敗しないが、
焦げつかないように気をつけてつねにかき混ぜていれば、
厚手のソースパンを中火にかけてもできる。

作り方

① ダブルボイラーの下側の鍋に水（分量外）を入れ、
火にかけて沸騰させる（水は上の鍋に触れない程度の量に）。

② 上側の鍋にといた全卵と卵黄、水1/2カップ、
レモン汁を入れる。

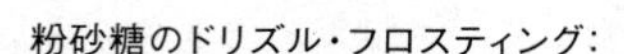

粉砂糖のドリズル・フロスティング:

粉砂糖……1 1/4カップ(きっちり詰めて量る)

バニラエキストラクト……小さじ1

塩……小さじ1/8

生クリーム(ハーフ&ハーフではなくヘビークリーム)……1/4カップ

準備:
① パッケージの指示に従って冷凍パイシートを2枚とも解凍する。
② まな板などの上に小麦粉を振り、清潔な手で広げる。

作り方

① 耐熱ボウルにクリームチーズフィリングの材料を入れ、
電子レンジ(強)で30秒加熱したあと取り出して、
なめらかになるまでかき混ぜる。
冷めたらラップをかけてカウンターに置いておく。

ハンナのメモその2:
ドリズル・フロスティングはまだ作らないこと。
焼きあがったレモンデニッシュを冷ましているあいだに作るとよい。

② オーブンを190℃に予熱する。

③ 天板2枚にオーブンペーパーを敷く。

④ 小麦粉を振ったまな板に解凍したパイシートを置き、
小麦粉を振った麺棒で30センチ四方に延ばす。
もう1枚も同様にする。

レモンデニッシュ

ハンナのメモその1:
冷凍のパイシートはいろいろなものに使えるので、
買うなら2パックがお勧め。
このレシピでは1パックしか使わないが、
残りは冷凍庫で保存しておくと便利。
解凍して残り物を詰めて焼き、見栄えのいいミニサイズのパイにしたり、
生の果物でターンオーバーを作ることができる。
前菜作りにも便利。

材料

デニッシュ:

冷凍パイシート……1パック（496グラム入り。
わたしは〈ペパリッジファーム〉の2枚入りのものを使用）

卵……大1個

水……大さじ1（水道水でよい）

仕上げ用のグラニュー糖……適量

クリームチーズフィリング:

室温でやわらかくしたクリームチーズ……227グラム
（わたしは〈フィラデルフィア〉を使用）

グラニュー糖……1/3カップ

バニラエキストラクト……小さじ1/2

レモンカード……適量

⑬ 冷ましているあいだに粉砂糖のドリズル・フロスティングを作る。
ボウルに粉砂糖とバニラエキストラクトと塩を入れ、
生クリームをゆっくりと加えながら、
適度なゆるさになるまでかき混ぜる。

⑭ 冷ましたレモンデニッシュにお好みのやり方で
ドリズル・フロスティングをたらす。
絞り袋(または角をほんの少しだけ切り取ったビニール袋)を
使うとうまくいく。

ハンナのメモその5:
絞り袋を使いたくなければ、生クリームを少し足すと
スプーンからたらすことができる。

⑮ フロスティングでデコレーションできたら、
オーブンペーパーと天板をはずしてワイヤーラックに移す。

温かいうちに食べるとおいしいが、冷たくてもなかなか。
残ったら(そんなことはないと思うけど!)ワックスペーパーで
ふんわりと包んで、涼しい場所に保管する。

ハンナのメモその6:
前述のレシピでレモンカードを作ると、
レモンデニッシュで使う量よりもたくさんできる。
残りはふたのある容器に入れて冷蔵庫で保存し、
ミニサイズのレモンチーズケーキを作るときに使う。
レシピは次ページ。

ハンナのメモその3:
わたしは延ばしたあと、
30センチ四方になっているか定規で確認する。

⑤ 延ばしたパイシートをナイフでそれぞれ4等分する。

⑥ カップに卵を割り入れて水大さじ1を加え、かき混ぜる。

⑦ 切り分けたパイシートを天板にならべ、
縁にはけで⑥の卵液を塗る。

⑧ ①のクリームチーズを8等分してその上にのせ、
縁を1.5センチ残して広げる。

⑨ その上にレモンカードを大さじ2ずつ塗り、
フィリングを覆うように四方の角を内側に折り曲げる。
軽く重なるようにすると、卵液のおかげで
角と角がくっつくはず。

ハンナのメモその4:
むずかしく聞こえるかもしれないが、ひとつ作ってしまえばあとは簡単。
説明するより実際にやってみるほうが早い。

⑩ 天板に8個のレモンデニッシュがならんだら、
表面に卵液を塗り、少量のグラニュー糖を振る。

⑪ 190℃のオーブンで25～30分、
または表面がきつね色になるまで焼く。

⑫ オーブンから取り出し、ワイヤーラックに置いて10分冷ます。

準備:
① ミニサイズの12個用のマフィン型2枚に紙カップを敷く。
② バニラクッキーを、平らな面を下にして、カップに1枚ずつ入れる。

ハンナのメモその3:
フィリングは手で混ぜてもいいが、電動ミキサーを使うと楽。

作り方

① フィリングを作る。電動ミキサーのボウルにやわらかくした
クリームチーズとグラニュー糖を入れ、低速でよく混ぜる。

② 低速のまま卵を1個ずつ加え、その都度よくかき混ぜる。
色が均一になるまで混ぜつづける。

③ レモン汁とバニラエキストラクトを加えてさらに混ぜる。
白っぽくなってふんわりしてきたら、
ミキサーを止めてボウルをはずす。

④ マフィン型のクッキーの上にフィリングを
(型の半分〜2/3量まで) 均等に入れる
(少なく見えるが、焼いたあとレモンカードや
ジャムをトッピングするのでこれくらいがベスト)。

⑤ 175℃に予熱したオーブンに入れ、 15〜20分、
またはフィリングの表面が固まってつややかになるまで焼く
(中央がへこんでいても大丈夫――トッピングでカバーできる)。

⑥ オーブンから取り出してワイヤーラックなどに置き、
室温になるまで冷ます。

ミニサイズのレモンチーズケーキ

●オーブンを175℃に温めておく

材料

バニラクッキー……24枚（わたしは〈ナビスコ〉のバニラクッキー、ニラウエハースを使用）

室温でやわらかくしたクリームチーズ……227グラム入り2パック

グラニュー糖……3/4カップ

卵……大2個

レモン汁……大さじ1

バニラエキストラクト……小さじ1

カップケーキ用の紙カップ……24枚（わたしのように2重にする人は48枚）

レモンデニッシュを作ったときに残ったレモンカード、
またはレモンパイフィリング……約600グラム

ハンナのメモその1:
クリームチーズはブロックタイプのものを使うこと。
ホイップしたものや低脂肪のもの、ヌーシャテルチーズなどは使用不可。

ハンナのメモその2:
レモンデニッシュのレシピの残りのレモンカードを使う場合、
ミニサイズのマフィン型24個分はないかもしれない。
レモンカードがなくなってしまったら、ストロベリージャム、
種をのぞいたラズベリージャムなど、ベリー系のジャムを用意し、
チーズケーキのトッピングに使うとよい。

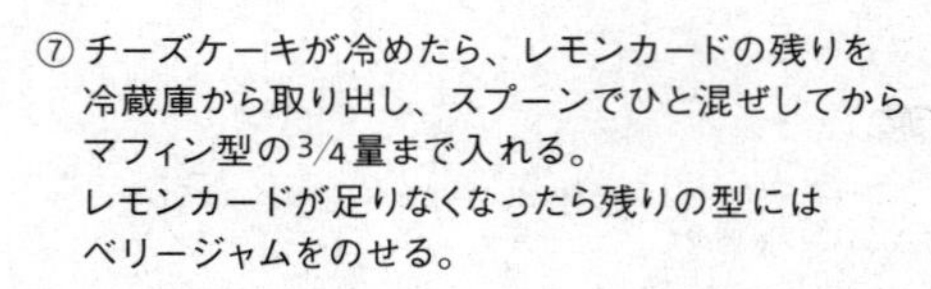

⑦ チーズケーキが冷めたら、レモンカードの残りを
冷蔵庫から取り出し、スプーンでひと混ぜしてから
マフィン型の3/4量まで入れる。
レモンカードが足りなくなったら残りの型には
ベリージャムをのせる。

⑧ 型ごと冷蔵庫に入れ、30分～1時間冷やす。

⑨ 冷蔵庫から出して、紙カップごと型から取り出す。
きれいなお皿にのせて優雅なデザートに。

濃いホットコーヒーと、冷たい牛乳を忘れずに用意すること。

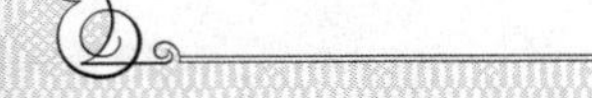

バタースコッチソース
(こんろを使うレシピ)

材料

有塩バター……113グラム

ブラウンシュガー……1カップ(きっちり詰めて量る)

生クリーム……1/3カップ(ヘビークリーム――わたしは〈クヌーセン〉のものを使用)

ハンナのメモその1:
サリーは朝食ビュッフェのパンケーキやワッフルやフレンチトーストにこのバタースコッチソースを添える。みんなこれが大好き!

ハンナのメモその2:
すべての材料を用意してから作りはじめること。

ブラウンシュガーが固まってしまっていてもあわてないで。
グラニュー糖とモラセスがあればブラウンシュガーを手作りできる。
ボウルにグラニュー糖1カップを入れ、モラセス小さじ1をたらすだけ。
よく混ぜるとちょうどブラウンシュガーの色になる。
そのためわたしは〈クッキー・ジャー〉にモラセスを常備している。

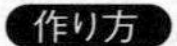

作り方

①中くらいのソースパンに有塩バターを入れ、
中火にかけてとかす。

②バターがとけたら火からおろし、ブラウンシュガーを加えて
泡立て器で混ぜる。

③混ぜながら生クリームを加える。

④ふたたび中火にかけ、泡立て器で混ぜながら沸騰させる。

⑤タイマーをセットして、きっちり3分沸騰させたら
火からおろす。

⑥室温になるまで冷ましたら、ふたつきのガラス瓶か
密閉できる容器に移して冷蔵庫に入れておく。
きっちりふたをして冷蔵しておけば何週間ももつ。

3

ハンナは朝食ビュッフェのテーブルのうしろに立って、補充が必要な料理はないかと目を光らせていた。アンドリアはそこから少し離れた、積みあげられたパンケーキと大きな保温トレー入りのカリカリベーコンのそばに立っていた。ふたりのあいだには朝食用ソーセージの保温トレーがあり、反対側の奥にいるサリーは、三人で用意したブレックファストベイクを釣り人たちの皿に取り分けていた。

ずらりとならんだ朝食の品々は壮観だった。ハンナとアンドリアが午前と午後のおやつに必要なクッキーを焼いているあいだに、サリーと厨房のクルーはさまざまなブレックファストベイクや、スクランブルエッグとチーズのキャセロールや、ビスケットをこしらえていた。そして、サリーは仕上げに追われるクルーを厨房に残し、キャラメル・ピーカンロールの作り方を教えるためにハンナとアンドリアのもとに来てくれたのだった。

キャラメル・ピーカンロールの作り方は、ハンナが思っていたほどむずかしくなかった。釣り人たちはバターたっぷりの朝のごちそうが気に入ったようだった。すでに大皿のキャラメル・ピーカンロールを三回補充していた。そろそろつぎの補充をしなければならない。何人もの参加者がお代わりをもらいにくるのももっともだと思った。オーブン仕事を終えたあと、ハンナも朝食にひとつ食べていたが、すばらしくおいしかった。大皿を補充するたびに、もうひとつつまみ食いしたいのをこらえなければならなかった。

「調子はどう、ハンナ？」サリーが近づいてきて尋ねた。

「どれも飛ぶように（ライク・ホットケイクス）なくなってるわ。もちろんホットケーキもね」

サリーは笑った。「うまいこと言うわね、ハンナ。バタースコッチソースはどう？　みんなパンケーキに使ってくれてる？」

「ええ。よく出てる。パンケーキのときはつねに出すようにするべきね」

「よかった」

「キャラメル・ピーカンロールも大人気よ」

「いつもそうなの。祖母のレシピを見つけられればよかったんだけどね。古い電話料金の請求書の裏に書いていたらしくて」

「ちゃんと料金を払っていたならいいけど」

「それは大丈夫。祖父がすべての支払いをしていたから。彼は女がお金を扱うべきではないと思っていたの」

「おばあさまも同じ意見だったの？」

「もちろんちがうけど、祖父には絶対に言わなかった！　祖母は鶏舎を持っていて、卵を売っていたのよ」

「おじいさまは卵の売り上げのことを知っていたの？」

「ええ、知っていたけど、あまり気にしていなかった。実際、祖母には卵でかなりの収入があったのよ。でも、祖父はそれがいくらなのか気にしたことがなかった」

「おばあさまはそのお金を何に使ったの？」

「わたしたちのために。祖父母は遠く離れた田舎に住んでいて、月に一度だけ町に出てきたの。祖父が請求書の払い込みをしているあいだ、祖母は食料の買い出しのついでに商店で孫たちへのプレゼントを買っていた」

「おじいさまはそれを許していたの？」

「ええ、もちろん。祖母が外で働いていたら問題だったと思うけど、農家の妻は卵を売ってお金を得る資格があると祖父は思っていたのよ」

サリーが催し物のために使うステージの横に、演壇が設置されていた。そこへ釣り用のウェアを着たひとりの男性が向かうのにハンナは気づいた。「あの人がソニー？」彼女はきいた。

「いいえ、あれはウォリー。あとで紹介するわね。ウォリーは参加者にあいさつをしたら、あとはソニーとジョーイにまかせるみたい」

ウォリーはマイクのボタンをオンにすると、軽くたたいて電源がはいっていることをたしかめた。「こんにちは、釣り人のみなさん！」彼は言った。「魅惑の野外活動に出かける気まんまんのスポーツマンたちをまえにするのはいいものです」ぱらぱらと拍手が聞こえ、彼は微笑んでつづけた。「今日はウォールアイ・フィッシング・トーナメントの非公式の初日です。まずはエデン湖を探検して、慣れていただきます。みなさんの多くがウォールアイを釣ったことがあると思いますが、これからわれらが釣り専門家、ソニー・バウマンが、トーナメントのルールを説明し、ウォールアイ釣りのコツをいくつか伝授いたします。エデン湖で釣りをしたことがある方は？」

少なくとも一ダースの手があがったのを見てハンナはよろこんだ。トーナメントには多くの地元民が参加していた。

「トーナメントが正式に開始されるのは明日の朝なので、今日は湖に出てお気に入りの釣りスポットを見つけてください」ウォリーは話をつづけた。「ソニー、ここに来てトーナメントのルールと賞品について説明してくれ」

ハンナは壇に向かって歩くソニー・バウマンから目が離せなかった。彼は恐ろしいほどハンサムで、日に焼けて色が抜けた髪に、ジムでの頻繁なトレーニングのおかげで手に入れた体格をしていた。

「彼、なかなかでしょ」アンドリアが近づいてきてひそひそ声で言った。

「たしかにハンサムね」

「そしてそれを自覚してる」アンドリアは言い添えた。「でもテレビ映りはいい。それでウォリーは彼を番組に起用したのね」

「釣りの専門家でもある……のよね？」

「どうかしら。そのこと、ビルにきいてみたの。釣り番組をいつも見てるから知ってるんじゃないかと思って」

「ビルはなんて？」

「ウォリーが番組に起用するまで、ソニーのことは聞いたこともなかったって」

「そうなの？」ハンナはきいた。「有名人なのかと思ってた」

「今ではそうだけど、わたしたち、ウォリーの店の本店で、ソニーに会ったことがあるのよ。ビルは釣りのことでいくつか彼に質問したんだけど、あまり感じよくなかったみたい」

「どうして？　ソニーはなんて言ったの？」

「ウォリーに呼ばれていて時間がないから、ジョーイ・ズィーを見つけてきいてくれって」

　結論は明らかだった。「ビルの質問の答えを知らなかったってこと？」

「そう。ソニーは早く逃げたがっていた」

「ビルはジョーイを見つけて質問したの？」

「ええ。ジョーイはすべての質問に答えてくれて、釣りのコツまでいくつか教えてくれた。ビルはジョーイのことは気に入ってるけど、ソニーは偽物だと思ってる。ビルがトーナメントに申しこまなかった理由のひとつはそれなの」

ハンナは眉をひそめた。「ビルが申しこまなかったのは、大規模な保安官会議があるからじゃなかった？」

「そうよ。でも、最初は日程が重なっていなかったから、参加しようと思えばできたのよ。そのあと保安官会議の日程が変更になったの」

「じゃあ、会議には行くのね」

「リック・マーフィーといっしょにね。緊急事態に備えて、マイクとロニーにはここに詰めるように言ってあるみたい」

アンドリアが携帯電話の着信音に使っているアルペジオのメロディが聞こえ、ハンナは妹がエプロンのポケットから携帯電話を出すのを見た。「ビルからだわ。わたしがいつ帰るか知りたいんだと思う。荷造りを手伝わせたいのよ。あの人、シャツ一枚もたためないんだから！　ひとりでやらせたら、ボールみたいに丸めてスーツケースの底に放りこむの」

ハンナが再度キャラメル・ピーカンロールを補充しているあいだに、アンドリアは夫からの電話に出た。大皿をテーブルに戻しているとき、妹のショックを受けたような顔つきに気づいた。「ビルは大丈夫？」彼女は急いで尋ねた。

アンドリアは小さくうなずいて電話に戻った。「できるだけ早く帰るわ、ハニー。心配しないで。あなたのスピーチはすばらしいし、みんな感心してくれるわよ」

「何か問題でも？」アンドリアが電話をエプロンのポケットにしまうと、ハンナはきいた。

「ううん、大丈夫。スピーチをしなきゃならないと、ビルはいつも落ちつかなくなるのよ。しかも、今回のスピーチはわたしたちが思っていたよりかなり重要なものみたい」

「どれくらい重要なの？」

「コンベンションセンターから電話があって、基調演説をする人が来られなくなったと知らされたの。それで先方は、ビルに基調演説をしてほしいと言ってきたのよ！　しかも、テレビで放映されたりするんですって！」

「すごく名誉なことじゃないの、アンドリア！　ビルは引き受けたんでしょ？」

「ええ、でも彼が人前で話すのが苦手なのは知ってるでしょ。スピーチ自体はすばらしいのよ、姉さん」アンドリアはそこで小さく笑った。「知ってて当然よね。ゆうべは四回も練習につきあったんだもの！」

ハンナは笑った。「わたしたちもテレビで見られるの？」

「ええ、ＫＣＯＷテレビがローカル番組として流す予定なの。姉さんも見られるけど、録画したほうがいいと思う。リンにきいたら、放送は朝の八時で、わたしたちはサリーとここで働いてる時間だから」

「母さんに電話して事情を話しましょう。録画してもらって、ペントハウスでみんなで見ればいいわ」

「いい考えね！　母さんとドクは大スクリーンを買ったばかりだから、みんなで見られるわ」

アンドリアはエプロンのポケットに手を入れて、また携帯電話を出した。「たぶんビルがうちに着いたと連絡してきたんだと思う」だが、ディスプレイを見て顔をくもらせた。

「ミシェルだわ」そう言って電話に出た。「もしもし、ミシェル？　どうしたの？」

アンドリアが電話で話しているあいだに、ハンナはビュッフェの皿のひとつを補充した。

アンドリアは笑顔で電話を切った。

「ミシェルはなんだって？」ハンナはきいた。

「今夜五時にロニーとディックのバーに行くから、わたしたちもどうかって。マイクも誘うつもりみたい」

「わたしはいいけど、ノーマンにきいてみなきゃ」

アンドリアは部屋のなかを見まわした。「ところで、ノーマンはどこ？　ここにいると思ったのに」

「その予定だったけど、ドク・ベネットから電話があったの。今週は彼が毎日ノーマンの代わりをしてくれることになっていたんだけど、今朝病院に予約を入れていたのを忘れていたんですって」

「ドク・ベネットはどこか悪いの？」アンドリアは心配そうだ。

「元気よ。ただの健診なんだけど、彼はドタキャンしたくなかったみたい。それで、十二時までには終わるからと言ってきたの。ノーマンは午後からここに来るわ」ハンナは手を伸ばして大皿を少し移動させ、みんなが取りやすくした。「あんたはどうするの、アンドリア？　今夜ここに来られそう？」

「大丈夫。今夜はグランマ・マッキャンが子供たちを映画に連れていってくれるし、ずっとひとりで家にいるのが楽しみというわけでもないから」

「ビュッフェがすんだらノーマンに電話して、今夜のことをきいてみるけど、たぶん来てくれると思う」ハンナはにわかに眉をひそめた。「今夜はカラオケナイトじゃないわよね？」

アンドリアは笑った。「ええ、ミシェルが最初に教えてくれた」

「よかった！　アリスとディガーのデュエットはもう二度と聴きたくないもの。母さんとキャリーの〈バイ・バイ・ラブ〉よりひどいんだから」

アンドリアは信じていないようだ。「そんなにひどいわけないでしょう！」

「ほんとうなんだってば！　プロの音痴のわたしが言うんだから」ハンナは笑いながら言った。

「姉さんとノーマンを迎えにいこうか？」アンドリアがきいた。

ハンナはためらった。「ええと……その必要はないわ。わたしはもうここにいるから。フィッシング・トーナメントの週のあいだ、ここに泊まることにしたの」

「それならノーマンは？　彼を迎えにいけばいい？」

ハンナはまたためらった。「うーん……ありがたいけど、その必要はないと思う」

アンドリアはじっと姉を見つめた。「姉さんとノーマンはいっしょにここに泊まってるってこと？」

「いっしょじゃないけど」ハンナは急いで言った。「ノーマンも宿泊したければ部屋を用意できるとサリーが言ってくれたのよ」

「でも、猫たちはどうするの？　姉さんたちがどちらもここに泊まるなら、猫たちにえさをやったりするためにノーマンの家に戻らなくちゃならないでしょ？」

「それは大丈夫。母さんが猫たちに会いたいと言ってたし、ドクもモシェのことがどんどん好きになってるみたいだから、母さんに猫たちの世話をたのむつもりなの。ドクは帰りが遅いから、母さんはちょっと寂しいんですって。だから、モシェとカドルズを一週間預かってもらえればと思って」

「いい考えね、姉さん。たぶん預かってくれるわよ。午後は毎日ステファニー・バスコムがお茶を飲みにくると言ってたし、ふたりとも庭でテントウムシをつかまえる猫たちを見るのが好きだから」

「そうなのよ。みんなあれを見るのが大好きなのよね。猫たちは絶対につかまえられないから。ドクが言うには、テントウムシが飛び立つとモシェはいつもすごくびっくりするんですって」

アンドリアはひどくおもしろがっているようだ。「モシェはこのまえ一匹つかまえたらしいわよ。母さんが言ってた」

「うそ！　まさか食べなかったわよね？」

「当然でしょ。しばらくじっと見つめたあと、飛んでいくまで前足でつついてたみたい」

「やあ、お嬢さんたち！」男性の声が会話に割りこんできた。「ききたいことがあるんだけど」

ソニー・バウマンだった。ハンナはアンドリアがわずかに赤くなってきたのに気づいた。

「なんでしょう？」ハンナはきいた。

「教えてくれないかな。このキャラメル・ピーカンロールを作ったのはきみたちのどっち？」

アンドリアはハンサムな釣り番組のスターをまえにしてすっかりあがっているようなの

で、ハンナが答えた。「ふたりで作りました。サリーにも少し手伝ってもらって。気に入っていただけましたか？」

「最高だよ！　もう三つ食べたけど、デザートにもうひとつ食べようかな。明日の朝もこれを作るの？」

「ご希望でしたら作ります」アンドリアがようやくしゃべれるようになって言った。

「たのむよ。ぼくのために三個余分に作ってもらえるかな？」

「よろこんで」ハンナはすぐに言った。サリーが明日もそれを出す予定かどうかわからなかったが、フィッシング・トーナメントの有名人の希望なら、サリーも同意してくれるだろう。

「もちろんです」アンドリアも調子を合わせた。

「ついでにそれを包んでほしいんだ。ビュッフェのあとボートに持っていくから」

「ジョーイのぶんも持っていきますか？」アンドリアがきいた。

「いいや。ほしければ自分で持っていくだろう。それに、彼は最高の場所を見つけるために早めに出る。朝食ビュッフェのあとでぼくを迎えにくることになってるんだ」

「ジョーイは朝食ビュッフェに来ないんですか？」ハンナは確認のためにきいた。

「ああ、あいつは朝食抜きさ。どっちみち少し体重を落とす必要があるからな。太ったやつと同じボートに乗りたくないから」

それだけ言うと、ソニーは向きを変え、ふたりの魅力的な女性たちのテーブルに向かって歩いていった。そして、ふたりのあいだの椅子を引いて座り、女性たちに得意の笑顔を向けた。

「何あの上から目線」アンドリアが言った。「あんなに見た目がいいのに残念だわ。キャラメル・ピーカンロールを包むと答えても、ありがとうとも言わなかった。それに、ジョーイのぶんもいるかときいたら、その提案に心底驚いたみたいだった」

「わたしも気づいた」ハンナは言った。相談するまでもなく、キャラメル・ピーカンロールの包みをもうひとつ作って、ジョーイの部屋のまえに置いておこうと決めていた。「あんた、彼の釣り番組を見てるのよね？」

「うん。ビルが好きなの。いつもミネソタのいろいろな湖に行くから、州のいい宣伝になるって言ってる」

「たしかにそうかも。ソニーがエデン湖に来たことはあるの？」

「ないと思う。ビルといっしょにすべての回を見てるけど。録画しておいて、いっしょに見るの」

「あんたがそれほど釣り好きだったなんて知らなかった」

「好きじゃないわよ。ビルといっしょにいられるから見てるの。そのあいだふたりですごせるでしょ。わたしが見なければ、彼は仕事部屋に行ってそこのテレビで見るもの」

ハンナは感心した。妹はいい妻であるために最善を尽くしているようだ。

「姉さんもたまには見てみたら」アンドリアは言った。「ソニーのジョーイに対する態度なんてもう犯罪レベルだから。ソニーはテレビ映りがいいから選ばれただけだと思う」

「たぶんそうね。視聴者層が関係しているのはまちがいないわ。釣り番組を見るのはおもに男性だけど、ソニーが出れば女性も見る」ハンナはソニーが女性ふたりと座っているテーブルを見やった。

「たしかに」アンドリアはハンナの洞察力に感服したようだ。「わたしも、あの釣り番組に間に合うように帰ってきてってビルにたのんでるし。言われてみれば、たくさんの妻たちが同じことをしてるのかも。つまり、ソニーが出れば視聴率は上がる」

「そのとおり」ハンナは言った。そして、ビュッフェカウンターにやってくるサリーに声をかけた。「ハイ、サリー。調子はどう？」

「順調よ。でも、ソニーのテーブルには気をつけないと」サリーは言った。「あのふたり連れの女性たちを見て。ソニーによだれをたらさんばかりよ！」

「わたしたちも気づいてた」アンドリアが言った。

「たいへん……夫たちがはいってきた。妻たちが席を取っておいてくれなかったから、ふたりとも動揺してるみたい。椅子を持っていくべきかしら」

「待って」ウォリーがソニーのテーブルに向かっているのに気づいてハンナが言った。ウォリーは椅子を持ったウェイターを従えている。「ウォリーが代わりにやってくれたみたいよ」

三人が見ていると、ウォリーは夫たちと握手をし、そのあいだにウェイターが椅子を設置した。男性ふたりが妻たちの隣に座ると、ウォリーはソニーに合図をした。

「ほんとだ」サリーは言った。やがてソニーは女性たちにさよならと言って、ウォリーのあとから部屋を出ていった。

「ウォリーはソニーを叱るつもりだと思う?」アンドリアが言った。

サリーは首を振った。「どうかしら。でも、見て。ウォリーはソニーと出ていく直前にジョーイに合図したわ」

「すごくスマートね」ジョーイが椅子から立ちあがり、ソニーのいたテーブルに向かうのを見ながら、アンドリアが言った。

「あの男性たちを見て」サリーが言った。「にこにこしてる」

「きっとジョーイに釣りのことで質問できるからよ」サリーは顔をほころばせた。「ディックは昨夜ジョーイと話をする機会があったんだけど、今まで会っただれよりも釣りの知識が豊富だと言ってた」そして、ハンナに向かって言った。「ソニーのために毎朝ふたりでキャラメル・ピーカンロールを作ってもらえるかしら。かなり気に入ったらしいのよ。個人的にはがまんできないけど、ウォリーに毎年ここでウォールアイ・フィッシング・トーナメントを開催してもらうためには、彼のご機嫌をとらなきゃ。今月はすでに売り上げがいつもより多いのよ」

「心配しないで、サリー。必要ならいくらでもキャラメル・ピーカンロールを作るから」アンドリアが安心させた。

「ええ、そのとおりよ」ハンナは請け合った。「心配いらないわ、サリー。ソニーの世話はわたしとアンドリアにまかせて」

「わたしたちがやるの?」アンドリアはちょっと驚いたようだ。

「当然でしょ!」ハンナはいたずらっぽい笑みを向けた。「いざとなったら毒を入れてやりましょう」

キャラメル・ピーカンロール
(これ以上ないほど簡単なレシピ)

材料

〈ピルズベリー〉の缶入りシナモンロール〝グランド〟……3缶
(食料雑貨店の冷凍食品コーナーにある。グランドがなければ、
〈ピルズベリー〉の普通のシナモンロール2缶でもよい)

有塩バター……113グラム

ブラウンシュガー……1カップ(きっちり詰めて量る)

生クリーム……1/2カップ

刻んだピーカンナッツ……約110グラム(半身なら約50個分)

準備:
① 23センチ×33センチの角型に〈パム〉などのノンスティックオイルを
スプレーする。底だけでなく側面も5センチの高さまでスプレーすること。
② シナモンロール缶を冷凍庫から出しておく。缶はまだ開けないこと。

作り方

① 耐熱ボウルに有塩バターを入れ、電子レンジ(強)で
30秒加熱してとかす。さらに1分待ってから取り出し、
とけているか確認する。とけていなければ
もう20秒加熱して1分待つ。

② とかしたバターにブラウンシュガーを加え、
とけてなめらかになるまで泡立て器でかき混ぜる。

ハンナのメモその3:
ここで提案をひとつ。シナモンロール生地が3個残るので、
〈パム〉などのノンスティックオイルをスプレーした
ローフ型にならべて焼く。
焼けたら缶にはいっているアイシングを塗る。
または、3個分の生地をそれぞれ半分に切って6個にし、
3個は切り口を下にして2列目と3列目のあいだに押し込み、
残りの3つは切り口を上にして3列目と4列目のあいだに押し込む。
わたしは両方やってみたが、別に焼いてアイシングを塗るほうが好き。

ハンナのメモその4:
〝グランド〟ではなく普通のシナモンロール缶を使う場合は、
1列目に4個、2列目に2個、3列目に4個、
4列目に2個、5列目に4個ならべる。
それで型の底は埋まる。全部で生地を16個使うことになり、
これは普通のシナモンロール缶2個分に相当。

⑩ オーブンを175℃に予熱する。
予熱が完了するまで、生地をならべた型は
ラップなどでふんわりと覆っておく。

⑪ 型から覆いを取ってオーブンに入れ、30〜35分、
または表面に焼き色がつくまで焼く。
残った生地を別の型で焼く場合は、いっしょに
オーブンに入れる(焼き時間は25〜30分)。

⑫ 型をオーブンから取り出し、ワイヤーラックなどに置いて、
覆いをせずに15分冷ます。

ハンナのメモその1:
ブラウンシュガーにかたまりがあったら、
手やスプーンで取りのぞいて量り直す。
グラニュー糖にモラセスを加えて茶色くなるまでかき混ぜれば、
いつでもブラウンシュガーを作れることを忘れないで。

③ 生クリームを加え、なめらかになるまで泡立て器でかき混ぜる。

④ 用意した型に③を入れてスパチュラなどで均等に広げる。

⑤ その上にピーカンナッツを均等に振りかける。

ハンナのメモその2:
ピーカンナッツが好きならたっぷり散らして。

⑥ シナモンロール缶を開け、生地3個分を型の上部に沿って
ならべる(1列目)。

⑦ その下にさらに生地3個分をならべる(2列目)。

⑧ その下にさらに生地3個分をならべる(3列目)。

⑨ その下にさらに生地3個分をならべる(4列目)。
これで型が生地で埋まるはず。

⑬ 大皿か縁のある天板にオーブンペーパーを敷き、
キャラメル・ピーカンロールの型の上にかぶせて
ひっくり返す。
型の底にキャラメルが残っていたら、
ゴムべらを使ってピーカンロールの上に移す。

⑭ 少なくとももう15分冷ましてからテーブルに出す。

キャラメル・ピーカンロールは温かくしても冷たくしてもおいしい。
お好みでソフトバターを添え、たっぷりのコーヒーかオレンジジュース、
大きなグラスに入れた牛乳を用意すること。
もし残ってしまったら(まずありえない!)
電子レンジで15秒温めるとよい。

4

　ハンナがサリーの厨房で翌朝焼くモラセス・クラックルの生地を作っていると、ノーマンがはいってきた。

「やあ、ハンナ」ノーマンはハンナに声をかけた。「きみがここにいるとサリーに聞いて来たよ」

「こんにちは、ノーマン」ハンナは笑みを浮かべた。「明日焼くクッキーの生地を準備しているところなの。コーヒーはいかが？　厨房のポットに少し残ってるわよ」

「ありがとう。いただくよ。何か食べるものはあるかな？　ドク・ベネットがようやく健康診断を終えたから、すぐにここに来たんだ。残ったクッキーでもあれば食べたいんだけど。ランチビュッフェを食べそこねたし、朝食はトーストだけだったんだ」

「大きく切り分けたキッシュはどう？　ランチビュッフェの残りがあるわよ」

「最高だよ、ありがとう。今朝は何時に出たんだい？　ちっとも気づかなかったよ。起きたらきみはもういなかったから」

「早くに出たのよ。この時期はお天気があてにならないし、遅れたくなかったから」

「何時に起きたの?」

「三時よ。四時までにここに来て作業をはじめたかったの」ハンナはノーマンのためにコーヒーを注いだあと、急いでウォークイン式冷蔵庫からキッシュを持ってきた。「あなたは何時に家を出たの?」

「六時に出た。きみがいなくて寂しかったよ、ハンナ。ランチビュッフェにはここに来られると思っていたんだけど」

「ドク・ベネットの健診はどうだったの?」ハンナはキッシュの大きなひと切れをノーマンのために温めようと、電子レンジに運びながらきいた。

「異常なしだったそうだよ。病院のインターンに見てもらって、健康だとお墨付きをもらったと言っていた。インターンはカルテに書かれている年齢が信じられなかったらしい」

「よかった」ハンナは電子レンジを作動させ、もうひと口コーヒーを飲もうと、サリーの厨房に置かれている小さなテーブルに戻った。

「コンビーフ・ハッシュ・キッシュ?」ノーマンがきいた。

「そう。これでいい?」

「もちろんだよ! きみのコンビーフ・ハッシュ・キッシュはぼくの大好物だからね。それとキッシュロレーヌも」

電子レンジのタイマーが鳴り、ハンナは皿を取り出して、フォークといっしょにノーマンのところに運んだ。そして、テーブルについた。

ノーマンはひと口食べてハンナに微笑みかけると、コーヒーをもうひと口飲んだ。「三時に起きる必要なんてなかったのに。フィッシング・トーナメントのあいだ宿泊できる部屋がないか、サリーにきいてみたら？　ここに泊まったほうがずっと楽だよ。起きたら急いでシャワーを浴びて、身支度を整えて、厨房におりてくるだけでいいんだから」

「サリーにも提案されたわ」ハンナはよく考えて言った。「でもそうすると、毎日トーナメントの終了後に、猫たちにえさをあげるためにあなたの家に戻らなきゃならない」

「かまわないよ。ぼくは七時半までにここに来ればいいんだから」

「そうだけど……」ハンナは深いため息をついた。「別の解決策があるかもしれない」

「どんな？」

「サリーが言うには、あなたが泊まれる部屋もあるそうよ」

「でも、猫たちはどうする？」

「わたしに考えがあるの。ドクが仕事で家をあけている時間が長いから、最近母さんは寂しがってるみたいなのよ。それに、母さんは猫たちが庭で遊ぶのを見るのが好きでしょ。だから、たのめば猫たちを預かってくれるかもしれない」

「でも、ドロレスはリージェンシー・ロマンスの新作を書いているんだろう？」

「まあね。でも、一日の仕事時間は決まってるの。母さんが仕事部屋にいるときは猫たちもそこにいて、母さんが仕事をしているあいだ眠っている。仕事を終えると母さんは猫たちを連れて庭に出て、ドーム屋根の下で遊ぶあの子たちを眺める。そうするとすごくリラックスできるらしいの。ステファニーが町役場の仕事を終えて立ち寄るときは、ふたりで庭に座って、モシェとカドルズが遊ぶのを眺めるんですって」

ノーマンは笑顔になった。「コンビーフ・ハッシュ・キッシュはまだ残ってる、ハンナ?」

「ええ。まだおなかがすいてるの?」

「そうじゃないけど、ドク・ナイトはすいてるんじゃないかと思って。ついでに猫を一週間預けることについて相談できるし」

「いい考えね。でも、仕事中にじゃましたら悪いんじゃない?」

「そうだね。彼のオフィスをのぞいて、忙しいかどうかたしかめるよ」

ハンナは混乱してきた。「ドクが忙しいかたしかめるために、車でわざわざ病院まで行くつもり?」

「まさか。ドクはここにいるんだよ。釣りがらみの事故が起こったときのために、日中はここにいてほしいとウォリーにたのまれたんだ。サリーがあいているオフィスを提供したから、彼は今廊下をへだてた向かいの部屋にいる」

「知らなかった！　いつここに来たの？」

「ぼくが着く少しまえに。ここに来るとき通りかかったら、オフィスの準備をしていた」

ノーマンはスツールから立ちあがった。「厨房に来ませんかと誘ってみるよ」

ハンナは急いであらたなポットにコーヒーを用意し、冷蔵庫からコンビーフ・ハッシュ・キッシュの残りを出した。ノーマンがドクを連れて戻ってくるころには、コーヒーができていた。

「こんにちは、ドク」ハンナははいってきたドクに声をかけた。「あなたが今週ここで仕事をすることになっていたなんて知らなかったわ」

「私もだよ、ウォリーから電話をもらうまではね」ドクはそう言うと、コーヒーを満たしたカップを見つけ、さっそく座ってひと口飲んだ。「もっと早くにきみに会いにくるつもりだったんだが、準備に時間がかかってね。明日はトーナメントの初日だし、ＨＲＩが出るだろうとウォリーは言うんだ」

「ぼくなら大丈夫ですよ！」ノーマンが言った。「釣りをするときはいつも手袋をしますから」

「あの、おふたりさん」ハンナは片手をあげて言った。「なんの話をしてるのかわからないんですけど。ＨＲＩって何？」

「釣り針がらみのけが（フック・リレイテッド・インジュアリー）だよ」ドクが説明した。「釣り針の扱いには注意が必要なんだ」

「釣り針の先は鋭いからね」ノーマンが付け加えた。「釣りシーズンにドクは毎週少なくとも十二人のＨＲＩの治療をするらしいよ」

釣り針の先がどんなに鋭く見えるかを思い出して、ハンナは身震いした。「わたしはやったことがなくてよかった」そう言うと、キッシュの皿を電子レンジから取り出してドクのまえに置いた。「ランチを食べそこねたかもしれないと思って、キッシュを温めてあげましたよ」

ドクはにっこりした。「このにおいはきみのコンビーフ・ハッシュ・キッシュだな」そう言ってさらに手を伸ばす。「ありがとう、ハンナ。病院で昼食をとろうとしていたところにウォリーから電話があって、すぐにここに来たんだよ。ロリももうすぐ来るはずだ。今日のぶんの仕事が終わったから、早めに出かけるつもりだと言っていた」

「執筆は進んでいるのかしら？」母が予定どおり仕事を進めていることを願いながら、ハンナはきいた。

「絶好調だよ！　昨夜は遅くまで仕事をしていて、私が帰宅したときもまだ机に向かっていた。今夜のことでミシェルから電話はあったかな？」

「ミシェルからアンドリアに電話があって、わたしはアンドリアから聞きました」

「よかった」ドクはノーマンのほうを見た。「きみも来るだろう、ノーマン？」

「どこにですか？」ノーマンがきいた。

「ごめんなさい、ドク」ハンナは急いで言った。「彼にはまだ話してなくて」彼女はノーマンを見て言った。「今夜ディックのバーで会おうとミシェルがみんなに招集をかけたの。ディックが新作のおつまみを用意してくれているんですって」

「行くよ」ノーマンはすぐに言った。「きみはここに宿泊するし、ぼくもそうしようと思うから、急いで家に戻って猫たちにえさをやらなくちゃならないけど、ディックのおつまみはいつも楽しみにしてるんだ」

「さっきディックと話したよ」ドクが満面の笑みですかさず言った。「今夜は私のためにスコッチエッグを焼いてくれるそうだ！」

今度はハンナが困惑する番だった。「スコッチエッグは油で揚げるんだと思ったけど」

「ああ……まあ、普通はね」ドクは言った。「ディックはオーブンで焼くスコッチエッグのレシピを見つけたから、今夜試作したいらしい。サリーによるとふた晩まえにディックが作ってくれて、最高においしかったそうだ」

ハンナは微笑んだ。「サリーが最高においしいと言うならまちがいないわ」

「ここに来る途中でサリーに会ったけど、スコッチエッグのことを話してたよ」ノーマンが言った。「今夜はバーの厨房で手伝うつもりらしい。新しい前菜を作るそうだ」

「それならディナーはいらないわ」舌なめずりしたくなるのをこらえながら、ハンナは宣言した。「サリーの前菜はなんでも大好き！」

「何時に出られる？　猫たちにえさをやりにいかないと」ノーマンがハンナにきいた。

「もう出られるわ」業務用ラックを見やってハンナは言った。「明日の朝キャラメル・ピーカンロールを作るまで何もやることはないから」

「よかった！　きみが宿泊の手つづきをして一度部屋に落ちついたら、ふたりで家に戻ろう。猫たちにえさをやって少し遊んでから、みんなでバーのテーブルを囲む時間までに戻ってくるというのはどうかな？」ノーマンが提案した。

「いいわよ」ハンナは同意した。「母さんは何時に来るの、ドク？」

「いつ来てもおかしくないよ。今日は遅くに町役場で会議があるからステファニーは来ないし」

「ドロレスが来たら、猫たちを預かってくれるようたのもう」ノーマンがそう言ったとき、厨房のドアが開いてドロレスがはいってきた。

「ハーイ！　みんなここにいるってサリーに聞いたから」彼女はハンナを見た。「今猫たちのことを話していたようだけど……あの子たちがどうかしたの？」

「あの子たちは元気よ、母さん。でも、今週わたしはここに詰めているの。サリーのところのデザートシェフが、家族のことで急に休むことになって、わたしが代わりを務めるから」ハンナは急いで説明した。「サリーはここに宿泊するように言ってくれたんだけど、ノーマンとわたしは猫たちを一週間預かってくれる人が必要なのよ」

ドロレスの顔に笑みが広がった。「ドクとわたしが預かるわ」彼女は急いで言った。そして、ドクを見た。「いいわよね、ディア？」

「もちろんだとも」ドクが同意する。

「ああ、よかった！」ドロレスはそう言ってからかすかに眉をひそめた。「あなたたちふたりともここに宿泊するの？」

「ええ、でも別々の部屋よ」ハンナは母をなだめた。「サリーに聞いたら、ノーマンの部屋も用意してもらえるそうなの。もうわたしたちのことでいろんなうわさが町に広まっているけど、ノーマンとわたしは別々の部屋に宿泊すると、サリーがはっきり伝えてくれるはずよ」

「それはよかったわ、ディア」ドロレスは急いで言った。「でも、あなたたちについていろいろ言う人がいるのはおかしいわよね。あなたもノーマンも大人なんだから。みんなよけいなお世話はやめて、住むところぐらいあなたたちの自由にさせてくれればいいのに！」

　真夜中にドクの家のまえで母の車を見つけたときのショックを思い出して、ハンナは笑いをかみ殺した。そのことはだれにも話していなかった。アンドリアにもミシェルにも。おそらくこれからも話さないだろう。

「ほんとよね、母さん」ハンナは言った。「それに、わたしたちのために母さんが気をもむ必要はないわ。さっきも言ったように、誤解を招かないようサリーにお願いしてあるから」

「よかった。それならうるさく言う人もいないでしょう。でも……」そこまで言うと、ドロレスは少し不安そうな顔をした。「つづき部屋じゃないわよね?」

「ええ、母さん。ノーマンの部屋は廊下のずっと先よ」

「ああ、よかった。それなら大丈夫ね」ドロレスはノーマンを見た。「今夜猫たちをうちに連れてきてくださる? ドクとわたしはディックのおつまみを試食したら、すぐに帰って準備をするから」

「ええ、でも必要なものは全部持っていきます」ノーマンが約束した。

「うれしいわ、ディア。でも、うちにはなんでもあるのよ。あの子たちのお気に入りのえさ用ボウルと水用ボウルがあるし、ペットショップでベッドも買ってあるの。もちろんおやつもね。モシェが好きな魚の形でサーモン風味のと、カドルズの好きな小さな三角形のを買ったわ。キャットフードもあなたたちが家であげているのと同じものがある」

ノーマンは微笑んだ。「そこまでしてくださるなんて、やさしいんですね、ドロレス」

「ありがとう。でもそれだけじゃないのよ。わたしが仕事しているとき、猫たちはいっしょに仕事部屋にいるのが大好きだから、仕事部屋用の猫用ベッドを買ったの。寝室に置く別のベッドもね」

「あの子たちがほんとうに猫用ベッドで寝ると思っているのかい、ロリ?」ドクがきいた。

ドロレスは笑った。「もちろん思ってないけど、半額セールだったし、試してみる価値はあると思って」

「きみの車のトランクから運び出したたくさんの荷物がそれだったのか?」ドクがきいた。

「そうよ、でもあれはほんの一部なの。モシェがいつもあなたの枕を奪い取るのを思い出して、〈コストマート〉でグースダウンの枕をあとふたつ買ったのよ。ひとつはモシェ用、もうひとつはカドルズ用に」

「カドルズが私の枕を奪おうとしたことはないぞ」ドクが思い出させた。

「そうだけど、モシェに買ってカドルズに買わないのは不公平だわ。傷つくかもしれないでしょ」

ハンナはにやにやしながらノーマンと目を合わせた。「ほかには何を買ったの、母さん?」

「たいして買ってないわよ。ペットショップに猫用のツナ缶とサーモン缶があったけど、あなたたちはいつも普通のツナとサーモンをあげてるでしょ。それは食料雑貨店で買っておいたから。あと冷凍エビも何パックか」

「猫のために爆買いしたみたいですね」ノーマンが言った。

「それだけじゃないわよ!」ドロレスは顔をほころばせて言った。「ネットでもいくつか注文したの」

「たとえば？」笑いをこらえるのに苦労しながらハンナがきいた。

「それほどたくさんじゃないけど」ドロレスはそう言ったあと、ほんの少しきまり悪そうな顔になった。

ドクは笑った。「これはおもしろくなりそうだ。話しておくれ、ロリ」

ドロレスはため息をついた。「わかったわよ。ええと……ばかげてるとは思うけど、あの子たちが遊ぶための、魚の形のおもちゃを注文したの。あと、穴からネズミが出たり入ったりする小さな箱があったから、それも買ったわ。見向きもされないかもしれないけど、昨日届いたものを見たらすごくかわいいのよ。試してみるのが待ち切れないわ！」

「ほかには？」ノーマンがドロレスに笑いかけながらきいた。

「あとひとつだけ。でもこれはお金の無駄だったかもしれない。自動できれいになる猫用トイレを買ったの。しくみはよくわからないんだけど、マニュアルがついていて、ドクはああいうものを解読するのがすごくうまいのよ」

「褒めてもらえてうれしいよ」ドクはやさしく言ったが、ハンナはその声から笑いをこらえているのがわかった。

「あら、ほんとよ！」ドロレスは彼に取り入るような笑みを向けながら宣言した。「あなたがいなかったら新しい電気機器は絶対に理解できないわ。すごく複雑なんだもの」

「猫のおもちゃも買い足したんじゃないの、母さん？」ハンナは尋ねた。「ペットショップに行くといつも何か新しいものを買っちゃうのよね」

「そうなのよ」ドロレスは同意した。「買い忘れていたものがいくつかあって」

「たとえば？」ドクがきいた。

「たとえば……寒いときに着る猫用セーター。それと、暗い庭でもどこにいるかわかる、ライトアップ機能つきの新型の首輪。あとは、モシェの好きな小さなネズミと、カドルズのための毛糸のボール。あの子はドクが投げたボールを追いかけるのが好きなの。庭で使うチューチュー鳴くリスも買ったわ」

「チューチュー鳴くリス？」ドクがきき返した。「猫がかむとチューチュー音がするおもちゃのことかい？」

ドロレスは首を振った。「ちがうわよ！　そんなものを与えたりしないわ。かむことを覚えて、庭のテントウムシが危険なことになるじゃない。チューチュー鳴くリスはリモコンで動くから、庭の茂みに隠そうと思ったの。リモコンで鳴かせて、猫たちにつかまえさせるのよ」

ノーマンはハンナのほうを見た。「お母さんはぼくらの毛むくじゃらの子供たちを甘やかすつもりのようだね、ハンナ」

「そうね」ハンナはため息をつくふりをして言った。「でも、これに関してわたしたちにできることは何もないわ、ノーマン。おじいちゃんおばあちゃんというのはそういうものだから！」

5

ハンナはバーでほかのテーブルを見わたした。午後にノーマンが湖に出かけて釣りの場所を調べているあいだ、仮眠をとることができたので、体が休まった感じがする。おなかもかなりすいていて、ディックの新作おつまみを試食するのが楽しみだった。

「こっちですよ、マイク！」マイクが昔ながらのサルーン風の入り口からはいってくると、ロニーが立ちあがって手を振った。「レモネードを注文しておきました」

「ありがとう」マイクはそう答え、ミシェルの隣のあいている椅子に座った。「遅れてごめん。保安官事務所で書類仕事をしなくちゃならなくて」彼はテーブルについているみんなに笑顔を向けた。「ここで会えてよかったよ、アンドリア。ビルから電話があって、彼とリックは現地に着いたそうだ」

アンドリアはうなずいた。「録画予約をしてきたわ」

「わたしもよ」とドロレス。

「そして私は彼女がちゃんとできているかどうか確認した」ドクが言った。「きみは、ノーマン？」

「猫たちにえさをやるためにハンナと家に帰ったとき、録画予約しましたよ」ノーマンはマイクに顔を向けた。「ハンナとぼくは今週ここに宿泊するから、ドロレスとドクに猫たちのベビーシッターをしてもらうことになったんだ」

「わたしはビデオデッキに触れてもいないわ」ハンナはにっこりして言った。「実を言うと、書斎にはいりもしなかった。わたしが通りかかっただけで誤作動が起きることもないだろうから、ちゃんと録画できるはずよ」

みんな笑った。ハンナが電子機器と相性が悪いのはみんなが知っていた。

「姉さんのアパートのテレビでも録画予約しておいたわよ」ミシェルが言った。「ロニーに確認してもらって、大丈夫だって言われた」

「そのとおり」ロニーは小さくうなずいた。「これで全員が録画予約をしたから、少なくともどこかしらでビルのスピーチが録画できるはずですね」

「言ったら実現しなくなるじゃないか、ロニー。縁起でもない」マイクがふざけて注意した。

「そうでした」ロニーがうなずいた。

「みんなでいっしょに見ましょうよ」ドロレスが言った。

「いいですね、ドロレス」マイクが同意した。

「ありがとう、マイク」ドロレスは微笑んだ。「くわしいことはあとで相談しましょう」

ちょうどそのとき、サリーがテーブルにやってきた。「ようこそ、みなさん！　今夜ここに集まるとハンナから聞いていました」彼女はドクのほうを見た。「あなたがディックのベークド・スコッチエッグを試食したがっていることも」

「スコッチエッグは私の好物なんだ」ドクはにっこりして言った。「最初はそれでいいかな？」

「いいけど、そのまえにワインが一杯ほしいわ」ミシェルが言った。「今週休めるのは今夜だけだから、存分に楽しみたいの」

「先に飲み物を注文するのはいい考えだ」ドクは急いで言った。「どんなワインがいいんだね、ミシェル？」

「シャルドネ」ミシェルが答えた。「あとはディックにまかせるわ、サリー。彼が勧めるワインがはずれだったことはないから」

「それはよかった」サリーはハンナのほうを見た。「あなたは、ハンナ？」

「開いているシャンパンはあるかしら？」ハンナはきいた。

「あると思う。なかったらわたしが開けるわ。ほかにシャンパンがいい人は？」

ドロレスがうなずいた。「わたしもいただくわ。あなたは何にするの、アンドリア？」

「ミシェルと同じシャルドネにする」アンドリアは言った。「でもグラス一杯だけね。車で帰らないといけないから」

「今夜はそうしなさい」ハンナは妹に言った。「でも、わたしはここに泊まってるし、部屋にはベッドが二台あるの。週の残りのあいだに必要なものをまとめて、明日の朝持ってくるといいわ。グランマ・マッキャンがいいと言ったら、わたしといっしょにここに泊まりなさいよ」

「うれしい！」アンドリアは興奮状態だ。「ずいぶん長いこと外泊なんてしたことないし、今はビルが家にいないから、ぜひそうしたいわ」

「朝早く車を運転してここに来なくてもいいしね」サリーが言った。「何を飲まれます、ドク？」

「ジェムソンと水を一杯」ドクが言った。「きみはどうする、マイク？」

「コールド・スプリング・エクスポートを。ロニーもぼくも明日の朝まで非番だから、今夜は少しリラックスできる。きみは赤ワインだよな、ロニー？」

ロニーはうなずいた。「カベルネにします、どれでもディックお勧めのやつを。ワイン選びにかけては彼の右に出る者はいませんから」

サリーはうれしそうだ。「彼が聞いたらよろこぶわ。最初の一杯のあとは、みんなベークド・スコッチエッグでいい？」

全員がうなずき、サリーは急いで注文を通しにいった。早めに来たので、バーのテーブルを埋めているのはハンナたちだけだった。しばらくおしゃべりをしていると、トーナメント出場者たちが徐々にバーにやってきた。

「ソニー・バウマンだわ」ハンサムな釣り番組のスターがはいってくると、アンドリアが言った。

マイクがうなずいた。「ああ、釣り番組で見たことがあるよ」一同が見ていると、ソニーはあるテーブルに歩いていって椅子を引いた。「今日ここに来るのは初めてではないようだ」ソニーがおぼつかない様子で椅子に座るのを見て、マイクは言った。

「それか、部屋で飲んでいたか」ロニーがうなずいて言った。「スイートルームに泊まっているそうだから安心ですね。彼が運転する車には出くわしたくないですから」

「そのとおりだな」マイクは同意し、すべてのテーブルに置かれているバスケットからポテトチップをつまむソニーを眺めた。「何か食べているようでよかった。あれで少しはましになるかもしれない。彼は大柄だから、部屋まで抱えて運ぶのはかんべんしてほしいよ」

「私のオフィスにストレッチャーがあるし、インにはエレベーターがある」ドクが言った。「ストレッチャーは折りたたみ式だから、床に広げれば患者を転がして乗せることができるぞ」

マイクは微笑んだ。「それはありがたい」

「サリーがトレーを運んできたわ」いくつものテーブルを縫ってやってくるサリーを見つけて、ハンナが言った。「お皿を置ける場所を作らないと」

ミシェルがポテトチップのバスケットを持ちあげ、ロニーが重ねたボウルを取った。

「ここに置いて」ミシェルが言った。

「ありがとう」サリーはトレーをテーブルに置いた。「実は、ちょっとしたサプライズがあるの。ディックは今夜、前菜といっしょにこれを出すことにしたのよ」

ハンナはトレーの上のミニサイズのマティーニグラスを見た。「マティーニ?」

「ええ、スペシャル・マティーニよ。ディックはウォールアイ・マティーニって呼んでる」

「どうして……」ハンナは質問を途中でやめた。「ああ、そういうことね。なんてかわいいの!」

「どういうこと……?」アンドリアがききかけたが、やがて笑いだした。「ああ、ほんとだ!」

一同はサリーがそれぞれのグラスの縁にピメント詰めの大きなグリーンオリーブ二個を添えるのを見守った。二個のオリーブは向かい合わせに外向きに置かれ、赤い瞳孔を持つ緑色の目が部屋の奥を見つめているように見えた。

「ウォールアイか」ドクがくすっと笑って言った。「考えたね。中身はなんだい、サリー？」

「ミニサイズのダーティ・ウォッカ・マティーニよ。オリーブジュースのせいで、湖みたいに少し濁ってるの」

「バーテンダーによろしく言ってください」ノーマンがサリーに言った。「すごく気が利いてる」

今度はサリーが笑う番だった。「考案したのはディックよ。彼はいつも新しいものに挑戦するの。ウェイトレスがグラスの縁に引っ掛けられるよう、オリーブの切り方を工夫するのに少し時間がかかったわね。そのあとはわたしの仕事」

「お客さんに出すこと？」ドロレスがきいた。

「ええ、でもそれはいつもやっていることでしょ。たいへんだったのは、ミニサイズのマティーニグラスを見つけること。一時間半ネットで探して、ようやくミニサイズの使い捨てグラスを製造している会社を見つけたの」

ドクが小さくうなずいた。「ウォッカ・マティーニは全部がアルコールだし、トーナメント出場者を悪酔いさせたくないから、ディックはミニサイズにしたかったんだね？」

「そのとおり」サリーはドクに笑みを向けた。「ウォールアイ・マティーニを楽しんで。ひと皿目のおつまみを持ってくるわ」

「ひと皿目のおつまみ？」ドロレスは不思議そうだ。「わたしたち、ひとつしか注文していないわよね?」

「そうだけど、試食してもらいたいメニューがあるの。評判がよかったら、レストランのディナーのメニューに入れるつもり」

「どんな料理?」ハンナがきいた。

「ブルサンチーズ詰めスペシャル・マッシュルーム」

「マッシュルームの詰め物って大好き」ミシェルが言った。

「よかった。ブルサンというフランスのチーズは食べたことある?」ミシェルが首を振ると、サリーは説明をつづけた。「クリームチーズの一種で、わたしはガーリックとハーブの風味のものを使うの」

「すごくおいしそう!」アンドリアが言った。「ガーリック入りのものを食べるなら、ビルがシカゴにいてよかったかも。わたしたち、結婚したときに協定を結んだの」

「協定?」ドクはわけがわからないようだ。

「ええ、ふたりとも食べるとき以外はガーリックを食べないこと」

「ルールを破ったらどうなるんですか?」ロニーがきいた。

「ガーリックを食べたほうは、客用寝室で寝ないといけないの」

「そうなったことは今までに何度あった?」ミシェルは知りたがった。

「一度も。客用寝室のベッドはソファを引き出して使うタイプで、すごく寝心地が悪いから」

　サリーは笑ってトレーを回収し、足早にブルサンチーズ詰めスペシャル・マッシュルームを取りにいった。

「あらら」ハンナはソニーのテーブルを見やって言った。「ソニーのテーブルにだれが来たと思う？」

「またあのふたりなの？」アンドリアはソニーのテーブルを見てため息をついた。「あの人妻ふたり組はトラブルメーカーだわ」

「どうして？　座ってるだけなのに」釣り番組のスターのテーブルにやってきた客たちを見ながらドロレスが言った。

「また夫を同伴してないからよ」ハンナは説明した。「今朝も同じことをして、朝食ビュッフェのためにおりてきた夫たちはかなり気分を害していたわ」

「まあ、少なくとも今は……」アンドリアはそこまで言うと、またうめき声をあげた。「ディックが音楽をかけたわ。ソニーがどちらかにダンスを申しこまないといいけど」

　マイクが笑った。「望みは薄いようだね、アンドリア。ソニーは今まさにブロンドのほうに合図をして、彼女は席を立とうとしている」

「心配はいらないだろう」ドクが言った。「ずっとソニーを観察していたが、彼はテーブルにあったウォールアイ・マティーニを三杯飲んで、おまけにフルサイズのマティーニも飲んだから！」

「そんなに？」ハンナがきいた。

「ああ、それも短時間にね！　おそらく酩酊して立ちあがることも……と思ったら、立ちあがったぞ！」

一同が見ていると、ソニーはブロンド女性をせまいダンスフロアに連れていき、彼女の腰をつかんだ。

「倒れないように彼女につかまってるんじゃないかな」ロニーが推測した。

「それだけならいいけどね！」ノーマンはそう言って、戸口を見た。「ジョーイといっしょにふたりの男性がはいってきたぞ。ふたりとも機嫌が悪そうだ」

「夫たちよ」アンドリアが教えた。「今朝ビュッフェで問題が起きたときは、ジョーイとウォリーが収めたの。ジョーイ・ズィーが今度もふたりをなだめてくれるといいけど」

「やってくれそうよ」妻のひとりがまだ座っているテーブルにジョーイが夫たちを連れていくのを見ながら、ハンナは言った。

ドクが小さくうなずいた。「午後にジョーイがいくつものトラブルを解決するのを見たよ。ことソニーに関するかぎり、彼はダメージコントロールに慣れているようだね」

ジョーイは夫たちのために椅子を引いてやり、ブロンド妻をエスコートしてテーブルに連れ戻すためにダンスフロアに向かった。

「ソニーはびっくりした顔をしてる」ミシェルが言った。

ドロレスは軽く笑った。「ほんとね、ディア。自分のダンスパートナーに何が起こったのかよくわかってないみたい」

「いいことかも」アンドリアは小さく微笑んで言った。

「彼がテーブルの場所を忘れて、部屋に戻ってくれるともっといいんだけど」ハンナが言い添えた。

「そうはいかないみたいですよ」ソニーが自分たちのほうにやってくるのを見ながらロニーが言った。「テーブルの場所がわからないのかな?」

「おそらく」マイクが言った。「でなければ……いや、彼はここに向かってる」彼は訂正した。「アンドリアをさっき踊っていた女性だと思っているんじゃないか?」

「わたしを?」アンドリアはひどく驚いた顔をした。「全然似てないのに!」

「きみはブロンドだし、彼はかなり酔っ払ってるから、たぶん彼女の顔なんか覚えていないんだよ!」

「どうするつもり、ディア?」少し愉快そうにドロレスが尋ねた。

「うーん……どうしよう」アンドリアはだいぶ困っているようだ。「彼を追い払うわけにはいかないわよね。サリーとディックは毎年ここでフィッシング・トーナメントがおこなわれることを望んでるんだもの。でも……」彼女はハンナを見た。「ほんとに彼とダンスしなくちゃだめ？」

「ええ、でもずっとじゃないわ」ミシェルが助けにはいった。「姉さんが彼とダンスフロアを一周したら、わたしが交代する」

「ありがとう、ミシェル！」アンドリアはずいぶんほっとしたようだ。「でも、そうしたらあんたが彼につかまることになるわよ」

「いいえ、それはないわ」ハンナが急いで言った。「ミシェルが一分ほどダンスしたら、わたしが交代する」

「そのつぎはわたしよ」ドロレスが口をはさんだ。「そして、わたしが計画どおりに行動したら、男性陣は彼をつかまえて部屋に連れていって」

「何をするつもりなんだい、ロリ？」ドクがきいた。

「彼を転ばせるわ。すでにばったり倒れそうだから、むずかしくないと思う。あなたは例のストレッチャーを持ってきて。すぐに片づくでしょう」

ドクはくすっと笑った。「きみは驚くべき人だな、ロリ！」

「結婚したときから知ってるでしょ」ドロレスは言った。「娘たちを酔っ払いといつまでもダンスさせておくわけにはいかないわ。大丈夫よ、ドク。朝になればソニーは何があったか忘れているはずだから。さあ、作戦開始よ！　そんなに時間はかからないから、早くストレッチャーを取りにいって」

一同はソニーがよろよろと近づいてくるのを見つめた。「さあ、かわいこちゃん！　ぼくと踊ろう。ぼくは大スターなんだぜ」

「そうらしいわね」アンドリアができるだけ感じよく言った。「ほんとにダンスがしたいの？　注文したおつまみがもうすぐ来るんだけど」

「もちろん。ダンスが大好きでね」ソニーはそう言って、アンドリアの腕をつかみ、引っ張るように椅子から立たせた。「行こう！　夜はこれから、きみはぼくの腕のなか！」

「彼の夜はそう長くないわ」ミシェルが言った。

アンドリアはソニーにダンスフロアに連れていかれた。

「スローな曲をかけてくれ」ソニーはディックに怒鳴った。「あんた、さっきよりずっとかわいく見えるな」

アンドリアは顔をしかめ、ハンナは笑わずにいるのがやっとだった。「一周したらすぐに行って」彼女はミシェルに念を押した。「アンドリアはあんまり辛抱強くないし、怒りが爆発したらどうなるかわかってるでしょ」

ミシェルはうなずいた。「もちろん！　心配しないで、ハンナ姉さん」

ハンナはアンドリアができるだけソニーと距離を取ろうとしているのを見た。「今朝はソニーのことをハンサムだと言ってたのに」

「今はぞっとしてるみたい」ミシェルはそう言って椅子から立ちあがった。「アンドリア姉さんが彼を張り倒すまえに助けにいかなきゃ。姉さんはジムで鍛えてるのよ。がまんできなくなるまえに行ってあげないと、たいへんなことになる」

ダンスフロアに出てきたミシェルにアンドリアが感謝の視線を送るのがわかった。ミシェルはアンドリアに微笑みかけ、オーケーサインをして見せた。「つぎはわたしよ」と言ってミシェルはソニーの腕をつかみ、アンドリアから引き離した。

「なんだ……どういうことだ?」ソニーはぽかんとした顔でミシェルを見てきいた。

「今度はわたしと踊るの」ミシェルがそう言うのが聞こえた。「ダンスを教えてあげるわ、大物さん!」

「ほう!」ソニーは笑いだした。「今度は威勢のいい子が来たぞ! ちょっと小ぶりな……」

「言わないで!」ミシェルがさえぎった。「あなたの口をせっけんで洗いたくないから」

「ほほう!」ソニーは笑って言った。「高飛車な女は嫌いじゃないぜ、ベイビー!」

「いいからダンスをなさい」ミシェルは命令して、フロアじゅう彼を引っ張りまわした。

「あなたはスターだって聞いたけど。ほんとなの?」

「ああ、フィッシング・スターさ」

ソニーに引き寄せられそうになり、ミシェルはなんとか離れた。「商品には手を触れないで」彼女は言った。「手に取ったら買ってもらうわよ、そんな大金は持ってないでしょ」

「どうしたらあんなセリフを言えるんだろう？」ロニーが言った。ハンナには彼がショックを隠しているのがわかった。

「あの子が大学でやっていた芝居のセリフよ」ハンナは彼に教えた。

「どんな芝居ですか？」とロニーはきいたが、ミシェルのあらたな一面にまだ動揺しているようだ。

「一幕ものの芝居で、母さんといっしょにマカレスターまで見にいったの。あの子が演出して主演もしてた。正確なタイトルは忘れたけど、ビーチ・ブランケットがどうとかいうのだったと思う。母さんもわたしもちょっとびっくりしたけど、ミシェルは最高におもしろいと思ったみたい」

「戻ったわ！」アンドリアが息を荒らげて椅子に座りこんだ。「もう最悪！　一杯飲みたい気分！」

「よかったらこれを飲んで」ハンナは自分のミニサイズのマティーニのグラスをアンドリアのほうに押しやった。

「ありがとう！」ハンナはアンドリアがマティーニの残りをひと息に飲み干すのを見守った。「あいつ、最低だった！　ミシェルが無事だといいけど」

「ハンナが行けば大丈夫よ」ドロレスが答えた。「ミシェルは離れようとしてるけど、ソニーはキスしようと迫ってる」

「ぼくが……」

「いや、だめだ」マイクが急いで言った。「計画どおりにやろう、ロニー。すべてご婦人たちが考えたんだから」

「そうよ」ハンナはロニーに言った。「わたしが行くからあなたはそこに座ってて。ミシェルはすぐにテーブルに戻ってくるわ」

ノーマンは少し心配そうにハンナを見た。「大丈夫かい、ハンナ?」

ハンナは彼の肩をたたいて立ちあがった。「大丈夫、まかせておいて、ノーマン。どうせ彼は何もわからないはずよ!」

ダンスフロアにはほかにも何組か踊っているカップルがいたので、ハンナは彼らをよけながらミシェルとソニーのところに向かった。「わたしの番よ」と言ってソニーの肩をつかみ、向きを変えさせた。

「いや……あんたじゃない」彼はぶつぶつ言いながら倒れそうになり、ハンナはその腕を取ってミシェルを自由にした。そして、「テーブルに戻りなさい」と小声で妹に言った。

「ロニーが心配してる」

「来てくれてよかった」ミシェルは急いで言うと、機会を無駄にせずに逃げた。「あとはたのんだわ、ハンナ姉さん」

「ハン……ナ」ソニーが目を細くしてハンナを見ながら言った。「あんたを知ってるぞ。

キャラメル・ピーカンロール」

「そのとおり」ハンナはそう言うと、彼の両肩をつかんでもう一度向き合った。「踊りましょう」

「キャラメル・ピーカンロールの……女だ」ソニーはよろけながらまた言った。「また作ってくれよ」

「明日の朝になったら食べられるわよ」ハンナは約束し、床の上で彼を引きずった。「足を動かしてよ、ソニー。こんな状態で気を失わないで。受け止められないわ（アイム・ノット・ゴーイング・トゥ・キャッチ・ユー）」

「キャッチ・ミー、できるなら、つかまえてごらん（キャッチ・ミー・イフ・ユー・キャン）」彼はもごもご言ったが、足は動かしていた。そのとき、テーブルを立つドロレスが見えた。

「氷上の時間はそんなに長くない」ハンナはお気に入りのホッケーの表現を使って言った。

「まだ倒れないでね、ソニー。母さんのお楽しみがなくなるから」

　ドロレスは微笑みながら、ドクとマイクとロニーとともにフロアを横切ってきた。「わたしの番ね」とソニーに言って彼の腕を持ちあげ、自分の肩にまわさせると、彼の足を踏みつけた。

「うわっ！」ソニーはうめいた。「なんでそんなことすんだよ？」

「このためだ」と言って、ドクがロニーに合図すると、ロニーはソニーの左腕を、マイクが右腕をつかんだ。

「うわっ！」ソニーはまた不平の声をあげた。そして、そのまま少し足を引きずりながら半ば歩き、半ば運ばれるようにして部屋を横切った。

「さよなら、ソニー」戸口までついてきたドロレスが言った。

「ドクはDRI患者を抱えたようね」ハンナはノーマンの隣に腰をおろして言った。

「ダンスがらみのけが？」彼が推測した。

「あるいは、ドロレスがらみのけが。どちらもあてはまる」ハンナはドロレスを見た。

「いい足さばきだったわ、母さん」

　ドロレスは微笑んだ。「ありがとう、ディア。サリーがわたしたちの飲み物を持ってきてくれたみたい」

　テーブルにやってきたサリーはやや息を切らしていた。「すごく手際よくソニーをあしらったわね」テーブルにトレーを置き、グラスを配りながら言う。「ディックによると、マイクたちはすぐに戻るみたい。おつまみは温めておいたから、みんながそろったら持ってくるわね。ところで、今夜の飲み物はわたしたちのおごりよ。あなたたちがしてくれたことに感謝するわ。ウォリーもジョーイから電話でことの次第を聞いたらしくて、あなたたちに感謝してた」

「ウォリーはどこにいるの？」フィッシング・トーナメントの主催者の姿が見えないことに気づいて、ハンナがきいた。

「今夜は車でブレイナードに行ってるの。明日新店舗がオープンするから、立ち会うと約束したんですって。でも、明日の午後に戻ってくるわ」サリーはバーに戻ってきたドクとマイクとロニーを見た。「これでみんなそろったわね。ディックを手伝っておつまみを持ってくるわ。彼、ベークド・スコッチエッグについての感想を聞きたくてたまらないみたいだから」

ほどなくして料理が運ばれ、ベークド・スコッチエッグをひと口食べたドクはにっこりした。「完璧だ。油で揚げたものよりうまいくらいだよ」

「しかも油で揚げたものより健康的……なんでしょ?」ドロレスがきいた。

「そうだね」ドクは急いで言った。「今まで気づかなかったよ。スコッチエッグはすごくおいしいから、気にしたこともなかった」

「だからこそドクは名医なのね!」サリーが言った。

「たしかに」ハンナは同意した。「そこがみんなに愛される理由のひとつだわ。ドクはいつも言ってるもの、ときどきおいしいものを食べることは、余分なカロリーやコレステロールという犠牲を払うだけの価値があるって」

作り方

① 大きめのボウルにポークソーセージ、
乾燥タマネギのみじん切り、塩を入れてよく混ぜる。

② 4等分してそれぞれ平たいハンバーガーパティ状にする。

③ パイ皿などに中力粉を入れて広げ、
その上で固ゆで卵を転がして中力粉をまぶす。

④ ソーセージパティ1枚の上に③の固ゆで卵1個を置き、
ソーセージパティで卵を包む。残りの3個も同様にする。

⑤ 小さめのボウルにとき卵を入れる。
パイ皿に残った中力粉を捨て、パン粉を入れる。

⑥ ソーセージパティで包んだ卵をボウルに入れて
とき卵をまとわせたあと、パイ皿のなかで転がして
パン粉をまぶしつけ、用意した天板にならべる。

⑦ 200℃のオーブンで、35〜40分、
またはソーセージに火が通るまで焼く。
オーブンから天板を取り出し、
そのまま少なくとも10分冷ましてからテーブルへ。

ハンナのメモその2:
とき卵がつきにくいときははけで塗る。完全にまとわせるようにすること。

だれもがよろこぶごちそう、またはおつまみ4個分。

ベークド・スコッチエッグ

ハンナのメモその1：
前日に固ゆで卵大4個（2倍量で作る場合は大8個）を作り、
冷蔵庫でひと晩冷やしておくこと。
固ゆで卵を冷やしておくと作るのが楽になる。

材料

固ゆで卵……大4個

ポークソーセージ……340グラム
（わたしは〈ファーマー・ジョン〉のプレミアム・オリジナル・ポークソーセージを使用）

乾燥タマネギのみじん切り……小さじ1（スパイス売り場にある）

塩……小さじ1

中力粉……1/4カップ（きっちり詰めて量る）

〈プログレッソ〉のイタリアンスタイルパン粉……3/4カップ

とき卵……1個分

準備：
① オーブンを200℃に予熱する。
② 天板にオーブンペーパーを敷く。
③ 固ゆで卵を冷蔵庫から出して殻をむく。

ハンナのメモその1:
わたしが使ったイタリアンスタイルのパン粉はオニオンパウダー、
ガーリックソルト、パセリ、数種類のイタリアンスパイス入り。

ハンナのメモその2:
パン粉は一度に加えず、
少しずつフォークで混ぜながら加えるとうまくいく。

⑤ マッシュルームの外側にやわらかくした
有塩バター(分量外)を塗る。

⑥ 小さめのスプーンで④のチーズフィリングをすくい、
マッシュルームの内側に詰める。

ハンナのメモその3:
マッシュルームの空洞をすっかり埋めるように詰めるが、
あまり高く盛りすぎないこと。
フィリングがとけて流れ出るのを防ぐため。

⑦ チーズフィリングを詰めたマッシュルームを
用意した天板にならべる。

ハンナのメモその4:
食べる日の朝のうちにここまで作っておき、
天板にラップをかけて冷蔵庫に入れておくこともできる。
ゲストが到着してから冷蔵庫から取り出し、
15分ほどおいて室温に戻してから焼く。

ブルサンチーズ詰め
スペシャル・マッシュルーム

●オーブンを175℃に温めておく

材料

生のマッシュルーム……大20個（もう少し多めでも）

ブルサンチーズ……142グラム（わたしはハーブ入りのものを使うのが好き）

パン粉……1/4カップ
（わたしは〈プログレッソ〉のイタリアンスタイルを使用）

塩……小さじ1/8

作り方

① 天板にオーブンペーパーを敷く。

② マッシュルームをやさしく洗ってペーパータオルで拭く。
軸があればねじってはずす。
このレシピに軸は使わない。

③ 少なくとも1カップ半はいる耐熱ボウルに
ブルサンチーズを入れ、
電子レンジ（強）で30秒加熱してやわらかくする。
30秒待ってから取り出し、よくかき混ぜる。

④ ③のボウルにパン粉（シーズニングなしの場合は
イタリアンシーズニングを加える）と塩を加えてかき混ぜる。

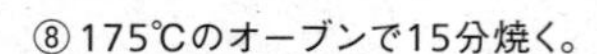

⑧ 175℃のオーブンで15分焼く。

⑨ オーブンから取り出し、ワイヤーラックに置いて冷ます。
少なくとも10〜15分は冷ましてから、
きれいな皿にならべ、塩味のクラッカーを塩のついた面を
下にして添える。

2倍量で作って、冷蔵庫に入れておくのがお勧め。
ゲストたちはまちがいなくがつがつ食べて
お代わりをほしがるから!

みんなの大好きなおつまみ20個分。
辛口の白ワインか赤ワインにとてもよく合う。

6

翌朝四時にアラームが鳴って、ハンナはうめいた。起きる時間だが、ベッドにはいったばかりのような気分だった。アンドリアが宿泊用の荷造りのために帰宅し、ノーマンが猫たちとその必需品をドロレスとドクのペントハウスに運んだあと、戻ってきたふたりとともにロビーで遅くまでおしゃべりをしていたせいだ。

　しぶしぶベッドから出てローブを羽織り、溺れずにシャワーを浴びることができる程度に目が覚めているだろうかと考えていると、ドアをそっとノックする音がした。なんだろうと思いながらドアを開けると、サリーの厨房スタッフがトレーを持って立っていた。

「起こしてしまったのでなければいいんですけど」女性スタッフはハンナにトレーを差し出しながら言った。「サリーに言われてコーヒーと朝食をお持ちしました。彼女は厨房でキャラメル・ピーカンロールを作りはじめているとのことでした」

　ハンナはショックが顔に表れていなければいいがと思った。「サリーはもう起きてるの？」

「はい。いつも三時半に起きます。厨房では準備のためにやることがたくさんありますし、彼女は手伝うのが好きなので」

「ええ。毎日ランチビュッフェが終わったあと、午後に二時間仮眠をとっています」

「サリーの睡眠時間は姉さんと同じくらいってことね」自分でコーヒーをカップに注ごうと、ベッドから起きだしたアンドリアが言った。「姉さんのぶんも注ぎましょうか？」

「まだいいわ。目は覚めたし、急いでシャワーを浴びて身支度をしてからにする」

「ルームサービスって大好き」アンドリアはベッドに腰掛けてコーヒーを飲みながら言った。「自分でコーヒーを淹れなくていいし、料理もしなくていいんだもの。それ以上いいことなんてある？」

「ないわね」ハンナはそう言って、シャワーを浴びにいった。

　シャワーを浴びるのに時間はかからなかった。十分後には広いシャワーブースから出て、大きなバスシーツにくるまっていた。サリーが体を拭くためのタオルとして使っているバスシーツと似たものを〈コストマート〉に買いにいったことを思い出す。レイク・エデンの中古品店〈ヘルピング・ハンズ〉で買った古風なシェニール織のバスローブにくるまって、ベッドルームに戻った。「つぎ、どうぞ」ハンナはアンドリアに言った。「シャワーは熱めになってる。二分でエビが茹であがるほど熱いから、やけどしたくなければ温度を下げてね」

「わかった」アンドリアは言った。「教えてくれてありがとう。よかったらクロワッサンがトレーにひとつ残ってるわよ。サリーはカットフルーツもふた皿用意してくれてた。わたしのぶんは食べたから、あとは姉さんのぶん」

「ありがとう」クロゼットに向かいながらハンナは言った。その日に着るものとして長袖の宣伝用Tシャツを選ぶ。胸に赤で〝クッキー・ジャー〟と書かれたフォレストグリーンのTシャツにして、それをベッドに広げた。急いでTシャツを着てフォレストグリーンのセーターを重ねると、ミネソタ州レイク・エデンでは北欧系の人びとの多くがいみじくも〝スウェーデンのプラズマ〟と呼ぶ最初の一杯を飲みにいった。

コーヒーは熱くて濃く、ハンナはむさぼるように飲んだ。飲みながら、アンドリアの言うとおりだと思った。ルームサービスは休暇のホテル滞在の楽しみのひとつだ。厳密に言えば今回は休暇ではないが、今このときのように、まるで休暇のように思えるときもある。

ペストリーのバスケットを見ると、アンドリアがクロワッサンのほかに、いっしょにはいっていたらしいマフィンも一個食べていることがわかった。ハンナは残った一個のマフインを取ってバターを塗り、笑みを浮かべながら味わった。バターには塩気があり、マフインはおいしかった。なかにはいっている果物がなんなのか気づくのに少し時間がかかったが、ルバーブだとわかるとさらに笑みが広がった。ルバーブはミネソタで好まれる作物だ。家を所有するハンナの知り合いのほとんどが、庭のどこかでルバーブを育てていた。大量に収穫できるので、食料雑貨店に買いにいく必要がないし、いろいろな焼き菓子に使えるからだ。ルバーブマフィン、ルバーブパイ、ルバーブクッキー、ルバーブケーキ、ルバーブバークッキーなどに。ルバーブソースもたいていの家庭に大量にある。クランベリーソースより使われる機会はずっと多い。肉にも魚にも合うし、ハンナの曽祖母のエルサのように、意外性を求めてボローニャサンドイッチにまで塗る人もいる。だが、考えているうちに、今まで聞いたことがないものをひとつだけ思いついた。

「お待たせ」すっかり身支度を整えてバスルームから出てきたアンドリアが言った。「コーヒーはまだ残ってる?」

「たっぷりあるわよ。サリーがポットふたつぶん用意してくれたから」ハンナは答えた。「ルバーブスフレを作った人っている?」

アンドリアは少し考えてから首を振った。「ううん。ルバーブマフィンから思いついたの?」

「ええ。まだルバーブが使われていない焼き菓子はないかと考えていたの」

アンドリアはしばらく考えてから、また首を振った。「ルバーブスフレは聞いたことがないわ」

「わたしも。作ってみようかしら」

「そうね……ミシェルのカモのスープみたいなことにならないといいけど」

ハンナは少し驚いた。「ミシェルはカモのスープを作るの？」

「過去形よ。カモのスープを作ったの」アンドリアが訂正する。「一度だけ作って、みんな二度と作らないほうがいいという意見だった」

「どこがいけなかったの？」

「恐ろしくまずかったの！　姉さんが大学院にいたころ、わたしとビルを夕食に招いてミシェルが挑戦したのよ。トレイシーが生まれるまえだった」

「ターキースープの作り方で？」

「そう。ターキースープのレシピをカモに変えて作ってみると言ってね。ひどいものだったわ」

「どうしてそうなったのかしら？」

「わからない。ビルとわたしはカモが好きなのよ、父さんと母さんもね。どうしてまずいと思ったのかわからないけど、だれもひとさじ以上進まなくて、ピザを買ってこなくちゃならなかった」

ハンナは少し考えてみた。「うまくいかなかった理由はわからないけど、考えてみると、たしかにカモのスープのレシピは見たことがないわ。カモのローストや、温かいカモのサラダや、カモのパテはあるけど、スープはないのよね」

「わたしに言わせれば、理由はこれよ。ミシェルのカモ(ダック)のスープを一度飲んだら……死ぬまでスープを避(ダック)けることになる」

ハンナはうめいて目をむいた。

「そのクロワッサン、食べる？」アンドリアがきいた。

「もうひとつあるの？」ハンナはそう言って、ナプキンをもう少し引っ張った。

「うん、チョコレート・クロワッサンがあるはず」

「ああ、あった。食べたいの、アンドリア？」

「うん、姉さんが食べないなら。なんだかビルが恋しくなっちゃって、チョコレートを食べたら少し気分が上がるかもしれないと思って」

ハンナは笑いをこらえた。聞いたこともないほど説得力のない言い訳だが、アンドリアにはそれを食べる資格があった。アンドリアはアルバイト代を受け取らずに、自分といっしょに長時間働いているのだから。「食べていいわよ」ハンナはアンドリアにバスケットをわたして言った。「それを食べたら、そろそろ厨房に行きましょう。サリーはもうキャラメル・ピーカンロールを作りはじめているそうよ」

「わかった」アンドリアはチョコレート・クロワッサンをひと口かじって、よろこびのため息をつくと、靴と靴下を取りにいった。「すぐに出られるから待って」

そのことばどおり、アンドリアが準備を整えるには五分もかからなかった。サドルバッグ大のバッグを手にしたハンナは、アンドリアがいつもの不動産会社のオフィスに行くとき用のバッグを持っているのに気づいた。

「どうして仕事用のバッグを持ってるの、アンドリア？」

「ビュッフェが終わったら急いでオフィスに行かなきゃならないから、部屋に取りにもどりたくないの。ビュッフェにいるあいだは厨房に置かせてもらえる？」

「もちろん」ハンナは急いで言った。「仕事のあとは戻ってくるのよね？」

「そのつもり。ちらしを何枚か印刷して、家を一軒お客さんに見せないといけないの。フィッシング・トーナメントの今日の成績発表までに戻ってくるわ。携帯で写真を撮ってビルに送るためにね。あとで電話してきて、初日はだれがリードしているのか知りたがるはずだから」

　廊下を歩きながら、ハンナは突き当たりのドアを指さした。「あそこがソニーのスイートよ」

「ブライダル・スイートのひとつでしょ？」

「そう。わたしが泊まったのと同じタイプの部屋」ハンナはかすかな後悔の痛みを感じながら言った。「すてきな部屋よ。ベッドルームは広くて、リビングルームには必要なものがすべてそろってる。バスルームはジャクージ付きよ」

「すてきね」アンドリアは言った。「昨夜のソニーはとてもそんな空間を楽しめる状態じゃなかったでしょうけど」

ハンナは小声で笑った。「たしかにそのとおりね。バーであれ以上面倒を起こさないように、朝まで眠らせるものをドクが与えたと母さんから聞いたわ」

「もう起きてるかしら？」アンドリアがきいた。

「さあね。お昼まで寝ていたりして」

「でも、ウォリーはここにいないのよ。フィッシング・トーナメントはだれが進めるの？」

「ジョーイよ。午前中はひとりで進めることになるかもしれないとドクが彼に伝えたら、大丈夫だと言われたらしいわ。ジョーイはみんなに好かれているしね」

「そうみたいね。二日酔いのミスター・フィッシング・スターに会いたがる人はいないだろうし」アンドリアが言った。

「おそらくね」エレベーターが止まって降りると、ふたりはロビーを抜けてまっすぐ厨房に向かった。そこではサリーが厨房のテーブルについてコーヒーを飲んでいた。

「おはよう、サリー」ハンナはあいさつした。「まずは何をすればいい？」

「コーヒーをいっしょに飲んで」サリーはにっこりして言った。「ふたりとも、よく眠れた？」

「ええ」アンドリアがすぐに答えた。

「わたしも」ハンナも言った。「わたしたちがやる準備作業はほんとにないの、サリー？」

「今のところはね。ランチビュッフェのためのケーキ作りをはじめるまでは。別の厨房でスタッフが朝食ビュッフェ用のほかの料理を作っているから、あとはトーナメント参加者たちが湖に持っていく袋詰めのクッキーを焼くだけよ」

「まかせて」ハンナは厨房のコーヒーポットを取りにいった。「さっきは朝食のトレーをありがとう、サリー。あなたが寄越してくれたコーヒーがなかったらここまで来られなかったと思う」

「わたしもよ」アンドリアが急いで言った。「ありがとう、サリー。すごく助かった」

「毎朝届けるようにとベアトリスに言ってあるから」サリーは言った。「昨夜は駆けこみで十人の参加申しこみがあって、トーナメントの参加人数が上限に達したのよ。これまでやってきたイベントのなかでいちばん人が集まったとジョーイが言ってたわ。ウォリーはすごくよろこんでいるみたい」

「はいどうぞ、アンドリア」ハンナはアンドリアにコーヒーを満たしたカップをわたして言った。「わたしのぶんを注いだら、ポットがからっぽになりそう。新しいポットにコーヒーを淹れましょうか、サリー？」

「お願いするわ！　まだ全然カフェインが足りてないから」

「わたしも」アンドリアも言った。

やがて、コーヒーを飲むのを切りあげて、三人の女性たちは仕事に取りかかった。三人が自分のやるべきことに集中しているあいだ、静かになるひとときは何度かあったが、フィッシング・トーナメントやその参加者、まだ残っている仕事について話したりもした。

「休憩しましょう！」キャラメル・ピーカンロールを焼き終え、ランチビュッフェ用のケーキを冷ますために業務用ラックに入れ、クッキーを形成してオーブンに入れると、サリーが声をあげた。

「コーヒーのにおいがするぞ」ドクが厨房にはいってきて言った。「働き者のドクターのためのカップはひとつあるかな？」

「もちろんありますよ」サリーは急いで言った。「でも、コーヒーだけじゃなくてカップもほしいんですか、ドク？」

ドクは笑った。「口が減らないな、サリー。しかもまだ早朝だというのに！」

「三時半から起きてますから」サリーが言った。「あなたは？」

「私には無理だよ。昨夜はロリが遅くまで話したがって、夜更かしをしたんだ。私がペントハウスを出るとき彼女はまだ眠っていたから、キッチンでごそごそして起こしたくなくてね」

「コーヒーを持ってくるわ、ドク」ハンナはポットのところに行って彼のためにコーヒーを注いだ。「ブラックだったわよね？」

「ああ、でも今日は砂糖をたのむ。炭水化物の刺激がほしいんでね」

「それはお医者さまのアドバイス?」アンドリアがきいた。

「ああ、でもだれにも言わないでくれよ、とくにロリには。私の体重が増えてきていると彼女は言うんだ」

「そうなの?」ハンナはきいた。

「どうだろう。最近量っていないから。ここだけの話、このまま逃げつづけるつもりだ」

「今朝のソニーはどんな様子?」ハンナはきいた。

「様子を見にいったら、気分は上々だと言っていた」

「昨夜のことを何か覚えているかときいてみましたか?」アンドリアが知りたがった。

ドクは首を振った。「きかずにおいたよ。思い出させないほうがいいと思ってね」

「彼のほうからは何も?」サリーがきいた。

「ああ。気分がいいから、ジョーイを起こして朝食ビュッフェのまえに湖に出ると言っていたよ」

「じゃあ、彼はビュッフェに来ないの?」ハンナはその先を推測して言った。

「そうみたいだね」ドクはコーヒーをひと口飲んでから深いため息をついた。「それと、これは私の憶測だから話すべきじゃないかもしれないし、証拠は何もないんだが、昨夜のようなことはソニーにとって初めてではないような気がする。これまで別のフィッシング・トーナメントでも同じようなことをしていると思う」

「それを聞いてもまったく驚かないわ」サリーは言った。「実を言えば、ディックも昨夜同じことを言ってたの。ソニーは高機能アルコール依存症かもしれないと思うって」

「高機能アルコール依存症って?」アンドリアがきいた。「アルコール依存症患者はたいてい高機能じゃないと思うけど」

「高機能アルコール依存症は興味深くてね」ドクは言った。「少し調査しているところなんだ。高機能アルコール依存症患者が飲酒問題を抱える人だとまわりに気づかれることはほとんどない。メディカルスクール時代、三人の仲間とシェアしていたアパートメントの隣人が、高機能アルコール依存症だった。平日はきちんと仕事をして、酒は一滴も飲まない。そして、金曜日に仕事を終えると飲みはじめ、日曜日の夜七時まで飲みつづける。彼がごみ缶をたちまち酒瓶でいっぱいにするのを私たち四人は見ていた。だが、月曜日の朝仕事に出かけるときは完全にしらふだった」

ハンナは小さく身震いした。「ぞっとする生き方ね」

「ああ、だが彼には合っていた。金曜日に帰宅した彼に声をかけて、そのことについてきいてみたんだ。もう何年もそうしているし、責任ある仕事をしているから、平日は酔っ払うわけにはいかないんだと言っていた」

「仕事は何をしていたの?」アンドリアがきいた。

「ミネアポリスの軍需品工場で働いていた」

「いやだ！」サリーは今聞いた話に不安を覚えたようだった。「ほんとうに仕事中は酔っていなかったのかしら？」

「ああ。これは私見にすぎないが、平日は酒に手を触れないという彼のことばはほんとうだと思った。彼の仕事の記録を調べてみたところ、同じ職場で二十七年働いて、雇い主からの苦情はひとつも記録されていなかった。何度か昇進していることも、何百人もの従業員をまとめるシフト監督者だったこともわかった。彼の話が事実だったことの証拠だ」

「それでもぞっとするわ」アンドリアが言った。「弾薬や何かを作っているときに従業員のひとりがミスをしたらと思うと。爆発が起こって死人が出るかもしれない」

「そうだね」ドクが言った。「私たちがアパートメントを出てもっとましなところに引っ越したあと、彼はどうしているんだろうとよく考えたよ。ある日、その軍需品工場を退職した人たちの写真を目にする機会があったんだが、前列に彼の姿があった」

「少し安心したわ」サリーが言った。

「私もほっとした」ドクも認めた。「名誉ある退職をしたのだから、アルコールがらみの失敗をすることなく職務をまっとうしたということだろう」ドクはコーヒーを飲み干して立ちあがった。「ご婦人たちは仕事に戻らないといけないね。私は病院に電話して、インターンがちゃんとやっているかたしかめるよ」

「興味深い話だった」ドクが出ていくと、ハンナは言った。「勉強になったわ。高機能アルコール依存症という病気があるのは知っていたけど、かならず道を踏みはずすものだと思っていたから」

「たいていの人は踏みはずすと思う」サリーが言った。「もっと何か知らないか、ディックにきいてみる。夫婦でここを買って以来、彼はヘッドバーテンダーだから、バーのお客さんからいろいろ学んでいるはずだもの」

「たとえばどんなことを?」アンドリアがきいた。まだこの話題をつづけたいらしい。

「客を怒らせることなく追い出す方法とか。あれにはかなりの技術が必要なのよ。ディックよりうまくあれをやってのける人はひとりしかいないわ」

「だれ?」ハンナがきいた。

「あなたたちのお母さんよ。ソニーの足を踏んで、マイクとロニーの腕のなかに押しやるなんて、まさに天才的発想だわ」

7

三時間後、朝のオーブン仕事を終えたハンナとアンドリアは、朝食ビュッフェのテーブルのうしろに立っていた。手助けが必要な人に給仕し、必要に応じてさまざまな料理の保温トレーを補充した。部屋に戻って少し休憩したあと、今また持ち場についたところだ。

「ブロンド妻とそのお友だちが来たわ」ダイニングルームにはいってきた女性ふたりを見てアンドリアが言った。

「ほんとだ」ハンナは言った。「あいているテーブルに向かうまえに、ブロンド妻はしばらく部屋のなかを見まわしていたわね」

「ソニーを探していたのよ」アンドリアが言った。「夫たちも来たから、今朝は彼がビュッフェにいなくてよかった」

姉妹が見ていると、夫たちは妻たちを見つけ、同じテーブルについた。

「少なくとも今朝はなにごとも起こらなそうね」アンドリアがほっとしたように言った。

「ブレックファスト・エンチラーダの予備の保温トレーはある？　このトレーにはもうふ

た切れしかないの」

ハンナはテーブルクロスを持ちあげて、ビュッフェテーブルの下の棚をチェックした。

「レッドとグリーンのどっち?」

「レッドをお願い」アンドリアが言った。「残ったふた切れを予備のトレーに移せばいいわ」

「サリーのブレックファスト・エンチラーダは大人気ね」ハンナは気づいた。

「そうね。朝食用にエンチラーダを作ると聞いたときはちょっと驚いたけど」

「レシピを聞くまではわたしもそうだった。でも、材料はすべて朝食に使われる食材なのよね」

「そうそう。スクランブルエッグとチーズとジャガイモとソーセージとベーコンならまちがいないものね。もし残っていたら、どんな味なのかひと切れ食べてみたいな」

「わたしはふた切れ食べたいわ、レッドとグリーンと」ハンナは言った。「残ったふた切れ、わたしたちでひとつずつもらっちゃう?」

「うん、もしできるなら」

「できるわよ」ハンナは保温トレーに残ったレッド・エンチラーダふた切れを取りのけ、新しいトレーをアンドリアにわたした。

「サリーはどうしてこんなにメキシコ料理が好きなのかしら?」アンドリアが言った。

「エスニック料理のレストランがたくさんある大都市に住んでいるならわかるけど」

「たぶんだけど……」ハンナは言った。「サリーとディックはハネムーンにメキシコで一週間すごして、そのあとも何度か行ってるでしょ。サリーはメキシコ料理が大好きになったんだと思う。伝統的なものもいいけど、レシピに遊びを加えて新しいものを作るのが好きなんですって」

「このブレックファスト・エンチラーダみたいに？」アンドリアがきいた。

「そう。グリーン・エンチラーダのトレーを確認してくれる、アンドリア？　それの予備もこの下にあるから」

「三切れ残ってる」アンドリアがもうひとつの保温トレーのまえに移動して言った。

「オーケー。そのトレーをちょうだい。代わりに新しいトレーをわたすから。それがからっぽになったら、エンチラーダはもうないと言うしかないわ」

「そんなに長くはもたないと思う」エンチラーダでいっぱいの新しいトレーを受け取ってテーブルに設置しながらアンドリアが言った。「新しいトレーが出てきたのを見ていたいちばん近くのテーブルの男性たちが、立ちあがってこっちに向かってるから。姉さん、サリーのレシピはコピーさせてもらった？」

「もちろん」

「よかった！　ビルの朝食にどうしても作ってあげたいの」

「あんたにもできるわよ」ハンナはベーコンのトレーを補充してテーブルに置いた。「今朝の釣り人さんたちはかなり空腹みたいね」

「そうね、実はわたしもよ。朝食は食べたけど、何時間もまえだもの。そのうえ、ここに立っておいしそうな料理を見ているなんて目の毒だわ」

「聞こえたわよ」サリーが合流して言った。「少し休憩して何か食べたら？　三人目のウエイトレスが来たから、トレーの補充は彼女とわたしでやるわよ。もうテーブルをまわってお客さんたちにあいさつしてきたし」

「いいの？」アンドリアはサリーのことばに甘えたくてたまらないようだ。「もうおなかぺこぺこ」

「じゃあお皿に料理を盛って、あいているテーブルで食べるといいわ。今朝はふたりともよく働いてくれたから、食事休憩をとって当然だもの。あと二時間だけだから、あなたたちはもうこれであがっていいわよ」

「ほんとに？」ハンナがきいた。

「ええ。ここはいいから食べなさい。そして、ブレックファスト・エンチラーダの感想を聞かせてね」

　ささやかな盗みを白状するときだった。ハンナはビュッフェテーブルの下からほとんどからっぽの保温トレーふたつを取り出した。「実は、これをいただくつもりだったのよ、サリー。あんまりおいしそうだったからひとりふた切れずつ取っておいたの」

「あら、うれしい！　それって褒めことばよね。食べたら意見を聞かせて」

「もちろん」ハンナは約束し、アンドリアに皿を一枚わたした。「ありがとう、サリー。朝食ビュッフェを食べるのがすごく楽しみだわ」

ハンナとアンドリアは皿に料理を盛り、テーブルを探そうと向きを変えた。すると、ノーマンが立ちあがった。「ハンナ！　こっちだよ！　席がふたつあいてる」

「さすがノーマン」アンドリアはハンナとともにテーブルに向かいながら言った。「あっ、でも……ふたりきりがよければ……」

ハンナは「気にしないで」と言って、皿をテーブルに置き、ノーマンの同席者にあいさつした。「また会いましたね、ドク」

「やあ、ハンナ。ブレックファスト・エンチラーダを食べてみるべきだよ。すばらしくおいし——おっと、もう取ってきたようだね」

ハンナは笑った。「ええ。アンドリアとわたしは早朝からずっと保温トレーを補充していたけど、あのブレックファスト・エンチラーダのにおいはたまらなかったわ。かすめ取って、ビュッフェテーブルの下に隠れてがっつきたいのをこらえるのに必死で」

ノーマンが笑った。「ぼくがあそこにいたらそうしていただろうな。すごくおいしいよ、ハンナ。きみが作ったの？」

「サリーとアンドリアと三人でね。サリーが完璧なレシピを作り、アンドリアとわたしが材料を合わせて焼いたの」

「見事な合作だ」ドクが褒めた。「また朝食ビュッフェに出してほしいとサリーに伝えてくれ。ロリをたたき起こしてここに連れてくるから。きっと気に入ると思う」

「たしかに気に入りそう」ハンナは同意し、ブレックファスト・エンチラーダの最初のひと口をフォークで口に入れた。「うーーーん！」

「ご婦人方、コーヒーはいかがですか？」ウェイトレスのひとりがテーブルに来て尋ねた。

「うーーーん」ハンナは口をいっぱいにしながら答えた。

「お願いします」すでに最初のひと口を飲みこんでいたアンドリアが言った。「姉はブラックで、わたしはクリームを少し」

「ソニーとあのあと会いました？」また話ができるようになると、ハンナはドクにきいた。

ドクは言った。「ジョーイとボートに乗るために元気に出かけていってからは会ってない」

「たしかに昨夜はあんまり元気じゃなかったね！」ノーマンが少し眉をひそめて言った。

「あれだけ飲んだんだから、あとになって影響が出るんじゃないですか？」

「まあ、いずれわかるだろう。今朝彼女たちに話したとおりだよ。彼は暴飲に慣れているようだから、なにごともなかったかのように乗り越えると思うね」

「ちょっとぞっとするわ」ハンナが言った。

「そうだね」ドクが同意した。「彼が今日のフィッシング・トーナメントでやるべきことをちゃんとしてくれるよう願おう。今日最初の釣果の計量のときに来て様子を見てみるよ」

ノーマンが椅子から立ちあがった。「釣果の計量といえば、釣果を得るためにそろそろ行かないと。何か秘訣はありますか、ドク？」

ドクは笑った。「自殺願望のあるウォールアイの群れに突っこまないかぎり、ないね」

アンドリアが驚いた顔をした。「自殺願望のある魚がいるの？」

ドクがまた笑った。「私がこれまでに釣った魚はみんな自殺願望があったと思うよ。私にはこれっぽっちも釣りの才能がないんだ。ビルがここにいられなくて残念だったね、アンドリア。彼は昔からすごく釣りがうまいから」

「そうなの？」アンドリアは驚いて言った。「知らなかった！」

「ビルにきいてみるといい。釣りあげたのになぜか逃げられた大物の話をしてくれるから。私も以前聞かされたが、話すたびに魚はどんどん大きくなるんだ」

ノーマンもハンナもアンドリアも笑った。ドクはおもしろおかしく話してからかっているのだ。

「あなたはどうなんですか、ドク？」アンドリアがきいた。「すごく大きな魚を釣ったことはあるの？」

「数え切れないほどね。スコッチウィスキーを一杯おごってくれれば、全部話してあげよう。さあ、そろそろきみたちふたりは仕事に戻り、ノーマンはトーナメント優勝をかけて湖に出たほうがいい」

「そのチャンスはありそう？」立ちあがってみんなでテーブルをあとにしながら、アンドリアはノーマンにきいた。

「まずないだろうね」ノーマンはにやりとしながら答えた。「ぼくは釣りがうまいわけじゃないけど、湖に出るのがとても楽しいんだ。だから参加しているんだよ」彼はハンナを見た。「午後に仕事を終えたらぼくといっしょに湖に出たい？」

「ええ」すぐに心を決め、ハンナは答えた。

「でも、午後は昼寝するんじゃなかったの？」アンドリアがやや不安そうにきいた。

「今日はあきらめるわ」ハンナは言った。「自殺願望のある魚は見たことがないけど、もし出会えたらエデン湖に戻してあげなくちゃ」

ハンナはあくびをしながらジーンズとセーターに着替えた。暖かい日だったが、水上はいつも少し肌寒い。髪をうしろで束ねて簡単なポニーテールにし、つばのある布製の帽子を取って、ノーマンに会うために急いで階段をおりた。

待ち合わせ場所はロビーで、ハンナはそこで待っているノーマンを見つけた。「ごめんなさい、ちょっと遅れちゃった。厨房に戻って、持っていくサンドイッチとクッキーを用意していたの」

「ありがとう、ハンナ」ノーマンは少しおもしろがっているように言った。「おなかはすいてないけど」

「そうかもしれないけど、念のためにね。洋ナシのコブラーが少し残ってたから、それもふた切れもらってきた」

ノーマンはハンナが持っている大きな袋を見た。「つぎの計量の時間まであと二時間しかないんだよ。そんなにたくさん食べられないと思うけど」

「ああ、全部が食べ物というわけじゃないのよ」ハンナは袋を示して言った。「薄手の上着と、予備のサングラスと日焼け止めもはいってる」

「空はくもってるよ」ノーマンが思い出させた。

「そうだけど、くもっていても日焼けはするのよ」

「たしかにそうだね」ノーマンは同意した。「子供のころ父と釣りにいって、人生最悪の日焼けをしたよ」

ハンナは小さくうなずいた。「わたしにも経験があるわ。暑い日で、水着を着ていたらひどく日に焼けてしまって、三日のあいだ水着以外のものが着られなかった」

ノーマンがハンナの肩を抱き、ふたりは湖畔を歩いた。「いっしょに来てくれてうれしいよ、ハンナ」レンタルしたフィッシングボートに乗りこみながら彼は言った。

「きれいなボートね」ハンナはそう言って、前方のバケットシートのひとつに向かった。

「舫綱(もやいづな)を外しましょうか?」

「たのむよ」

ハンナはボートをつないでいたロープをゆるめ、ノーマンはモーターを始動させた。

「船外モーターじゃないの?」ボートの後部を見てハンナがきいた。

「後部に船外モーターがあるけど、小さいから釣りには向かないんだ。これは船内にあって車みたいに始動できる。キーをひねってスタートボタンを押すだけでいいんだよ」

「わたしが最後に釣りをしてからいろいろ変わったのね」ボートがドックから離れると、ハンナは言った。「父さんが百万回もコードを引いてモーターを始動させていたのを覚えてる」

「ぼくも同じだよ。今はなんでも簡単になってるね。実は、このボートか、似たようなやつを買おうかと思っているんだ。ディックに相談したら、夏のあいだここにボートを置いておきたい釣り人たちに、ドックのスペースを貸しているそうだから」

「そんなに停泊場所があるの?」ハンナは驚いてきいた。

「今使ったドックじゃなくて、コンベンションセンターのすぐ先あたりに別のドックがあるらしい。きみの準備を待つあいだに、ボートでそっちのほうに行ってみたよ。そのあと戻ってここに舫ったんだ。もうひとつのドックはU字型で、もっと広かった。釣りには理想的な設備だったよ。ディックはそこで釣り餌店とボートのレンタルもやっているんだ」

「生き餌を使うの？」ハンナは尋ねた。幸運を願って指をクロスさせながら。ミミズや地虫を釣り針につけてくれとノーマンにたのまれたくなかった。ミミズなどには感覚がないと言われているが、ハンナには信じられなかったし、いつも虫たちがかわいそうになってしまうのだ。

「このトーナメントでは生き餌は禁止なんだ」とノーマンが言ったので、ハンナは小さく安堵のため息をついた。「ウォリーは新シリーズの釣り道具の販売促進をしていて、トーナメントに参加申しこみをした人全員に、釣り道具がすべてはいったタックルボックスをくれたんだよ」

「どんなものがはいってるの？」ハンナはきいた。

「見てごらん。きみの席のうしろにあるから。すごくいいタックルボックスなんだ。ウォリーはトーナメントが終わったら、新商品が発売になる〈ウォリー・スポーツ〉に来てほしいんだと思う」

「釣り糸の種類はいろいろあるの？」

「うん、そのための別のタックルボックスもある。湖釣りかフライフィッシングかによって、あらゆる種類の魚用の釣り糸がそろっているんだ」

「あなたがもらったのはウォールアイ用のタックルボックスなの？」

「ああ。いいから見てごらんよ、ハンナ。あらゆる道具がはいっているから」

ハンナは振り向いて小さな赤いタックルボックスを見つけた。持ちあげて膝の上に置き、ふたを開けた。

「ほんとになんでもあるのね。全部にラベルがついている」彼女はきちんと整理されたタックルボックスに感心して言った。「ウォリーのスポーツ用品店で買ったらかなりしたでしょうね」

「そうなんだ」

「スプーンというラベルがついてるセクションがあるわね。昔わたしと釣りにいっていたころ父さんが使っていたものに似ているわ。これはなんに使うものなの、ノーマン？」ハンナは尋ねた。

「スプーンはルアーの一種で、それはシルバー・ストリーク・ミニと呼ばれている。ぼくなら釣り糸にこれをつけて七メートルから十メートルの深さまでおろし、時速五キロくらいでトローリングするね。ウォールアイ釣りには浮力の高いルアーのクランクベイトがいちばんという人もいるけど、クランクベイトだとその深さでゆっくり進まないといけない。ぼくはたいていのレイク・エデン民よりもっと深いところで釣りたいんだ。そのほうが大物がかかる気がするからね！」

「すごく大きなウォールアイを釣ったことはあるの？」

「うーん、それは釣り人泣かせの質問だね、ハンナ。逃げられた魚の話ならできると思うけど」

「ほんと？」ハンナはにやりとしながらきいた。「逃げられた魚ねえ。どのくらいの大きさだったの？」

「すごく大きかったから、一瞬口からヨナが飛び出すんじゃないかと思ったよ！」

ハンナは笑った。「まじめな話、何かわたしにできることはある、ノーマン？」

ノーマンは彼女に微笑みかけた。「いっしょにいてくれるだけでいいよ。朝からずっと働いていたんだろう。ボートの後方にはベンチシートがあるから、眠くなったら湖をわたるそよ風を楽しみながら昼寝ができるよ」

「でも、魚を網で捕獲するのに手伝いがいるでしょ。父さんと釣りをするとき、わたしたち三人姉妹は網の担当だったのよ」

「手を貸してほしいときは教えるよ。睡蓮（すいれん）の庭あたりで釣ろうかと思っているんだ。あのあたりはいちばんウォールアイが釣れそうだから」

「ほんとに？」ハンナは少し驚いてきいた。「どうしてあそこがいちばん釣れそうなの？」

「ウォールアイは太陽光に敏感で、明るい日中は日陰を好むから、昼間は植物が繁茂していたり木の枝が覆いかぶさっていたりする水域にいることが多いんだ。植物の陰にいれば捕食者から身を守れるし、広がった枝の隙間から水中に光が届いて、餌を見分けることもできる」

「なるほどね。ウォールアイはふだん何を食べるの？」

「ミノウやシャッドといった小さな魚や昆虫、そのほかの小さな生き物だよ」

「それならなぜウォリーは生き餌を禁止するの？」

「ウォールアイ用の新しい道具を使ってほしいということもあるだろうけど、たぶんそれだけじゃないと思う。生き餌を使うと水が汚染されるし、エデン湖は澄んだ水で知られている。ウォリーは環境を破壊するかもしれないことはしたくなかったんだろう」

「なるほど。ウォリーは世論を気にしたのね。環境保護主義者に目をつけられたくないでしょうし」

「そのとおり」ノーマンはハンナに微笑みかけた。「釣り人はみんな環境を気にかけている。とくにミネソタではね。湖の澄んだ水や、魚をふくめた野生動物の健康を守ろうとしているんだ」

ハンナはノーマンに微笑みを返した。成人後の何年かをほかの州ですごしたとはいえ、心はミネソタ人なのだ。

湖上を進みながら、ハンナは空を見あげた。そして、目にしたものに眉をひそめた。エアコンのきいたインをあとにしたときから、湿気の多さに気づいていた。空気は重くて、風がまったくない。いつもなら湖に出るとカモメや湖岸の鳥の鳴き声がするのに、この午後は静かだった。時折聞こえる虫の声をのぞけば、なんの音も聞こえなかった。

「今日の湖は静かね」彼女は空を見あげながら言った。空は灰色で、西の方に目を向けると、暗くなってきていることに気づいた。「雨になると思う？」

「たぶんね。ベンチシートのなかにレインコートが二着はいってる。必要ならシートを持ちあげて取り出してくれ」

「ありがとう」ハンナは急いで言った。「父さんと釣りに出かけるときはいつもポンチョを持っていった。雨のなかの釣りが大好きだったの。雨のときのほうが釣れるからって」

「それはぼくも聞いたことがあるけど、どうも信じられないな。雨が降りだしたら帰ってもいいんだよ」

ハンナは肩をすくめた。「雨はそれほどいやじゃないわ。とけるわけじゃないんだし」

「空を見ていてくれ、ハンナ。灰色がかった黄色になったら、すぐに知らせてほしい。全速力でドックに戻ろう」

「竜巻が来るかもしれないから？」ハンナはきいた。

「うん。竜巻のときに湖の上にいたことはないし、経験したいとも思わないからね」

「わかったわ！」ハンナは小さく笑った。「竜巻をやりすごしたことはある、ノーマン？」

「外ではないけど、竜巻警報が出るたびに、母さんは急いでぼくを地下室に行かせた。正直、どっちがましかわからないよ――竜巻か地下室か。地下室はカビ臭くて、天井からぶらさがった電球がひとつだけだったから暗かった」

「母さんも同じことをしたわ」ハンナは言った。階段をおりて暗闇のなかにはいるのがいやでたまらなかったことを思い出しながら。「危険が去ったことを知らせるサイレンは永遠に鳴らないような気がした」

何分か無言でボートに揺られたあと、ハンナは遠くにもう一艘のボートを見つけた。そのボートも動いていたが、妙なところがあった。水上で大きな円を描いているように見えるのだ。トロール釣りにはおかしな方法だ。彼女はノーマンにきいてみることにした。

「前方のあのボートを見て、ノーマン。円を描くように進んでる。あれはウォールアイを釣るための新しいトロール釣りの方法なの？」

「どこ？」

ハンナは遠くを指さした。「睡蓮の庭のすぐ近く」

「見えた」ノーマンはもう一艘のボートを見つけて言った。「ぼくの座席のうしろに双眼鏡がはいっている。ストラップ付きのグリーンのケースだ。もっとよく見たいから、それを取り出してくれないか？」

ハンナは座ったままうしろに反って、双眼鏡のケースを見つけた。ケースから取り出し、ノーマンにわたす。

　ノーマンはストラップを首にかけ、ボートのスピードを落とした。そして、双眼鏡を調整してうなずいた。「オーケー。よく見えるようになった。まるで……ちょっと待ってくれ。倍率を調節するから」

「何かおかしいの？」ノーマンが心配そうな声をあげたので、ハンナはきいた。

「うん。もう少し近づいてたしかめないといけないけど、人が操縦桿に覆いかぶさっているせいで、ボートが旋回してしまっているようだ」

　ハンナはノーマンから双眼鏡を受け取り、ノーマンは問題の方角にボートを進めた。

「もう一度双眼鏡を貸して、ハンナ。もしなんでもないなら、トーナメント参加者をじゃましたくないから」

　もう一艘のボートがはっきり見えるまで近づいた。ノーマンの言ったとおりだ。だれかが操縦桿にもたれかかっているせいで、ボートが旋回していたのだ。「もっと近づいたほうがいい？」ハンナはきいた。

「わからない。とりあえずぼくが……いや、まずいぞ！　携帯電話は持ってる、ハンナ？」

「ええ、持ってると思うけど。非常事態なの？」

「うん、そうみたいだ。マイクの番号はわかるよね？　トーナメントのあいだはいつでも彼に連絡できるようになっていると言ってた」

「湖の上でも？」

「ああ。ウォリーがインのすぐ隣に電波塔を設置したから。マイクに電話して、ぼくたちのいる場所を教えてくれ。そのあとはぼくが話す」

マイクの番号はスピードダイヤルに登録してあったので、すぐにつながった。

「どうした、ハンナ？」

「今ノーマンといっしょなんだけど、彼があなたと話したがってる」ハンナはノーマンに携帯をわたした。そして、彼が件のボートの状況を手早く説明するのを聞いた。

「あまり近づきたくなかったけど、まずいことになっているかもしれないから、きみに知らせたほうがいいと思ったんだ」彼は少しのあいだ相手の話を聞いてからうなずいた。

「わかった。きみたちが来るまでハンナとここで待つよ。場所は睡蓮の庭のすぐ近くだ。どこだかわかるか？」また返答に耳を傾けてから、彼は言った。「ありがとう、マイク。なんでもないかもしれないけど、とにかくすぐに来てくれ」

「マイクはここがわかるかしら？」ハンナは携帯電話をバッグに戻しながら言った。

「ロニーが知ってる。マーフィー兄弟は毎年夏に、父親のシリルとこの湖で釣りをするそうだから」

「何がおかしいと思うの？」質問したのを後悔しなければいいがと思いながら、ハンナは尋ねた。

「わからないけど、何か変だよ。もう一度双眼鏡を貸して、ハンナ。マイクが来るまであのボートから目を離さないようにしないと」

「操縦桿にもたれている釣り人は具合が悪いのかしら?」ハンナはきいた。

「かもしれない」ノーマンはもう一度双眼鏡を調節した。「まったく動いてないように見える」

「ものすごく……具合が悪いんだと思う?」頭に浮かんだ恐ろしい可能性については尋ねたくなかった。

「今は考えるな、ハンナ。マイクとロニーが来れば、何があったのかはっきりしたことがわかるから」

準備:
23センチ×33センチのケーキ型2台に〈パム〉などの
ノンスティックオイルをスプレーする。

ハンナのメモその1:
朝食仲間がいるときは、まえの晩に材料を型に入れて
アルミホイルで覆い、冷蔵庫に入れておく。
朝その型を取り出して室温に戻してから
エンチラーダソースをかける。

ハンナのメモその2:
細切りのペッパージャックチーズがないときは、
かたまりを買っておろしてもよい。
ペッパージャックチーズはソフトチーズのため
細切りにするのはむずかしいので、
おろすまで冷蔵庫で冷やしておくこと。

ハンナのメモその3:
細切りのメキシカンチーズがないときは、
細切りのイタリアンチーズかチェダーチーズを使ってもよい。

作り方

① ボウルに卵を割り入れて泡立て器でかき混ぜる。
別のボウルに細切りの(またはおろした)
ペッパージャックチーズを入れる。

② 大きめのフライパンに有塩バターを入れて中火にかけ、
とけたバターを広げる。

③ かき混ぜた卵を入れ、底にくっつかないように
へらで混ぜながら炒める。

④ 細切りのペッパージャックチーズを加え、
底にくっつかないように混ぜながら炒める。

ブレックファスト・エンチラーダ

材料

有塩バター……28グラム

卵……大12個（そう、まるまる1ダース！）

細切りのペッパージャックチーズ……450グラム
（スパイシーにしたくなければ普通のジャックチーズ）

ブレックファスト・ポークソーセージ……900グラム

ベーコン……450グラム（厚切りでなく普通のもの）

冷凍のポテトオブライエン
（さいの目に切ったジャガイモ・ピーマン・タマネギを炒めたもの）……2カップ
（なければ刻んだタマネギ1/2カップと丸いハッシュブラウン、
または半分に切ったテイタートッツでも）

細切りのメキシカンチーズ……2カップ（わたしは〈クラフト〉の
ファインリー・シュレッデッド・メキシカン・フォー・チーズを使用）

刻んだグリーンチリの缶詰……113グラム入り2缶
（わたしは〈オルテガ〉のグリーンチリを使用）

ホットソース……適量（お好みで。わたしは〈スラップ・ヤ・ママ〉の
ホットソースを使用）

ソフトタイプのタコス用の小麦粉トルティーヤ……24枚

レッドエンチラーダソース……794グラム入り1缶
（わたしは〈ラス・パルマス〉のものを使用）

グリーンエンチラーダソース……794グラム入り1缶
（わたしは〈ラス・パルマス〉のものを使用）

中辛のサルサ……440グラム入り1瓶
（わたしは〈トスティートス〉のものを使用）

ハンナのメモその4：
さらにスパイシーにする場合は、
ホットソースの瓶をテーブルに出しておくとよい。
そうすれば辛さを各自で調節できる。

⑪ カウンターにラップを広げ（少なくとも30センチ）、
中央にトルティーヤを置き、そのまんなかにフィリングを
1/3カップ分のせる。その上にサルサ大さじ1をかけ、
トルティーヤの下側を持って上側に重ねる。
半円形になったトルティーヤの左右の端を
まんなかに折りこんで、少し重なるようにする。
フィリングがなくなるまでこの作業をつづける
（約24個のエンチラーダができるはず）。

⑫ エンチラーダソースの缶を開け、
一方の型に少量のレッドエンチラーダソースを注いで
へらで底全体に広げる。もう一方の型に少量の
グリーンエンチラーダソースを注いで同様にする。

⑬ それぞれの型にエンチラーダを12個ずつならべる。
少なくとも1.5センチはあいだをあけること。
あいだを詰めすぎると取り分けるのがむずかしくなる。

ハンナのメモその5：
両方焼かない場合は、
焼かないほうの型にアルミホイルをかけ、
フリーザーバッグに入れて、使うときまで冷凍しておく。

⑤ 卵がスクランブル状になったらこんろからおろして火を消す。
卵を混ぜたボウルを洗ってチーズスクランブルエッグを入れる。

⑥ ソーセージをパッケージから出してほぐし、
あいたフライパンにベーコンとともに入れ、
強めの中火でカリカリになるまで炒める。
冷めるとぽろぽろになる。穴のあいたスプーンやへらで
油を切って、ペーパータオルを敷いたボウルに入れる。
熱いので気をつけながらペーパータオルでそっと
油を吸い取る。

⑦ 肉のかけらをこそげ落とした同じフライパンに
ポテトオブライエンを入れ、こんがり色づいて
カリッとするまで炒める。
炒めたポテトオブライエンを別のボウルに入れ、
水気を切ったグリーンチリを加えて混ぜる。

⑧ ⑥の肉類が冷めたらペーパータオルをはずし、
手でぽろぽろにほぐし、細切りのメキシカンチーズの
半量を加えて混ぜる。

⑨ これでカウンターには3つのボウルがならんだことになる。
チーズスクランブルエッグのボウル、肉とチーズのボウル、
ポテトとグリーンチリのボウルだ。その全部がはいる
大きなボウルを用意し、3つのボウルの中身をすべて入れて、
手でよく混ぜる。

⑩ 味見をして、もっとスパイシーにしたければ
ホットソースを数滴加えて混ぜる。
必要なら塩コショウを加えてよく混ぜる。
これがエンチラーダのフィリングになる。

⑭ エンチラーダをならべ終えたら、
エンチラーダソースの残りをそれぞれかけ、
残ったメキシカンチーズを均等に振りかける。

⑮ 190℃に予熱したオーブンで20〜25分、
またはエンチラーダソースがぐつぐついうまで焼く。

⑯ オーブンから取り出してワイヤーラックなどに置き、
少なくとも5分冷ます。お好みでサワークリーム、
細切りのメキシカンチーズの残りなどを入れた
ボウルを用意する。〈スラップ・ヤ・ママ〉の
ホットソースの瓶も忘れずに
(マイクを招いたときはとくに!)。

ゲストの食欲にもよるが、約8〜12人分。

ハンナのメモその6:
エンチラーダが残ったら、
型にアルミホイルをかけて冷蔵庫に入れておくだけでよい。
泊まり客がいるなら、翌朝なくなっているかも。

8

「それで、問題のボートというのは？」ハンナたちと話せるところまでロニーがボートを寄せると、マイクが尋ねた。

「あそこだ」ノーマンは遠くのボートを指さした。「何も問題ないならじゃましたくはなかったけど、双眼鏡で見たところ、操縦桿の上に人が覆いかぶさっているように見えた。眠っていると考えられないこともないが、変だと思ってきみたちを呼んだんだ」

「ボートのなかにほかに人は？」

「見たかぎりではいないようだ」

「わかった。確認してみよう」マイクは自分の双眼鏡を出すと、しばらくボートを観察した。「きみの言うとおりだ、ノーマン。何かがおかしい。もっと近くに行ってみるしかないな」彼はロニーを見た。「意識を失っているとしたら、ボートに乗りこむ必要があるかもしれない。向こうのスピードに合わせられるか？」

「やってみることはできるけど、むずかしいでしょうね」ロニーは言った。

「ぼくが力になれると思う」ノーマンが申し出た。「並走してスピードを落とさせるよ」

ハンナはその申し出に驚いてノーマンを見た。「ほんとにできるの？」

「ああ。自動車レースをやっていたとき、そういう動きをよく練習したんだ。サイドドラフティングと呼ばれていた。別のドライバーのスピードに合わせて横にならび、競い合ったあとスピードを落として、チームメイトが追い抜けるようにするんだ。それほど簡単じゃないけど、やり方は知ってる」

「ボートで？」ロニーがきく。

「可能なんだよな？」マイクが確認する。

ノーマンは小さく肩をすくめた。「やってみて損はない」

マイクはロニーを見てうなずいた。「よし、やってみよう」

ロニーが言った。「マイク、ノーマンのボートに移れますか？」

「もちろん」マイクは言った。「まかせてくれ」

「ぼくはどうすれば？」ロニーがきいた。

「ボートをできるだけノーマンのボートに近づけるんだ。ぼくが飛び移れるように」

ハンナが見守っていると、ロニーがボートを寄せ、マイクが立ちあがった。ハンナがマイクたちのボートのサイドをつかみ、マイクが飛び移ってきた。

「お見事」ハンナは彼のバランス感覚を賞賛して言った。

「ありがとう。保安官事務所のジムでバランストレーニングをしているんだ。揺さぶったり傾いたりするトレッドミルがあってね。はじめは脇の手すりにつかまる必要があったけど、一週間もするとどこにもつかまらずに耐えられるようになったよ」

「それがこんなところで役に立つとは思わなかっただろうね」ノーマンがボートをまえに進めながら言った。

「たしかに、思わなかった」マイクは認めて言った。「とにかくそこから落ちないようにがんばっていただけで」

「子供のころ、苦労してアイススケートを覚えたときもそんな気持ちだったわ」ハンナが言った。

旋回するボートに近づきながら、マイクは双眼鏡を目に当てた。「まださっきとまったく同じ姿勢だ。きみが正しかったようだね、ノーマン。何かがおかしい。それに、あれはソニーだ！」

ハンナは昨夜のソニーの飲酒のことを話そうとして、すぐに口を閉じた。そのことならマイクも知っている。あの場にいたのだから。それに、今回はまったく別の話なので、ソニーの醜態をあげつらってもしかたがない。「ジョーイが彼といっしょにボートに乗っていたはずだけど」彼女は言った。

「ぼくもそう思っていたよ」ノーマンも言った。

「どこかでジョーイを湖に落としたのかもしれない」マイクが言った。「ほかの参加者から、ソニーはジョーイがあまり好きではないらしいという話を耳にした」

「アンドリアもそういう印象を持っていたわ」ハンナが教えた。「番組でもジョーイにあんまりやさしくなかったみたい」

「アンドリアは釣り番組を見るの？」マイクは驚いたようだ。

「ええ。ビルが見たがるから。夫婦がいっしょにすごすためならアンドリアも見るわよ」

マイクは一、二秒考えてから微笑んだ。「それはいいね。ところでハンナ、今朝ソニーが湖に出かけたとき、きみは起きていた？」

「ええ、でも彼が出ていくのは見ていないの。あなたがききたいのがそのことなら」

「うん、それをききたかったんだ。ソニーは今ひとりのようだから」

ハンナは悪寒がした。ジョーイが無事なことを祈った。彼はとても感じがよくて礼儀正しい人だ。ウォリーは彼のことがとても気に入っているようだったのに、どうしてソニーは彼とうまくいっていなかったのだろう、とぼんやり思った。

「このあたりでいいだろう」ノーマンが言った。「準備はいいかい、マイク？」

「いいよ」マイクはポケットをたたいて言った。

「気をつけて」ハンナは警告した。そのあと、言わなければよかったと思った。マイクが腰の制式拳銃を確認しているように見えたからだ。

「ちょうどいい位置に来たら教えてくれ」ノーマンがマイクに言った。「ハンナも」

「行くぞ！」マイクがそう言って、ソニーのボートに飛び乗った。「よし、うまくいった！　手を離していいぞ、ハンナ。ボートを少し後退させてくれ、ノーマン。こっちのボートのエンジンを切るから」

ノーマンはスピードを落としてソニーのボートのうしろにつけた。マイクは座席のあいだを進んで、まったく同じ姿勢のままぐったりと操縦桿にもたれているソニーに近づいた。

ソニーに身を寄せるマイクを、ハンナもノーマンも無言で見つめた。どちらの男性もそのままの姿勢で固まったかのように見えたが、やがてマイクがソニーのボートのエンジンを切った。

ノーマンはすぐに反応し、自分のボートのエンジンも切って、ソニーのボートのうしろに浮かんでいられるようにした。永遠にも思えるあいだ待ったあと、ようやくマイクが体を起こして携帯電話を手にした。

「きみに電話だよ、ハンナ」ハンナの携帯電話が鳴りだして、ノーマンが言った。

ハンナはすぐに応答した。「マイク、何も問題ない？」

「いや、ありだ。よく聞いてくれ、ハンナ。きみとノーマンにはインに戻ってドクを見つけてほしい」

「わかった。ドクをここに連れてくればいい？」

「いや、ドクはエデン湖をよく知っている。彼を見つけて、ぼくが睡蓮の庭にいると伝えてくれればいい。もし診察中だったら、急がなくていいと言ってくれ」

ハンナは顔をしかめた。「つまりソニーは……」その先を言いたくなくて、ごくりとつばをのみこんだ。

「ああ。鑑識を呼ぶつもりだと言ってくれていい。そのまえに死亡推定時刻を出してほしいと」

ハンナは深いため息をついた。「そのほかにノーマンとわたしにできることはある？」

「あるよ。ドクをここに送りだしたら、ジョーイを探してくれ。見つかったら、彼から目を離さないように」

マイクから見えないのはわかっていたが、ハンナは小さくうなずいた。「ということは、ソニーは……殺されたの？」

「ぼくにはそう見えるけど、それはだれにも言わないように」

「ディックとサリーには？　ふたりにはソニーが殺されたことを知らせていい？」

マイクはしばらく無言だったが、やがてため息が聞こえた。「ソニーが死んだことは話していいけど、ぼくがインに戻るまではほかのだれにも言わないように念を押してくれ。わかったかい？」

「わかったわ」ハンナは言った。「ほかにしてほしいことは？」

「とくにないけど、とにかくジョーイから目を離さないようにしてほしい。糊のようにへばりついて、手を洗わせず、シャワーも浴びさせないように」

「つまり、ソニーは自然死ではないってことね？」

「ミスター・バウマンが食べていたキャラメル・ピーカンロールに毒がはいっていたとしても自然死ではないけどね」

「はいってるわけないでしょ！　わたしが作ったんだから」

マイクは笑ったが、おもしろがってはいなかった。「質問が多すぎるぞ、ハンナ。とにかく、ディックとサリー以外にはだれにも言わないこと。鑑識の作業が終わってインに戻ったらもっと話してあげるよ」

マイクは電話を切り、ハンナはノーマンを見た。「マイクはわたしたちに、インに戻ってドクを探せって」

「言ったのはそれだけ？」

「ええ、でも、彼はソニーをミスター・バウマンと呼んでいた」

「それが何か？」

「マイクはいつも殺人の被害者に対して改まった呼び方をするの」

「なるほど」ノーマンはそう言うと、エンジンを始動させてインに向かった。

数分ほどボートを走らせたあと、ノーマンはハンナを見た。「もう少しでマイクに、戻ってそばにいようかとききそうになったよ」

「ノーと言われたでしょうね」モーター音がしていても聞こえるようにノーマンに身を寄せて、ハンナは答えた。

「ぼくもそう思ったからきかなかったんだ。ほかの警官たちが来るまで、犯罪被害者を守るマイクのじゃまになってもいけないし」

ハンナはそのことについて少し考えたが、何も言わなかった。それがマイクのじゃまになるのかどうかわからなかった。だが、心の奥底では、それはマイクが自分の仕事のなかであまり好きではない部分のひとつなのではないかと思っていた。

9

インに着くと、ハンナとノーマンは、何があったかを伝えるためにドクのオフィスを目指した。ドクはかばんをつかんでふたりとともに臨時オフィスを出ると、睡蓮の庭の場所はわかっているからと言って、急いで自分のボートに向かった。

「つぎはどうする？」廊下を歩きながらノーマンがきいた。

「ディックを探しにいきましょう。ジョーイの姿を見ているかもしれないから」

ディックはバーの棚に酒瓶を補充していた。ノーマンとハンナはサルーン風のドアを押し開けて、長いマホガニーのバーカウンターに向かった。

「まだ準備中なんだ」ディックは申し訳なさそうに言った。

「かまいません」ノーマンが言った。「飲みにきたわけじゃないから。話があるんだけど、少しいいですか、ディック？」

「きみたちと話す時間ならいつでもあるよ」ディックは言った。「のどをうるおすためにノンアルコールドリンクでもどうかな？」

「もしできるなら、アーノルド・パーマーを」バースツールを引いて座りながらノーマンが言った。

ディックはうなずいた。「了解。ピッチャーにレモネードを作ったところだし、アイスティーはいつでもあるからね」彼はハンナを見た。「きみはどうする？」

「同じものを」ハンナもノーマンの隣のバースツールを引いて座った。

「どうしてこんなに早く戻ってきたんだい？　午後じゅう湖にいると思ったのに」飲み物を出したあとで、ディックはきいた。

ハンナとノーマンは視線を合わせた。何があったかをドクに話せとマイクに言われたが、サリーとディックにはソニーが死んだこと以外何も知らせてはいけないことになっている。とはいえ……。

ハンナは少し考えてから、ノーマンに軽くうなずいてみせた。ディックから情報を引き出す必要があるし、それにはその理由を伝えなければならない。

ノーマンがうなずき返した。こちらが考えていることを察してくれたようだ、とハンナは思った。「あのね、ディック」彼女は言った。「問題が発生したのでそのことを話したいんだけど、ほかの人には言わないでほしいの」

「サリーは？」ディックはきいた。「四人だけで話せるように、電話してここに呼ぼうか？」

「いい考えだ！」すぐにノーマンが言った。「ぜひそうしてください、ディック」

ハンナはちょっと気まずかった。ディックとサリーに殺人事件があったことを話したら、マイクに怒られるだろうか？　その可能性について少し考えてみて、ディックとサリーにはインの客が殺されたことを知る権利があると判断した。マイクはジョーイの居場所を知りたがっているのだし、ディックとサリーに理由も告げずにホテルじゅうを捜索するわけにもいかない。

ディックが電話をすると、ほどなくしてサリーが現れた。ドアを開けてバーにはいってきた彼女はひどく興味をそそられているようだった。「ふたりともこんなに早い時間にここで何をしているの？」バーにいるハンナとノーマンに気づいて彼女は尋ねた。

「問題が起きたんだ、サリー」ノーマンが言った。

「トーナメント参加者に？」不安そうな顔でサリーはきいた。

ハンナは首を振った。「実はソニーなの。気の毒だけど、彼は……」そこで自分にいちばん近いバースツールを示した。「座って、サリー」

サリーはバースツールに座った。「ソニーがどうかしたの？　また何かやらかしたの？」

「そうとも言えるわ」ハンナはすばやくうなずいた。「実は、今回はかなり大きなトラブルなの」

「参加者の妻たちのだれかとまた何かあったの？」サリーは推測して、大袈裟（おおげさ）なため息をついた。「昨夜バーで起こったことは全部見ていたわ。あなたたちがここにいてくれたことにほんとに感謝してる。とんでもなくまずい展開になっていたかもしれない状況から救ってくれたんだもの」

「そのとおりだよ」ディックも言った。「もっと大きな問題になっていたかもしれないんだから。きみたちがあの場を収めてくれなかったらどうなっていたか考えたくもないよ」

サリーはうなずいた。「ソニーは飲みすぎると勝手な行動をとるらしいの。だからウォリーは、自分の娘をここに呼べばソニーの悪癖が抑えられると思ったみたい」

「何か聞きそびれたようなんだけど。どうしてウォリーの娘さんが関係してくるの?」

「ウォリーの娘さんのリリーはソニーの婚約者なのよ」サリーはふたりに告げた。「ソニーを落ちつかせることができる人がいるとしたら、それはリリーだとウォリーは思ったんでしょうね。ソニーにはお目付役が必要だと思ったウォリーは、昨夜リリーに電話したの」

ハンナの頭はワープスピードで回転した。ソニーに嫌気がさしたリリーが彼を殺したのだろうか? その可能性はある。となると、リリーはジョーイにつぐふたりめの容疑者だ。

「リリーと話せる?」

ディックは首を振った。「もうここにいないんだ。今朝早くに発ったと夜間のフロント係が言っていた」

「ソニーが婚約していたなんて知らなかった！」まだその事実に驚いていたハンナは言った。

「公式発表は控えているけどね」ディックが言った。「ソニーの広報担当は彼のイメージダウンにつながるかもしれないと考えているらしい」ディックはふたりのグラスにお代わりを注ぎ、サリーにはレモネードのグラスを持ってきた。作業を終えると、彼はハンナを見た。「ソニーの最新のトラブルについてはまだ聞いてなかったね」

　ハンナは深呼吸をした。悪い知らせを伝える人間になるのはいやだったが、自分は必要以上にその役目を担うことが多いようだ。つばをのみこみ、もう一度息を吸って勇気を振り絞ると、彼女は言った。「ソニーは亡くなったわ」

「亡くなった？」サリーは繰り返し、音をたててレモネードのグラスを置いた。

　ディックはわずかに目を細くした。「亡くなったって……どうして？」

　ハンナはノーマンを見て、かすかにうなずいた。ショッキングなニュースの一部を伝えたのだから、今度は彼の番だ。

「殺されたんです」ノーマンは言った。「とにかくマイクはそう思っている。今ドクが事実確認のためにソニーのボートに向かっています」

　サリーはすぐに心を落ちつけて尋ねた。「ウォリーは知ってるの？」

「今インにいる人たちはだれも知りません。あなたとディックとドク以外は。ぼくたちはマイクにたのまれたんです、ここに戻ってドクに知らせたあと、ジョーイを探してほしいと」

「ジョーイを?」ディックは驚いた顔をした。「きみは今朝彼を見たんだろう、サリー?」

「ええ。早朝にね。ロビーでたまたま会ったの。ソニーといっしょに乗るボートに向かおうとしていた。せっかくの朝食ビュッフェに出られなくて申し訳ないと言われたから、湖に持っていけるように朝食を包みましょうかときいたの。それには及ばない、今はすごく急いでいるし、ソニーはもうボートに向かっているからと言われた」

「それは何時のこと?」ハンナはきいた。

「はっきりとは覚えてないけど、夜明けまでまだかなり間があった。空は明るくなりかけてもいなかったし、わたしはフロント係にコーヒーを届けにロビーに行ったところだった。夜間シフトのクレイグは大学生で、ひと晩じゅう起きているから、いつもコーヒーを持っていってあげるのよ」

ハンナはうなずいた。「ということは五時まえね。わたしたちはその少しあとに部屋からおりてきたから」

「ジョーイがボートに乗ったところは見た?」ノーマンがサリーにきいた。

サリーは首を振った。「いいえ、暗すぎて窓からドックは見えなかった」

「つまり、はっきりとはわからないのね、ジョーイがほんとうにソニーとボートに乗ったかどうかは」ハンナは結論づけた。

「そうよ。でも、彼が乗らなかったと考える理由はない」サリーは話すのをやめて眉をひそめた。「マイクがソニーを見つけたとき、ジョーイはボートにいたの？」

ハンナは一瞬ためらってから首を振った。「いいえ。だからマイクはわたしたちにジョーイを探してくれとたのんだんだと思う」

「彼が無事だといいが」ディックは心配そうだ。「ジョーイはいいやつだ。いつもソニーに対して礼儀正しかったし、感じよく接していたけど、ソニーのほうは……まあ、あの調子で」

「そのとおりよ」サリーも言った。「あの釣り番組を見ればわかるわ。彼はいつもジョーイを召使いみたいに扱っているの」そして、そこで考えこんだ。「今日はローザがジョーイの部屋を掃除することになってたはずよ。彼女に電話して、ジョーイが部屋にいるかきいてみましょうか？」

「ええ、お願い」ハンナは即座に言った。

「やあ！」そのとき、バーの入り口で声がした。「個人的な集まりかな、それとも、だれでも参加できる飲み会かな？」

「ジョーイ！」サリーが息をのんだ。「あなたを見なかったかローザにきこうと思っていたところよ」

「ソニーのことは言わないように」ハンナはディックとサリーに小声で注意した。「あなたたちは何も知らないってことで。いい？」ふたりがうなずくと、バースツールごと向きを変えてジョーイに手を振った。

「はいってくれ、ジョーイ」ディックがノーマンの隣のバースツールを示して言った。

「レモネード？　アイスティー？　それともアーノルド・パーマー？」

「レモネードをたのむよ」ジョーイはバースツールに座って言った。「何かあったのかい？　深刻な話をしていたみたいだけど」

「ええ、深刻よ」ハンナが会話を先導して言った。「今朝あなたはソニーとボートで出かけたんだと思ったけど」

「出かけたよ。彼が怒ってここに私を置いていくまで、一時間以上いっしょにいた」

「ここに戻ってきたときはまだ暗かったですか？」ノーマンがきいた。

「ああ。シャワーを浴びたあとにようやく明るくなりはじめた」

「戻ってきたあと、部屋でシャワーを浴びたの？」落胆を見せまいとしながらハンナはきいた。ジョーイがシャワーを浴びたなら、硝煙反応やその他の証拠が出る可能性はない。

「シャワーを浴びて、きれいな服に着替えたのね？」

「ああ。服はランドリーバッグに入れて、廊下に出しておいた。そうすることになっているから」

「そのとおりよ」サリーが言う。

「ソニーはどうしてきみに腹を立てたんだい？　ソニーは今朝飲んでいたのか？」ディックがきいた。

「もちろん飲んでいたよ！　あいつは生き餌入れに酒を隠していたんだ。私はボートに乗るまで知らなかった。魔法瓶を取り出したから、私はてっきりコーヒーがはいっているのだと思ったんだ！」

「酔っ払っている様子だった？」サリーがきいた。

「ああ、でも最初は昨夜の酒が残っているだけなのかと思った。きみたちも見ただろう。彼はかなり酔っ払っていた。ひと晩じゅう飲んでいたのか、今朝起きてからまた飲みはじめたのかはわからない。わかっているのは、ふたりで湖に出たとき、彼が少しふらついていたということだ」

「ソニーは昨夜リリーがここに来たことを話しましたか？」ハンナがきいた。

「いいや」ジョーイはひどく驚いた顔をした。「彼女はまだここに？」

「もういない」ディックが答えた。「フロント係によると、今朝早くにチェックアウトしたそうだ」

「なるほど。リリーはおそらくソニーがまた酒に手を出したせいで嫌気がさしたんだろう」

「そういうことはまえにもあったの?」ハンナはきいた。

「私が知っているだけでも二回。彼がアルコール依存症治療プログラムを受けるのは今回が三度目で、私たちはみんなうまくいっていると思っていた」

「いっしょにボートに乗ったときは、彼がまた飲んでいることに気づかなかったのね?」ハンナがきいた。

ジョーイは首を振った。「ソニーは隠すのがうまいんだ。昨夜バーで泥酔していたのは知っていたけど、今朝はしらふだと思った。飲んでいると知っていたら、ボートを操縦させたりしなかったよ。おそらくまだ眠かったか、よく見ていなかったかで、ソニーに魔法瓶の中身をかけられてそのにおいをかぐまで、何が起きているのか気づかなかった」

「魔法瓶には何がはいっていたんだい?」ディックがきいた。

「ウィスキーのようなにおいだった。それで、部屋に戻ったらすぐに服を脱いでシャワーを浴びなければならなかったんだ。早く服を脱ぎたくてたまらなかったよ!」

「おなかがすいているでしょう、ジョーイ」サリーが話題を変えて言った。「朝食ビュッフェに来てくれなかったから」

「行きたいのはやまやまだったけどね!」ジョーイはにっこりと微笑みながら答えた。

「あのおいしい料理を食べられなかったのはつらかった。腹の虫がうるさいくらいに鳴いているよ。何か食べるものはあるかな、サリー?」

「ジョーイを厨房に連れていってあげたら、ディック？」サリーが提案した。「何かこしらえてくれる人がいるはずよ」

「そうだな」ディックはそう言うと、カウンターのうしろから出てきてジョーイを手招きした。「みんな忙しかったら、私が名高いルーベン・オムレツを作ってあげよう」

「ルーベン・オムレツ？」ジョーイは興味を惹かれたらしい。「ルーベン・サンドイッチみたいなもの？」

「そう、パンは使わないけどね。コンビーフとザワークラウトとスイスチーズで作るんだ」

「うまそうだな」そう言うとジョーイはバースツールからおりて、ディックについていった。「母が会合で出かけると、父はよくルーベン・サンドイッチを作ってくれたんだ」

ハンナはジョーイとディックが出ていくまで待ってから、サリーを見た。「ローザに電話して、ジョーイのランドリーバッグを確保するよう伝えてもらえる？　マイクはジョーイがボートで着ていた服が必要になると思うから。それと、ジョーイの部屋を掃除しないように伝えたほうがいいわ。マイクが捜査員を送りこんで、何か証拠がないか調べさせることになるから」

サリーは携帯電話を出してハンナに言われたことをしたが、電話をしまったあと不安そうな顔になった。「ジョーイがソニーを殺したと思ってるの？」

「そういうわけじゃないけど、今の時点ではだれもが容疑者だから」

「つまり、捜査を手伝うつもりなのね？」サリーがきいた。

「そうしたいと思ってる」ハンナはとっさに言ってしまってから、もう少し説明したほうがいいだろうと思った。「少なくとも、わたしはマイクに力を貸してほしいと言われると思ってる。何をしろと言われるかわからないから、ノーマンとわたしは待つしかないけど」

「なんて言われると思う？」サリーがきいた。

「すべて自分にまかせてほしいと言われたりして」

サリーはおもしろがっているようだ。「そうかもしれないけど、それでやめたことなんてなかったじゃない！」

「まあね」ハンナは認めた。「でも、この件については既得権があるわけじゃない。ソニーのことをよく知ってるわけじゃないから。実際、彼とやりとりしたのは朝食ビュッフェのときだけだし」

「彼とダンスしたときをのぞけばね」ノーマンが指摘した。

「そうだけど、彼とダンスがしたかったわけじゃないわ。わたしの番だったし、ミシェルを助けなくちゃならなかったからよ」

「釣り番組は見てる？」サリーがきいた。

「一度も見たことないの。アンドリアが話題にしてるのを聞いただけ」ハンナは深いため息をついて、説明しようとした。「これまではちがったでしょう、サリー。わたしか身近な人が被害者を見つけた。今回は制御不能になって旋回するソニーのボートを見つけただけ。ソニーが殺されているのを見つけたのはマイクよ。わたしの助けは必要ないと彼に言われたら、身を引かなきゃ」

サリーはまだ信用していないようだ。「既得権はないと言ったけど、あるわよ。殺人がおこなわれたときここにいた。あなたは親切にも料理を手伝ってくれて、ソニーはあなたが作ったものを食べた。キャラメル・ピーカンロールを気に入ったとまで言っていたわ。あなたは彼のことをそれほど好きじゃないかもしれないけど、彼はそう言ってあなたに賛辞を贈った」彼女はノーマンを見た。「それって既得権よね？」

「まさしく」ノーマンはすぐに同意した。「それだけじゃなく、ソニーのボートを見つけたとき、ハンナはぼくといっしょにいて、ふたりとも何かがおかしいと気づいた」

「ほらね」サリーはノーマンに微笑みかけて言った。「それに、マイクがあなたたちをここに送りこんで、殺人のことをドクに伝えさせたのを忘れないで」

ハンナはしぶしぶうなずいた。「すべてそのとおりよ」

サリーはハンナの答えに明らかによろこんでいた。「そう認めたからには、身を引いて何もしないわけにはいかないわよ。ドクに知らせるためにあなたたちをインに戻らせたのは、マイクがあなたたちの助けを必要としていたからだもの」

「ほかにもあるよ」ノーマンが付け加えた。「マイクはぼくたちに、ジョーイを探して目を離さずにいてほしいとたのんだ。ぼくたちはもう捜査の一部を担っているんだよ、ハンナ。それに、今はビルとリックがいないことを忘れちゃいけない。新人は休暇中だから、残っている捜査メンバーはマイクとロニーだけだ。マイクとロニーはききこみをしてもらうためにぼくたちが必要になる」

「まあ……そうかもね」ハンナは折れた。

「そして言うまでもなく、あなたとノーマンはわたしたちの友だちよね」サリーが指摘した。

「もちろんそうよ」ハンナは急いで言った。

「この事件は〈レイク・エデン・イン〉に悪影響を及ぼすかもしれない。そうならないよう、力になりたいでしょう?」

「ええ、力になりたいわ」

サリーは笑顔になった。「ありがとう、ハンナ。ディックとわたしは苦労してここまでやってきたのよ」

「わかってる」ハンナは言った。

「それに、きみは調査したいんだろう、ハンナ?」ノーマンがきいた。

「もちろんよ！」

「それならイエスでしょ。調査してくれるわよね？」サリーがぐいぐいと押す。

ハンナはため息をついた。サリーとノーマンは容赦なかった。「イエスよ」彼女は言った。「全力を尽くしてソニーを殺した犯人を探すと約束する」

ハンナのメモその3:
ガーキンが食料雑貨店やデリにないときは、
スイートピクルスのレリッシュ大さじ2で代用できる。

準備:
① オムレツ用のフライパンがあればそれを使うこと。
なければ大きめの卵2個のオムレツが作れる大きさのフライパンでよい。
このフライパンで4つのオムレツを作る。
② オムレツが4つ置けて、そのままオーブンで温められる大皿も必要。

作り方

① ザワークラウトの水気を切り、重ねたペーパータオルで拭く。

ハンナのメモその4:
わたしはストレーナーに大きめのコーヒーフィルターを敷くことも。
そこにザワークラウトを入れると驚くほど水気がとれる。

② 小さめのボウルにサウザンアイランド・ドレッシングを入れ、
みじん切りにしたガーキンを加えて混ぜる。

③ 大きめのボウルに卵8個を割り入れ、水1/2カップを加えて、
白っぽくふんわりするまで泡立て器でかき混ぜる。

④ フライパンを中火にかけ、熱くなったら
バター大さじ1を入れて広げ、
卵液をさっとかき混ぜてから1/4量をフライパンに流しこむ。
フライパンを傾けながら卵液を全体に広げる。

ルーベン・オムレツ
(こんろを使うレシピ)

ハンナのメモその1:
このレシピはマイクを招いているのでなければ4人分。
ミシェルとわたしが朝食に招いたとき、
マイクは4つのオムレツのうち3つを食べた。

材料

ザワークラウト……1カップ

サウザンアイランド・ドレッシング……大さじ4

ガーキン(小さめのキュウリのスイートピクルス)……5個

有塩バター……大さじ4

卵……大8個

水……1/2カップ

薄くスライスしたスイスチーズ……8枚

薄くスライスした牛の前バラ肉(ブリスケ)のコンビーフ……337グラム

ハンナのメモその2:
わたしはこれらの材料のすべてを
〈レッド・アウル食料雑貨店〉のデリコーナーで買う。
スイスチーズとコンビーフはフローレンスがスライスしてくれる。

⑤ 卵の表面がまだしっとりしているあいだに
オムレツの上半分にスライスチーズ2枚をのせ、
その上にコンビーフの1/4量をのせる。

⑥ コンビーフの上にザワークラウトの1/4量をのせる。

⑦ 幅広のゴムべらで具がのっていない下半分の卵を折り返し、
具を包むようにする。

⑧ ゴムべらをオムレツの下にさしこんでフライパンからはがし、
皿に移す。アルミホイルでふんわり覆い、
軽く温めたオーブンに入れて保温する。

⑨ ④～⑧をあと3回繰り返す。

⑩ 4つのオムレツが焼けたら、
②のサウザンアイランド・ドレッシングをかける。

卵2個のオムレツ4人分
（そのうちのひとりがマイクでない場合
——ハンナのメモその1参照）。

10

「これには出ないと」と言ってハンナは立ちあがり、電話に出るために別のテーブルに向かった。電話はマイクからで、ハンナはソニーの死をサリーとディックに伝えたことを彼に知らせたかった。

「ドクが来た」マイクはあいさつで時間を無駄にしなかった。「ソニーは他殺でまちがいないそうだ」

「こっちはジョーイの居場所がわかったわ」ハンナはそう言ったあと、バーでジョーイと交わした会話について伝えた。

「わかった。彼をひとりにさせないように気をつけてくれ」マイクは注意した。「ジョーイは射撃がうまいかどうか知っていたりする？」

「ソニーは撃たれたの？」ハンナはきいた。

「ああ、背中をね。遠くから撃っているから、かなりの凄腕（すごうで）だ」

ハンナはかすかに身震いした。「ジョーイにそんなことができたなんて信じられない」

「わかるよ。ジョーイはとてもいい人みたいだからね。でも、いい人でもかっとなって復讐するかもしれないということを思い出してくれ。それに、ジョーイも銃の使い方は知っているはずだ」

「そうね」ハンナはつづけて、ローザが保管しているジョーイの衣類を入れたランドリーバッグのことを話した。「ディックとジョーイがバーに戻ってきたら、銃の使い方を知っているかとジョーイにきいてみましょうか?」

「いや、それはぼくにまかせてくれ。そっちに着いたらぼくがなんとかするから。とにかく、彼をインから出さないようにしてくれ、ハンナ。ロニーとぼくがあとで事情聴取する」

電話を切ったあと、ハンナは考えこんだ。ジョーイがだれかを処刑するとは考えにくいが、マイクが何度も指摘してきたように、とてもそうは思えないような人でも殺人者になりうる。

「何も問題はない、ハンナ?」バースツールに戻った彼女にノーマンがきいた。

「ええ、問題ないわ」ハンナは答えた。「あなたたちは?」

「上々よ」サリーが言った。「ウォリーがフィッシング・トーナメントのために用意した賞品の話をしていたところ」サリーはそこで深く息をついた。「電話はマイクから?」

「ええ」

「ドクもいっしょなの？」

ハンナはうなずいた。「もうすぐ戻ってくるわ」アーノルド・パーマーをもうひと口飲んでからノーマンを見た。「マイクはわたしたちに、ディックとジョーイが戻ってくるまでここにいるようにって」

「ジョーイはまだ容疑者なの？」サリーがきいた。

「だと思う」ハンナは言った。

「マイクは殺人だと確信しているの？」

ハンナはうなずいた。「そう言ってた。もちろんこれからドクが検死をして、死亡時刻を割り出すことになるけど、マイクはかなり自信があるような口ぶりだった。ドクも他殺でまちがいないと思っているみたい。自分の背中を撃って自殺できる人はいないでしょ」

サリーは頭のなかに去来したことのせいで少し気分が悪くなったようだ。ハンナはこれ以上何も言わないでくれと祈るような気持ちだった。

「マイクはいつ戻ってくると思う？」サリーはきいた。

ノーマンは腕時計に目をやった。「マイクが呼んだ鑑識課員しだいだろうけど、それほど時間はかからないんじゃないかな」

「そうね」ハンナは同意した。「ボートはそれほど大きくないし」

サリーはかすかに微笑んだ。「でも、ウォリーのボートはディックが貸しているのよりずっと大きいのよ。フィッシングボートにあるといいなと思うものがすべて備わっているの」

「そのとおりだよ！」バーの入り口で声がして、三人はそこにいる人に目を向けた。

「マイク！」ハンナはよろこんだ。「ずいぶん早かったのね！　鑑識課員もいっしょに戻ってきたの？」

「ああ。ジョーイの部屋を調べてもらいたかったからね。ローザが部屋の外の廊下にいた。だれも部屋に入れないようにとサリーに言われたそうで、今朝ジョーイがインに戻ったときに着ていた衣類入りのランドリーバッグをわたしてくれたよ」

「ああ、よかった」ハンナはほっとして言った。「そうしてもらうようサリーにたのんだの」

マイクはハンナとノーマンを見た。「ジョーイを見つけてくれてありがとう」

「実際は彼のほうがわたしたちを見つけたんだけどね」ハンナは言った。「ディックとサリーにジョーイのことをきこうとしたら、彼がバーにはいってきたの」

「今はどこに？」

「まだディックと厨房にいるわ」サリーが答えた。「空腹だとジョーイが言ったから、ディックがスペシャルオムレツを作ると申し出たの」

マイクはまたハンナを見た。「ディックはミスター・バウマンの死をジョーイに伝えてはいけないことを知ってるかな？」

「ディックは知ってるわ」ハンナは彼を安心させた。

「わたしもね」サリーが言った。「あなたとロニーが戻るまで、口をつぐんでいるようにとハンナとノーマンに言われた。バーがまだ準備中なのはみんな知ってるから、ここにはほかにだれもいなかったし」

「よくやってくれた」マイクは三人に微笑みかけて言った。「ぼくたちの仕事がぐっと楽になったよ」

「あなたもロニーも、何か飲み物はいかが、マイク？」サリーがきいた。

「ああ、ノンアルコールのものなら。ドクがもうすぐここに来るけど、たぶん彼も何か飲みたがるだろう」

「レモネードはどう？」飲み物を用意しようとカウンターのうしろに向かいながらサリーが言った。

「いいね」マイクはうなずいて言った。

「私もたのむよ！」入り口で大声が聞こえたかと思うと、ドクがバーにはいってきた。

「個人的な会合じゃないんだろう？」

「個人的な会合だけど、あなたはその一員ですよ」マイクが答えた。「こちらにどうぞ、ドク」彼は隣のスツールをたたいた。「ミスター・バウマンのことはくれぐれも内密でお願いしますよ」

ドクはうなずいた。「心得た。彼が亡くなったことはだれにも知らせないつもりなのか？」

「今夜のところは。明日の朝もかな」

サリーは驚いたようだ。「どうしてなの、マイク？」

「今夜ロニーとバーに陣取って、ミスター・バウマンの情報をできるだけ集めるつもりだから」

「ほかのトーナメント参加者たちがソニーをどう思っていたか知る必要があるんだね？」ノーマンがきいた。

「ああ。長年の恨みにしろ最近のものにしろ、ほかの釣り人たちやその妻たちが彼の死を願う動機を持っていないか、そのほか事件につながるかもしれないことを探るつもりだ」

「私とロリも手伝えるよ」ドクが申し出た。

「ありがたい」マイクはすぐに言った。そして、ハンナとノーマンを見た。「きみたちはここに泊まっているんだよな？」

「ああ、よければぼくたちもバーにいるようにするよ」ノーマンが言った。

「そうしてくれ」

「アンドリアは？」ハンナがきいた。「あの子もここに泊まっているのよ、わたしと同じ部屋に」

「アンドリアもいてくれたらすごく助かるよ」マイクは言った。「彼女の魅力をもってすれば鳥も木から落とすことができるとビルがいつも言っているから」

「わたしもいるわよ」サリーも言った。「今週はバーでディックを手伝うことになっているの。ものすごく忙しくなると思うから」

「もうひとつ」バースツールから立ちあがろうとしたマイクに、ハンナは急いで言った。「今夜ソニーがバーに現れないことを、みんなになんて言うつもり？」

「そこであなたとディックの出番だ」マイクはサリーに言った。「ソニーは部屋で眠っているとみんなには言ってほしい」

「わかった」サリーは約束した。「ウォリーはどうする？　彼に電話できかれたら？　わたしが伝える？」

マイクは首を振った。「ソニーはフロントに起こさないでほしいというメッセージを残していたとだけ伝えてくれ」

ハンナはかすかに眉をひそめた。「リリーはどうするの？　電話してソニーが亡くなったことを知らせる？」

「まだだ……少なくとも彼女が容疑者かどうかわかるまでは」

「だれもが容疑者ですよ」ロニーがにやにやしながらバーにはいってきて言った。「ぼくたちがシロと判断するまではだれもが容疑者、ですよね、マイク？」

「そうだ！」マイクが言った。「鑑識課員たちの作業が終わったかどうか見にいくぞ、ロニー。そのあとで、ジョーイの部屋を掃除していいとローザに伝えよう」彼はサリーを見た。「あなたとディックであと二十分ほどジョーイをここに引き止めておいてもらえるかな？」

「いいわよ」サリーはすぐに言った。「ジョーイの部屋の掃除が終わったら電話するようにローザに言ってくれる？　階上に戻ってもいいと彼に伝えるから」

「ところでサリー、ディナーは何時？」マイクがきいた。

サリーはバーのうしろにある時計を見あげた。「七時からよ、マイク」

マイクは長々とため息をついた。「実は腹ぺこなんだ。ディックがジョーイのために作ったそのスペシャルなオムレツには何がはいっているのかな？」

「コンビーフとスイスチーズとザワークラウト」サリーは答えた。「ディックはルーベン・オムレツと呼んでる。刻んだガーキン（小さめのキュウリのスイートピクルス）入りのサウザンアイランド・ドレッシングをかけるの」

「うまそうだ！」マイクは笑顔になって言った。ルーベン・サンドイッチは大好きだから、そのオムレツも気に入るだろうな」

「でしょうね」サリーは言った。「ディックに電話してあなたのぶんも作るようにたのみましょうか?」

「ああ、そうしてもらえるとすごくありがたい!」マイクはロニーを見た。「きみも食べるか?」

「もちろん」ロニーは同意した。

「まかせて」ふたりがバースツールから立ちあがると、サリーが言った。「今すぐ厨房に戻って、あなたたちが行くとディックに伝えるわ。キャラメル・ピーカンロールもいくつか残っているかもしれないわよ。まだジョーイが食べていなければ」

マイクとロニーが出ていくと、ドクはサリーを見た。「オムレツは四個以上作るようにディックに伝えた方がいい。マイクがここで朝食ビュッフェを食べていないなら、少なくとも三つは食べるだろうから」

11

ノックの音がしたので、ハンナはドアを開けた。

「アンドリア！」と言って、妹を部屋に入れた。

「今廊下でマイクに会ったわよ。わたしも呼んでくれればよかったのに！」アンドリアは明らかにショックを受けているようだった。

「それがほんとなのよ」ハンナは言った。「このことはだれにも言っちゃだめよ」

「わかってるけど……」アンドリアは小さく身震いした。「今夜電話をくれることになってるビルに話すのはどうしてだめなの？　彼は保安官なのよ。殺人があったことを知らせるべきでしょう」

「それはだめよ、アンドリア。ビルが早めに帰ってきて、彼の基調演説がテレビで流れる機会を逃すことになってもいいの？」

アンドリアはそれについて少し考えた。「たしかにそうね」彼女は言った。「話さなかったことでビルが怒らないといいけど」

「怒らないわよ」ハンナは急いで言った。「それに、留守のあいだマイクを保安官代行に選んだのはビルなのよ。何かあったときはビルの判断をあおぐのではなくて、マイク自身が判断することを望んでいるはずよ」

「たしかにそうね」とアンドリアは言ったが、まだ少し疑わしそうだった。「ないしょにしていたせいでビルに責められないことを願うわ」

「大丈夫よ」確信はまったくなかったが、ハンナは請け合った。「ビルが留守のあいだはマイクが保安官代行なんだから、彼にやれと言われたことをやりましょう」

アンドリアは笑顔になった。「姉さんがそんなことを言うなんて信じられない！」

「わたしもよ」ハンナは小声で笑った。「でも、ビルに知らせることに関しては、ほんとうにマイクの判断を信じるべきだと思う」

「わかった」アンドリアはしぶしぶ言った。「マイクにいいと言われるまでビルには言わない」

アンドリアは持ってきたスーツケースを持ちあげてベッドに置いた。「思っていたより重かったけど、これを持っていくとトレイシーに約束したから」

「また服を持ってきたの？」

「ううん、トレイシーの思いつきで、車でここに来るまえにあるものを買いにいったの」

「何を買ったの？」ハンナは近寄りながらきいた。

「ゴールドフィッシュ。一カートン買ってきた」

「生きた金魚を買ってきたの――」

アンドリアは笑いだした。「ちがうわよ。クラッカーのゴールドフィッシュを買ってきたの。スナック用のバスケットに入れて、ディックがバーでおつまみとして出せるようにね。フィッシング・トーナメントにぴったりだとトレイシーが言うから」

ハンナは微笑んだ。「たしかにぴったりね！　トレイシーにすばらしい考えだと伝えて！　ディックもサリーも気に入ってくれそう！」

「わたしたち、今夜バーに行くんでしょ？」スーツケースから大きな箱を出しながらアンドリアがきいた。

「ええ。ソニーが死んだことは公表せずに、今夜バーでゴシップに耳を澄ますの。あんたも手伝ってくれる？」

「もちろんやるわ！　そういうことは得意だから。みんなわたしにゴシップを話すのよ。だれにも話さないだろうと思って」

「知ってる。だからマイクとわたしとロニーはあんたに秘密を話さないのよ」

アンドリアはショックを受けたようだった。「えっ……そうなの？」

「冗談よ、アンドリア。バーに来てほしい理由のひとつではあるけどね。みんなあんたに秘密を話すから」

アンドリアは微笑んだ。「まあね。でも、それは姉さんも得意でしょ。あと母さんも。みんな母さんに秘密を話すもの」

そして母さんはそれをわたしたちに話すのよね、とハンナは思ったが、言わずにおいた。

「地元の参加者たちはあんたのことを知ってるけど、町外から来ている人たちは知らないわ。今夜はバーのなかを巡回して町外の人たちと話したりできる？　みんながソニーのことをどう思っていたか知る必要があるんだけど」

「もちろん、できるわよ！」アンドリアはすぐに返事をした。

ハンナは微笑んだ。「助かるわ。参加者のなかに、ソニーと過去に何かあった人がいないか知る必要があるの」

「了解」アンドリアは言った。「ソニーに死んでもらいたい理由がある人がいるか知りたいのね」

「そういうこと。ソニーが昨夜みたいにバーで飲んでいないほんとうの理由は秘密だけどね」

またノックの音がして、ハンナはドアを開けた。トレーを持ったローザがいたので驚いた。「こんにちは、ローザ」ヘッドハウスキーパーにあいさつした。「何を持ってきてくれたの？」彼女はトレーを示してきいた。

「サリーに持っていくように言われたコーヒーと、厨房で焼いたコーヒーケーキです。はいってもいいですか？」

「もちろん」ハンナはドアを大きく開けて言った。「なんにしろすごくいいにおいね」

「ブルーベリー・コーヒーケーキです。おいしいですよ。ここに来るまえにひとついただきました」

「これってブルーベリーのにおい？」〈レイク・エデン・イン〉のローブ姿でバスルームから出てきたアンドリアがきいた。

「ブルーベリー・コーヒーケーキです」鏡台の上にトレーを置きながらローザが言った。「どうぞ食べてください」

「厨房では手伝いを必要としているかしら？」ハンナがきいた。「今夜は予定があるけど、サリーが必要としているなら手伝えるわよ」

ローザは首を振った。「サリーはデザートシェフの代わりに入れた助っ人の研修中ですけど、彼はなかなかよくやっているようですよ。このトレーを取りにいったとき、サリーは上機嫌でしたから」

「それならよかった。厨房に戻るなら彼女に伝えて。今夜バーで会いましょうと……」

「どうしたの？」顔をくもらせたハンナにアンドリアがきいた。

「バーにあのブロンドの彼女は来るかしらと思って」

ローザは微笑んだ。「ああ、彼女なら来ますよ」

ハンナは一瞬ローザをまじまじと見た。「あなたが知っていて、わたしたちの知らないことを話してもらえます？」

「いえ、でも……」ローザはそこまで言うと、大きなため息をついた。「この話をすべきかどうか……」彼女はまた口ごもり、ひどく顔をしかめた。

「なんの話なの、ローザ？」ハンナは尋ねた。

「あなた方に言うべきことかどうかわかりませんけど」ローザは思わず口走った。そして、深呼吸をしてから尋ねた。「おふたりは調査をしているんですよね？」

アンドリアとハンナは一瞬黙りこんだあと、視線を合わせた。

「やっぱりお話ししたほうがよさそうです。あの、お嬢さん方……」ローザはまたため息をつき、ひどく気まずそうに見えた。「外部の方に秘密をもらすのはよくないとわかっていますけど……見聞きしたことから判断するに、ミスター・ソニーは亡くなったんじゃありませんか？」

「えっ、なんでそれを！」アンドリアが言った。小声でもなんでもなかった。

「鋭いわね」ハンナはローザに言った。「あなたの考えは正しいわ、ローザ。でも、お願いだからだれにも、とくにマイクとロニーには、わたしから聞いたと言わないでね。それと、さっきの質問の答えはイエスよ。事件について調査している」

「じゃあ殺されたんですね？」ローザはきいた。

ハンナはうなずいた。「それがマイクとロニーとドクが出した結論よ」

「あまり驚きを感じませんね」ローザは言った。「あんなにお酒を飲んだり女遊びをしていたんですから、不幸な結末を迎える運命だったんですよ。リリーはあんなにやさしい人なのに！　彼を殺したのが彼女でないことを願ってますけど、もしそうだったとしてもわたしは決して彼女を責めません！」

「座って、ローザ」ハンナはベッドの自分の横をたたいて言った。「あなたの知っていることを話して。たぶんそれがリリーの助けになるだろうから。彼女をいい人だと思っているんでしょう？」

「ええ、まちがいなくいい人です。あの男が彼女に与えた悲しみに耐えられる女性はいません！　自分の男にあんなふうに扱われたら、わたしなら二秒で関係を絶っていたでしょう！」

「彼が浮気性だったから？」アンドリアがきいた。

「浮気だけじゃないんです！」ローザはいらいらした様子で叫んだ。「今までいちばんいい仕事を見つけてくれたリリーにどうしてあんな仕打ちができたのか、わたしにはわかりませんよ。ソニーに釣りの知識がまったくないことをウォリーは知っていましたが、リリーは彼にチャンスをあげるようにと父親を説得したんです。そして、ソニーはテレビ映りがよかった」ローザは結論づけた。「女性たちも釣り番組を見るようになると言ったリリーは正しかった。なぜならソニーはとても……」ローザは自信のなさそうな顔をした。

「なんて言ったらいいんでしょう？」

「ハンサム？」アンドリアが推測した。

「そしてセクシー」ハンナが付け加えた。「そう言いたいの、ローザ？」

「はい。彼を表すことばがもうひとつありますけど、言いたくありません。あまり……いいことばではないから」

アンドリアは笑った。「言わなくていいわ、ローザ。言いたいことはわかるから」

ハンナはうなずいたが、分速百万マイルで頭を働かせ、情報のピースと殺人のセオリーを組み合わせようとしていた。「ディックから聞いたんだけど」彼女はローザに言った。「リリーは昨夜ここにいたそうね」

ローザはうなずいた。「ええ。わたしがリリーをソニーのスイートに案内しました。そして今は……そうしなければよかったと思っています。昨夜リリーをソニーに会わせるんじゃなかったと」

「どうして？」アンドリアがきいた。

「ソニーの部屋には……なんて言うんですか、その……先客がいたんです」

「女性の先客ね？」アンドリアがきいた。それは意見と質問の中間のように聞こえた。

「はい。彼女は彼とベッドのなかにいました」

「それがあのブロンド女性だったのね？」ハンナは推測した。

「そうです。そのまえの夜も、明かりを消そうと寝室にはいったとき、彼女がそこにいるのを見ました。ソニーは眠っていましたが、彼女はちがいました。わたしに感じがよくありませんでした」

「彼女に何をされたの？」アンドリアがきいた。

「わたしにうせろと言いました。見たことをだれかに話したりしたら、首にしてやるとも。だから言えなかったんです……今まで」

「大丈夫」ハンナはローザを安心させようとして言った。「そんなものは口先だけの脅しよ、ローザ。彼女があなたにできることは何もないんだから」

「そうよ」アンドリアも言った。「あなたはサリーに雇われているんだし、サリーはあなたの価値を知っているもの」

ローザはにっこりした。「そう言ってくださってありがとうございます。ここで働くのが大好きなんです。サリーはフィッシング・トーナメントのあいだわたしに部屋を用意してくれたので、家まで車で帰る必要もありません。しかも部屋代も食事代も、何も払う必要がないんです」

「すばらしいわね、ローザ」アンドリアが言った。「それだけヘッドハウスキーパーとしてのあなたの価値を認めているということよ」

「そのとおりよ」ハンナも言った。「サリーはあなたがお客さまのどんな問題にも対処できると信頼しているようね」

「リリーはここに来たとき動揺していましたか？」アンドリアがきいた。

「ええ、それはもう！　わたしがロビーにいたとき、リリーがはいってきて、ソニーのスイートのキーを求めたんです。フロント係はどうしたらいいかわからない様子だったので、わたしがキーをわたすように言いました」

「彼はわたしました？」ハンナはきいた。

「ええ、でもトラブルになるとわかっていたので、わたしもリリーといっしょに部屋まで行きました」

「どうしてトラブルになるとわかったの？」ハンナはきいた。

「そのまえに廊下にいたとき、あの女性がソニーの部屋のドアをノックしたんです。すぐにソニーがドアを開けて、彼女を部屋に入れたのを見ました」

　ハンナとアンドリアは視線を合わせた。ローザが話してくれたことによれば、リリーには妥当な殺人の動機があったことになる。

「あなたもリリーといっしょに部屋にはいったの？」ハンナはハウスキーパーにきいた。

「いいえ、ドアまでいっしょに行って、彼女が部屋にはいるのを見届けました。あの女性がまだいるかもしれないので不安でした」

「それは何時でした?」アンドリアがきいた。ハンナは拍手したい気持ちだった。アンドリアはハンナがときどき忘れてしまう時系列を意識していた。

「夜中の十二時すぎでした。わたしの仕事が終わるのが十二時で、そのあと厨房におりて、サリーがいつも残しておいてくれるトレーを取りにいきます。それから自分の部屋に帰って、用意してもらった軽食を食べてから寝ます」

「昨夜もそうしましたか?」アンドリアがきいた。

「いいえ! あまりにも心配で立ち去れませんでした。トラブルになるかもしれないと思うと不安でたまらなかった!」

「それで、あなたはどうしたんですか?」アンドリアがきいた。

「念のために廊下にとどまりました。ハウスキーパー用のロッカー室のドアのうしろに隠れて」ローザの顔がけわしくなった。「わたしがそこにいて見ていたのはいけないことじゃありませんよね?」

「もちろんよ!」ハンナは急いで言った。「当然のことだと思うわ」

「わたしもそう思う」アンドリアが同意した。

ローザは安堵のため息をついた。「気になったんです」彼女は認めた。「何が起こるか知りたかった。なんらかの方法でリリーの力になれるかもしれないと思ったんです」

「リリーが好きなのね?」ハンナは当然のことをきいた。

「ええ。とても」

「あなたが廊下にいてくれてよかったと思うわ、ローザ」アンドリアが言った。

ローザはアンドリアのことばに救われたようだった。「彼らをスパイしていたわけではありません。悪いことが起こったら困ると思っただけで」

「それで、悪いことが起こったの？」ハンナはきいた。

ローザはうなずいた。「ええ、そうなんです。あの女性にとってとても悪いことが」

ハンナは警戒するようにアンドリアと目を合わせた。何があったのかローザのやり方で話させるべきだろう。「話してちょうだい、ローザ」ハンナは先をうながした。

「ハウスキーパーのロッカー室には時計があって、ドアを開けたとき、わたしはその時計を見ました。十二時二十分でした」

ハンナはアンドリアが小さなノートを取り出すのを見た。バッグの外ポケットに入れて持ち歩くようになったものだ。ノートにはペンがついていて、彼女はそれをかまえた。

「ひと晩じゅうロッカー室から廊下を見張っていたくはなかったので、そろそろ部屋に帰ろうかと思ったとき、ソニーのスイートのドアが開いて、人が……服をまったく身につけていない人が押し出されたんです！」

「なんですって⁉」ハンナは息をのんだ。

「そうなんです」ローザはかすかに微笑んだ。「リリーがソニーのベッドにいるあの女性を見つけて、スイートから追い出したのだと思いました。一糸まとわぬ姿で！」

ハンナとアンドリアはまた目を合わせた。ふたりともなんと言えばいいかわからなかった。

「当然だわ！」ローザはそう言って小声で笑った。「裸で部屋から締め出されるようなことをしたんだから！」

「まあ、たしかにそうね」ハンナは同意した。

「彼女を部屋から放り出したリリーはあっぱれだわ！」アンドリアも言った。「夫のベッドにどこかの女がいるのを見たら、わたしもまったく同じことをしたでしょうね！」

夜中の十二時半に裸で廊下に立つ女性の姿を想像して、三人とも笑いだした。

「わたしは客室用備品のローブをつかみました。おかしな話ですが、あの女性に裸で廊下にいてもらいたくなかったんです。そんなことになれば、インの名前に傷がつきます」とローザはふたりに話した。

「その可能性はあるわね」まだくすくす笑いをこらえていたハンナは、やっとの思いで言った。「彼女にローブをわたしたの？」

ローザはうなずいた。「ええ、着せてあげるから手を伸ばしてと言いました。震えていましたよ。よっぽど怖かったんでしょうね。自分がどこにいるかもわからないようでした」

「彼女も酔っていたの？」アンドリアがきいた。

「いいえ、酔ってはいませんでした。寝起きでそこがどこだかわかっていないような感じです。ローブを着せてやったあと、部屋のキーはあるのかとききました」

「もちろん持っていなかったのね？」ハンナが言った。

「はい。わたしは女性の腕をつかんで、彼女が夫と泊まっているべき部屋に連れていきました」ローザはつづけた。「合鍵を持っていたので、彼女をもとの部屋に入れようとしたとき、あることに気づいてちょっと怖くなりました」

「あることって？」ハンナがきいた。

「夜中に部屋にいなかったせいで、夫に怒られるんじゃないかということです」

「彼女はなんて？」アンドリアがきいた。

「睡眠薬を飲ませたから、目は覚まさないはずだと言いました。わたしは彼女を部屋に入れてドアを閉め、少し待って、何も問題がないことを確認しました」

「問題はなかったのね？」ハンナがきいた。

「はい。それで厨房に戻り、サリーが用意しておいてくれたトレーをもらって自分の部屋に引きあげ、寝ました」

「今朝リリーを見た？」ハンナはきいた。

「いいえ。起きたのが九時でしたから。彼女はもう出たとフロント係に言われました。時間はわかりませんが、もし彼に確認したければ今フロントにいます」

ハンナはノートに書き留めているアンドリアにうなずいた。「すべて話してくれてありがとう、ローザ」

「いえ、とんでもありません」ローザはまた不安そうな顔になった。「おふたりは……」

眉間のしわがさらに深くなる。「リリーがソニーを殺したなんて思っていませんよね？」

ハンナは少し考えてから首を振った。「まだわからない……彼女にできたと思う？」

「いいえ！　そんなことできたはずがありません！」ローザは叫んだ。

「どうして？」アンドリアがきいた。「彼を人生から追い出したい理由はたくさんあったはずよ」

「人生から追い出したいとは……思ったかもしれません。でもリリーがだれかを殺すなんてありえません。彼女はソニーを愛していたんです。欠点があることを知っていながら愛していた。わたしには信じられません、彼女にそんなことができるなんて……」ローザはハンナを見た。「あなたにはわからないんです、リリーはやさしい人です。だれかの命を奪えたはずがありません」ローザは腕時計を見て顔をしかめた。「もう行かないと。サリーが釣り人たちに出す夜のビュッフェの手伝いをしないといけないので」

「ソニーの話が出ないかどうか、耳を澄ましていてね」ハンナは彼女に言った。「彼が死んだことはだれも知らないし、釣り人たちはみんな、彼がビュッフェで食べないことにしただけだと思うだろうから」

ローザはうなずいた。「あなたが教えてくださった、目に見えないウェイトレスのトリックですね、ハンナ?」

「そう。これが効くのよ、ローザ。あなたがコーヒーのお代わりを注いだり、料理を運んでくるときも、みんな話をつづけるから」

「知ってます。ランチのときにやってみましたから。ミセス・デュガンの末のお嬢さんにまたお子さんが生まれるのがわかりました」

「ファニーにまた赤ちゃんが生まれるなんて知らなかった!」別れのあいさつを交わしてローザが出ていったあと、アンドリアが言った。

「ショックだったみたいね」ハンナは妹を見ながら言った。「ファニーにまた赤ちゃんが生まれることに何か問題でも?」

「そういうわけじゃないの」アンドリアは言った。「ローザのおかげで今夜バーで使うアイディアを思いついたのよ」

「どんなアイディア?」

「わたし、バーメイドになる。お酒やおつまみを運ぶの。それなら複数のテーブルをまわれるから、調査に役立つことが何か聞けるかも」

「とてもいいアイディアね、アンドリア! でも、昼間あれだけ働いたのに夜も働いたら疲れちゃうんじゃない？」

「働くのは疲れるけど、飲み物やおつまみを運ぶくらいなら平気。それに、ただテーブルに行って席に座って、知らない人と会話しようとするよりも、そのほうがもっと情報を集められるでしょ」

「たしかにそうね」ハンナは同意した。「でも、あんたを疲れさせたくないのよ、アンドリア。明日はふたつほど新しいレシピを試すつもりだから、厨房であんたの力を借りたいし」

「大丈夫よ」アンドリアは言い張った。「それに、わたしは姉さんより若いんだから、スタミナも姉さんよりあるのよ。四十歳以上の女性は、若い女性より睡眠をたくさんとらないといけないと何かの記事で読んだわ」

ハンナはちょっとむっとした。「わたしはまだ老人ホームにはいるつもりはないわよ、アンドリア！」

「わかってるわよ！」アンドリアは歳の差を話題にしたことを少し後悔しているようだった。「それに、しばらくこういうことをやってなかったでしょ。重要な手がかりを小耳にはさむかもしれないわよ」

「そうね」ハンナは言った。「いいアイディアだわ、アンドリア。あんたがやってもかまわないならね」

「全然かまわないってば！」アンドリアは言い張った。「また目に見えないウェイトレスができるなんて楽しみ！」

ピーカブー・クラムトッピング:

ブラウンシュガー……1/2カップ(きっちり詰めて量る)

中力粉……1/3カップ(きっちり詰めて量る)

室温でやわらかくした有塩バター……56グラム

準備:
23センチ×33センチのケーキ型の内側に
〈パム〉などのノンスティックオイルをスプレーする。

ハンナのメモその2:
このレシピは電動ミキサーを使うとずっと楽だが、
泡立て器などで混ぜて作ることもできる。

作り方

① ケーキ生地を作る。ミキサーのボウルにやわらかくした有塩バターを入れ、グラニュー糖を加えて、低速で30秒かき混ぜる。つぎに中速にし、ふんわりとして色が均一になるまでかき混ぜる。

② 低速に戻して塩、バニラエキストラクト、ベーキングパウダーを加えてよくかき混ぜる。

③ 卵を1個ずつ割り入れ、その都度よくかき混ぜる。

④ ミキサーのスイッチを切って中力粉を1カップずつ加え、その都度低速でよくかき混ぜる。

ブルーベリー・コーヒーケーキ

●オーブンを175℃に温めておく

ハンナのメモその1:
甘いパンのようなコーヒーケーキもあるが、
これはケーキ風。コーヒーケーキはミネソタでは主食のようなもので、
午前中に友だちを招いてコーヒーを飲むときの定番。
ゲストにはケーキタイプのものを出すことが多い。
家族の朝食には甘いパン風のものを出すのが普通で、
スライスしたものをトーストしてバターを塗る。

材料

ケーキ:

室温でやわらかくした有塩バター……225グラム

グラニュー糖……1 3/4カップ

塩……小さじ1

バニラエキストラクト……小さじ2

ベーキングパウダー……小さじ1 1/2

卵……大6個

中力粉……3カップ(きっちり詰めて量る)

フィリング:

解凍した冷凍ブルーベリー……3カップ(季節なら生のものでも)

グラニュー糖……1/3カップ

中力粉……1/3カップ(きっちり詰めて量る)

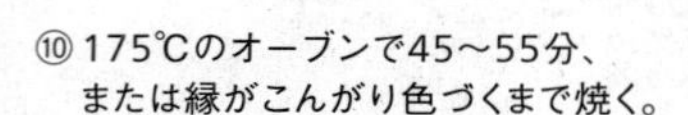

⑩ 175℃のオーブンで45〜55分、
または縁がこんがり色づくまで焼く。

⑪ 鍋つかみなどでケーキ型を取り出し、
ワイヤーラックなどの上に置いて冷ます。
ゲストが来るタイミングによって、
温かいままでも冷めてからでもテーブルに出せる。

⑫ ナイフで四角く切り分け、幅広の金属製のスパチュラで
皿に取り分ける。たっぷりの濃い淹れたてのコーヒーか、
冷たい牛乳をかならず用意すること。

大人も子供もよろこぶ
おいしいフルーツ入りのコーヒーケーキ、
四角く切り分けて約12個分。

ハンナのメモその4:
缶詰のフルーツパイフィリングをフィリングに使えば、
もっと楽に作れると何人かの人に言われた。
ナンシーおばさんは感謝祭にミンスミート
(訳註　ドライフルーツにスエット・砂糖・香辛料を加え、
ラム酒などに漬け込んで熟成させたもの)を使って
このコーヒーケーキを作るつもりらしい。
レモンパイフィリングでも作れる。

⑤ ミキサーのスイッチを切り、ボウルの内側についた生地を
こそげる。ボウルをミキサーからはずして、
生地の半量を用意した型に入れ、
ゴムべらでできるだけ平らにならす。
残りの生地はボウルに入れておく。

⑥ 別のボウルでフィリングを作る。
ブルーベリーをボウルに入れてつぶし、グラニュー糖を加えて
よくかき混ぜる。中力粉を加えてさらにかき混ぜる。

⑦ ⑤の生地の上にスプーンですくったブルーベリーフィリングを
点々と置く。型の四隅にはかならず置くようにすること。
つぎにスプーンをそっとすべらせて広げ、
ケーキ生地が隠れるようにする。

⑧ 残りのケーキ生地を最後にひと混ぜしてから、
ブルーベリーフィリングの上にスプーンで落とし、
できるかぎり広げる。

ハンナのメモその3：
ブルーベリーフィリングが完全に隠れなくても大丈夫。
その上にクラムトッピングをのせるから。

⑨ ピーカブー・クラムトッピングを作る。
小さめのボウルにブラウンシュガーと中力粉を入れて混ぜ、
やわらかくしたバターを加えて、ぽろぽろになるまで
切るように混ぜる（冷たいバターを使ってフードプロセッサーで
混ぜてもよい）。⑧のケーキに清潔な手でできるだけ
均等に振りかける。ケーキの表面が完全に覆われなくても
大丈夫。ブルーベリーがのぞくことになり、
何がはいっているかわかってもらえる。

12

「ハーイ、サリー！」魅力的な若い女性がバーに現れ、ハンナのテーブルのそばに立っているサリーのところに足早に近づいてきた。

「今日あなたに会えるなんて思わなかったわ！」サリーは驚いているようだ。「今朝発ったと聞いたから。あらいやだ、マナーがなってないわね。リリー、こちらハンナ・スウェンセン、今週オープン仕事を手伝ってもらっているの。ハンナ、こちらはリリー・ウォレス、ウォリーの娘さんよ」

リリーはハンナを見た。そして「はじめまして、ハンナ」と言うと、サリーに向き直った。「たしかに今朝ここを発ったわ。父を手伝うために車で新しい店舗に向かった。でも、すでに万事うまくいっていたの。それで、ソニーが抱えている問題で何か力になれないかと思って戻ってきたのよ。彼がまた飲んでいると父から聞いて、わたしもこの目で確認したわ」

サリーはうろたえながらハンナを見たあと、深呼吸をした。「リリーはわれらがフィッシング・スターのソニー・バウマンと婚約しているの。今夜は泊まるんでしょ、リリー？」

「シングルルームがあいていればね。ソニーのスイートに泊まるつもりはないから。昨夜は訪問客がひとり多すぎたみたい！」リリーはそう言ってバーを見わたした。「その人は今ここにいるわ。少なくともソニーとはいっしょじゃない！」

サリーはまた必死の視線をハンナに向けた。ハンナは椅子をうしろに押して立ちあがった。リリーとの会話はサリーの手にあまるようだ。「いっしょに来てください、リリー」ハンナはリリーに手を差しのべて言った。「会ってもらいたい人たちがいるの」

安堵のため息が聞こえそうなサリーを残し、ハンナはリリーをマイクとロニーのテーブルに連れていった。マイクに引き継ぐためだ。

マイクの肩をたたいてハンナは言った。「リリー、こちらはマイク・キングストンと彼の部下のロニー・マーフィー」そして、マイクに向かって言った。「こちらはリリー・ウォレス、ウォリーの娘さんで、ソニー・バウマンの婚約者よ。リリーは昨夜インに泊まっていたの」

「どうぞよろしく」リリーは礼儀正しく微笑みながらも、なぜマイクとロニーのテーブルに連れてこられたのかわからずに困惑しているようだ。

「よろしく、リリー」とマイクが言い、男性ふたりは立ちあがった。マイクがリリーのために椅子を引き、ロニーがハンナのために椅子を引いた。

「座りませんか？」マイクは言った。「あなたと話し合わなければならないことがあるんです」

「いいですよ」リリーは同意して椅子に座った。「フィッシング・トーナメントのことですか？　おふたりのおかげでトーナメントの運営が円滑に進んでいると父から聞いています」彼女はかすかに眉をひそめた。「父からいくつか報告も受けています。昨夜ソニーがご迷惑をおかけしたようで、申し訳ありませんでした」

「いいんですよ」マイクはぎこちなく彼女に微笑みかけながら言った。「こちらで対処しましたから」

「父もきっとそうしてくださるだろうと思ったようですが、ここに来てソニーによく言って聞かせるようにとわたしに電話してきたんです」

「説得できましたか？」ロニーがきいた。

「まさか！」

ハンナはリリーの声のきつさに気づいてマイクを見た。これはどういうことだろうか。

リリーは小さなため息をついた。「来るべきじゃなかったわ。ソニーは話ができるような状態じゃなかったんです」

「やあ、リリー」ディックがトレーを手にテーブルにやってきてあいさつした。「白ワインでいいかな？」

「ありがとう、ディック。でも今夜はやめておくわ」リリーはすぐに答えた。「もしあれば大きいグラスでアイスティーをください」

「わかった。まあ、とりあえずこれをどうぞ」ディックはテーブルのまんなかにクラッカーのバスケットを置き、ミニサイズのマティーニグラスを彼女のまえに置いた。「フィッシング・トーナメントのために私が考案したドリンクだ」

　リリーは置かれたマティーニグラスを見た。手を伸ばしてグラスの両側の縁のオリーブに触れ、笑みを浮かべた。「まあ、ディック！　なんて頭がいいの！　ウォールアイの目ね！」

「そのとおり。オリーブジュースで作ったダーティ・ウォッカ・マティーニだから、湖の水みたいに見えるだろう」

「ほんとだわ」リリーはグラスを持ちあげてひと口飲んだ。「しかもおいしい！」

「それに量が少ない」ディックは付け加えた。「普通サイズのウォールアイ・マティーニは強すぎると感じる参加者もいるかもしれないが、サリーがこのミニサイズのマティーニグラスを見つけてくれてね」

「完璧ね！」リリーは宣言した。そして、グラスを置くと、バスケットからゴールドフィッシュのクラッカーをひとつ取った。「これは餌の小魚？」

「そう、トーナメントでは生き餌を使うのは禁止だけどね」

リリーは小声で笑った。「このクラッカーを釣り針につけようとした人はいる？」

「いいや、今夜出しはじめたばかりだから。ハンナの妹さんが町の食料雑貨店で買ってきたんだ」

「へえ、この場の雰囲気にぴったりね」リリーはクラッカーをひとつかみ取って言った。

「それにおいしいし。ゴールドフィッシュのクラッカーは大好きなの」

ハンナがマイクを見やると、かすかに眉をひそめていた。ディックも気づいているらしく、テーブルからあとずさった。「アイスティーを持ってくるよ」と言って、小さく手を振ると、背を向けて去っていった。「あとで話そう、リリー」そう言い残して。

ハンナのほうを見たマイクは、彼女のまえに飲み物がないことに気づいた。「飲み物はどうする、ハンナ？」

「ありがとう、でもけっこうよ、マイク。グラスワインを注文してあるの。ミシェルのテーブルに置いてきちゃったけど。リリー、ミシェルはわたしの妹なの」

「はい、持ってきてあげたわよ」アンドリアがテーブルに来て、ハンナのグラスワインを置いた。「このテーブルにいることにミシェルが気づいて、持っていくようにわたしにたのんだの」

「アンドリアもいっしょにどう？」マイクがテーブルのあいている席を示してきいた。

「わたしはいいの。でもありがとう、マイク」アンドリアは急いで言った。「ディックのウェイトレスのひとりが休憩中だから、わたしが代わりを務めてるの」

「じゃあ、ミシェルはテーブルでひとりぼっち？」ハンナがきいた。

「ううん、たまたま同僚の教師が来て、ミシェルといっしょに座ってる。夫がトーナメントに参加してると言ってたわ」

つまり、ハンナはここでマイクとロニーがリリーに事情聴取するのを眺めることになりそうだ。彼らは自分たちの捜査を進めているのだから、わたしが割りこむ権利はないのよ、と心のなかで自分に言い聞かせた。

マイクは彼女を見て微笑んだ。まちがっているかもしれないが、ハンナにはこの微笑みの意味がわかった気がした。これは〝きみは彼女をここに連れてきた。彼女はもうぼくたちのものだ。ボールはぼくたちのコートにあって、きみの力を借りなくても対処できる〟と言っているのだ。

ハンナは小さくうなずき、自分のグラスを取ってワインをひと口飲んだ。マイクとロニーに合図をして、ローザから聞いた話を伝えることができればと思ったが、その機会もないうちにリリーがバーにはいってきてサリーを見つけ、あいさつをしにきたのだった。

「ところで、昨夜ここに着いたんですね？」マイクがリリーに微笑みかけて言った。

「ええ。出るまえにいくつかやらなければならないことがあったので、着くのが遅くなってしまったんです。バーはもう閉まっていて、夜間のフロント係以外だれもいませんでした。ソニーの部屋のキーをもらおうとしていたとき、ローザを見かけました。彼女がわたしを階上に連れていって、ソニーのスイートに入れてくれました」

「ローザ以外のだれかに会いましたか?」ロニーがきいた。

「いいえ。釣り人たちはもうみんな寝ていたんでしょう」リリーは答えた。「だれも見かけませんでした」

ハンナは少し驚いた。いつもはマイク主導で事情聴取を進めるのに、ロニーが主導しているからだ。らしくないやり方だが、おそらくそういう作戦なのだろう。

「何時だったかわかりますか?」ロニーがつづけ、ハンナは彼が小さなノートとペンを膝に置いているのに気づいた。マイクを見たが、彼はロニーの質問の仕方に完全に満足しているようだ。

「十二時すぎだったと思いますけど、はっきりとは覚えていません。ブレイナードの新店舗から車で来たんですけど、出たのは十時近かったと思います。在庫のチェックを手伝って、製品コードを入力していたんです。今日がグランド・オープニングで、すべてを整えておきたかったので」

「これから行くとフィアンセに電話しましたか?」ロニーがきいた。

ハンナはまたしても少し動揺した。明らかにロニーが主導権をにぎっていて、マイクはまったくそれを気にしていないようなのだ。

「携帯に電話したけど、ソニーは出ませんでした」リリーはちらりとマイクを見て答えた。

「ソニーはどんな様子でしたか?」マイクがきいた。「もう寝ていましたか?」

「ええ、もちろん寝ていたわ!」リリーは言った。そして、いらいらとため息をついた。

「それに、例によって、彼はひとりじゃなかった!」

「いっしょにいた人物に見覚えはありましたか?」ロニーがきいた。

「今夜もう一度見るまではありませんでした」リリーはブロンド女性が座っていたテーブルを見やった。「彼女もわたしがわかったみたいね。もういないところをみると」

「ソニーの部屋でほかの女性を見つけて、あなたはどうしましたか?」ロニーがきいた。

リリーは少し気まずそうだった。「褒められたことではないけど、ソニーにものすごく腹が立ったから、彼女に怒りをぶつけました」

「どうやって?」ロニーが問う。

「腕をつかんで廊下に放り出しました。彼女は裸でしたけど、あとから服をつかんで投げてやったりはしませんでした。ドアをロックしたあとも震えが止まらなかった。あまりにソニーに腹が立って、殺したいくらいだったわ!」

ハンナは顔をしかめまいとした。リリーがそんな言い方をしないでくれればよかったのにと思った。

「女性を放り出したとき、ソニーはなんと言いましたか?」ロニーがきいた。

「何も。泥酔していて、目を覚ましもしなかった」

「起こそうとしましたか?」マイクがきいた。

「いいえ。ソニーが酔いつぶれたら、部屋で花火をしたってずっと寝ています。経験から知っているの。起きていてわたしの話を聞いたとしても、どっちにしろすべて忘れていたでしょうね」

「あなたはフィアンセのスイートに泊まったんですね?」

「ええ。ツーベッドルームのスイートだったので、別の部屋に行ってベッドにはいり、眠ろうとしました」

「でも眠れなかった?」マイクがきいた。

「少しは眠ったと思います」リリーは言った。「とにかくほんとに……がっかりでした! こういうことが初めてというわけじゃありません。過去にもありました。ソニーはハンサムだから、女性たちが放っておかないんです。残念ながら、彼はそういう女性たちに抵抗できないようで。わたしを愛していると誓ってくれたけど、ほかの女性たちと遊ばずにいられないんです」

「あなたは頭にきたでしょうね」マイクが言った。

リリーは言った。「わたしが望んでいたような夜ではありませんでしたけど、予想していなかったわけでもありませんでした」

「女性といちゃついても節度のある人はいます」マイクは言った。「しかし、やめどきのわからない人もいる。ソニーは後者だったんでしょう」

ハンナがリリーの顔が青ざめるのを見た。「だった?」彼女は繰り返した。「ソニーは後者だったと言いましたね。過去形で!　たしかに聞いたわ!」

マイクはため息をついた。「そのとおりです、リリー。こんなふうに言うつもりはなかったんですが、ソニーは亡くなったとお伝えしなければなりません」

「いつ?」リリーはことばを詰まらせ、ハンナはすぐに腕を伸ばしてリリーの肩を抱いた。どうしてマイクがこんなふうにリリーに告げたのかわからなかったが、おそらく口がすべったのだろう。

「リリーとわたしは失礼するわ」肩を抱く腕に力をこめ、リリーを立たせながらハンナは言った。「厨房に行って、何か食べさせる。まだ質問があればそこに来て」

「わかった。ありがとう、ハンナ」とても感謝している様子でマイクが言った。そしてリリーを見た。「申し訳ありません、リリー。こんなふうにお伝えするつもりじゃなかったんです。失言でした」

リリーは小さくうなずいた。「大丈夫です。わたしが話したことのせいで容疑者と思われているのはわかります。そう思われても無理はないわ。あなたとパートナーのどんな質問にも答えます。でも今は少し時間をください……すべてを理解して……悲しむ時間を」

マイクは同情するようにハンナを見た。「もちろんです。申し訳ありませんでした、リリー。こんな形でお伝えすることになってしまったことをもう一度謝罪します。もとに戻せるならそうしたい」

「謝罪は受け入れました」手を伸ばしてマイクの肩に触れながらリリーは言った。「わたしが必要ならハンナといますから」

ハンナは自分のテーブルに寄り、ミシェルに身を寄せてこっそり伝えた。「わたしはしばらく手が離せないとアンドリアに伝えて。あとで部屋で会いましょうと」そして、リリーを見た。「行きましょう、リリー。厨房にお連れするわ」

バーを出ながらハンナはうしろを見た。興味津々でふたりを見ている人はいなかった。それはいいことだった。あとは、マイクとロニーがさらに話を聞こうと厨房に来るまでに、リリーを落ちつかせることができればいいのだが。

「もっといろいろきかれることになると思う？」厨房につづく長い廊下を歩きながらリリーが尋ねた。

「わからない」ハンナは正直に答えた。「でも、そうじゃなければいいと思ってる。あなたは疲れ切っているみたいだから」

リリーは微笑んだ。「たしかに疲れてるわ。それに、あなたの言うとおり、おなかもすいてる」

「何か食べたいものはある？」リリーを厨房に案内し、テーブルにつかせながらハンナはきいた。

「わからない。なんでもいいわ」

ハンナはウォークイン式冷蔵庫にはいって、中身をざっと調べた。「サンドイッチならすぐに作れるわ。冷肉（コールドミート）とチーズがたくさんあるから。スープもね。数分で温められる。どんなものが好きか言ってくれれば焼き菓子も作れるわよ」

「ほんとに……わからないの」リリーは言った。「空腹を感じたかと思うと、何も食べられそうにないと思ったりして」

「たぶんショック状態なのね」ハンナは言った。「そういうときは砂糖が効くのよ。明日のためにクッキー生地を作ってあるから……」そこまで言うと、リリーに顔を向けた。

「チョコレートは好き？」

「大好きよ！　わたしの大好物！」

「ピーナッツバターは？」

リリーは小声で笑った。「もうひとつの大好物よ。チョコレートファッジが渦巻き状にはいっている瓶入りのピーナッツバターがあったでしょ。大学時代、あれで作るサンドイッチが大好きだった」

「ああ、あれね。ピーナッツバターにグレープジェリーが渦巻き状にはいっているのもあったわ。覚えてる?」

「ええ、もちろん。あれもおいしかったけど、わたしは断然チョコレート入りのほうね」

「チョコレート・ピーナッツバター・ホイッパースナッパー・クッキーなんてどう?」ハンナはきいた。

「すごくおいしそう! でも、ホイッパースナッパー・クッキーって? 聞いたことがないけど」

「クールホイップがはいったクッキーで、作るのはすごく簡単なのよ。妹のアンドリアが何種類も考案してるの」

「アンドリア?」リリーは戸惑っているようだ。「妹さんの名前はミシェルだって言ってなかった?」

「そうよ。さっき離れたテーブルにいたのがミシェル。わたしのワインを運んできたのがもうひとりの妹のアンドリア。休憩中のバーメイドの代わりをしているの」ハンナはあらかじめ作っておいたチョコレート・ピーナッツバター・ホイッパースナッパー・クッキーの生地のボウルを取って、作業テーブルに持ってきた。「それほど時間はかからないわ」と言って業務用オーブンに近づき、温度を設定する。「どうせならある程度まとめて焼きましょうか。そうすればあなたも少し部屋に持っていけるし」

「うれしい！」リリーはすぐに反応してにっこりした。

「あなたがすべてをあんなに……あんなに急に知ることになって残念だわ」

「わたしもよ。でも、起こってしまったことは変えられない。マイクを責めるつもりはないわ。とってもいい人みたいだもの。彼のパートナーも。ただ……とてもショックだった！」

「もちろんそうでしょう。椅子に体を預けて楽にして。今日あなたはいろいろなことがあったんだから」ハンナは空気のにおいをかいでかすかに微笑んだ。「クッキーの焼けるにおいがわかる？」

「ええ！　すごくいいにおいね、ハンナ！　何分で食べられるの？」

ハンナは時計を見た。「そんなにかからないけど、焼けたあとも五分ほど冷まさないと。オーブンから取り出してすぐに食べると、口のなかをやけどするから」

「知ってる。チョコチップクッキーを作ったときにやったわ。チョコチップがほかの部分より長い時間熱いままだと知らなかったから」

「目を閉じて、どんなにおいしい味がするか考えてみて」リリーが少しリラックスしてきたのに気づいて、ハンナは言った。「目を閉じて、クッキーが焼けるすばらしいにおいに集中するの。オーブンのなかのチョコレートクッキーのにおいには香水も太刀打ちできないわ」

「ほんと」リリーは言った。ハンナは彼女が目を閉じているのに気づいた。「世界一のにおいね。小さいころ、ローザが毎朝焼いてくれたのを思い出すわ。あのころがほんとうに懐かしい。目が覚めると世界一いいにおいがしたんだもの！」

チョコレート・ピーナッツバター・ホイッパースナッパー・クッキー

材料

とき卵……大1個分（グラスに入れてフォークで混ぜる）

クールホイップ……2カップ（量ること。アンドリアによるとクールホイップの容器には3カップと少しはいっているらしい）

ミニチョコチップ……1カップ（アンドリアは170グラム入りの〈ネスレ・ミニモーセル〉1パックを使用）

ピーナッツバターチップ……1カップ

チョコレートケーキミックス……1箱
（22センチ×33センチのケーキが焼けるもの。アンドリアは〈ベティ・クロッカー〉のチョコレート・ファッジを使用）

粉砂糖……1/2カップ（大きなかたまりがなければふるわなくてよい）

準備：
ティースプーン2本を冷凍庫に入れてよく冷やしておくと、
クッキー生地を形成するのがずっと楽になる。

作り方

① ボウルにとき卵を入れ、ふんわりして色が均一になるまで泡立て器で混ぜる。

② クールホイップ、ミニチョコチップ、ピーナッツバターチップを順に加え、その都度よくかき混ぜる。

③ ケーキミックスを混ぜこみ、全体をよくかき混ぜる。
ここでの目標はできるだけ空気を含んだ生地にすること。
ボウルにラップをして冷蔵庫に入れ、1時間冷やす。

ハンナのメモ:
アンドリアによると、この生地はとてもべたべたするが、
冷やすとずっと扱いやすくなる。

④ 生地が冷えたら、オーブンを175℃に予熱する。

⑤ 冷蔵庫から生地とスプーンを出し、
スプーンで生地をすくって粉砂糖のボウルに入れる。
手で転がして粉砂糖をまぶしつける。

⑥ 油を塗った天板に粉砂糖をまぶしたクッキー生地を、
間隔をあけてならべる
(アンドリアは天板にオーブンペーパーを敷き、
ノンスティックオイルをスプレーする)。

⑦ 175℃のオーブンで10分焼く。

⑧ オーブンから天板を取り出し、
ワイヤーラックなどの上に置く。

⑨ 2分ほど冷ましたら天板から
ワイヤーラックに移して完全に冷ます
(天板にオーブンペーパーを敷いておくと簡単。
オーブンペーパーの縁を持って引っ張るだけでよい)。

大きさにもよるが、おいしいクッキー、約2~4ダース分。

13

「話があるんだ、ハンナ」マイクが厨房にはいってきて言った。「リリーはどこ?」

「眠ってる。サリーが部屋を用意して、ドクが眠れる薬を処方してくれたの。どうぞ、かけて、マイク。コーヒーとクッキーはいかが?」

「わからないんだ、ハンナ。どうすればいいのかわからない。きみの意見を聞きたい」

ひどく落ちこんでいるようなので、ハンナはマイクに近づいてなぐさめるように抱きしめた。「リリーにあんな形でソニーのことを伝えてしまったから落ちこんでるの?」

「ああ、それもある。でも、それだけじゃないんだ、ハンナ。何かがひどくおかしいんだよ」

ハンナは生まれて初めて、心理学の講義をもっと取っていればよかったと思った。マイクのためにコーヒーを注ぎ、彼のまえにクッキーの皿を置いて座った。そして「話してみて」と水を向けた。

「そのまえに大事な質問をしなきゃならない」マイクは言った。ハンナは彼がクッキーに手を伸ばしていないことに気づいた。

「なあに？」

「ぼくが彼女のフィアンセの死をだれにも知らせたくないと思っていることは、リリーに話した？」

「ええ、話したわ。だれにも言わないでとたのんだ。あなたがいいと言うまでは父親にも」

「リリーは彼が殺されたことを知っているのか？」

ハンナは少し考えてから言った。「うすうす感づいてると思う。自分が容疑者と思われても無理はないと口にしていたし。でも、あなたからオーケーが出るまでソニーの死についてだれにも言わないことには同意したから」

「よかった！　ありがとう、ハンナ」マイクはほっとしてクッキーに手を伸ばした。「きみがリリーをテーブルに連れてきたときに、彼女に質問する準備はすっかりできていた。それはわかってるよね？」

「ええ。だから彼女を連れていったのよ。あなたと話すまではほかのだれとも話してほしくなかったから」

「さすがハンナだ。さっきも言ったように、こちらとしてもそのつもりだった。でも、彼女を見たら……何が起きたのかよくわからないけど、ぼくが事情聴取を先導したら台無しにしてしまうだろうと気づいたんだ」

　やっぱりね、とハンナは思った。何かがおかしいという直感は正しかったのだ。「どうしてそうなると思ったの?」

「いや……それがどうにもおかしな話なんだよ。これまでパートナーとともにした聴取はすべてぼくが主導した。でも今回はそれではだめだと思った。きちんと対処できないような気がしたんだ」

「リリーに対して?」

「ああ。彼女は容疑者だ。身内はつねにそうだ。慎重に質問しなければならないのはわかっていた」

　ハンナは小さくうなずいた。ほかにどうすればいいかわからなかった。「それで……?」と先をうながした。

「だから身を引くしかなかった。ぼくは彼女にきつく当たりすぎるだろうから、フェアではないと思った。それで距離をおいて、ロニーに主導させた」

「そうするつもりだとロニーに伝えてあったの?」

「いいや、彼が察してくれることを期待した。長いあいだいっしょに仕事をしているからね。ロニーは何かがおかしいと感じて、ぼくがするべき質問をしてくれるだろうと思ったんだ」

「彼はそうしてくれたのね？」

「ああ。引き継いでくれた。彼の質問は的を射ていたし、よく考えられていた。ぼくがやるべきだったことをしっかりとやってくれた。ぼくが……できなかったことを」

マイクがリリーに質問できなかったと認めたことに気づいて、ハンナは顔をくもらせた。

「どうしてリリーに質問できなかったの？」ハンナはきいた。「自分でわかる？」

「なんとなくはわかっている」マイクはコーヒーをごくりと飲んだが、ハンナはかつてクッキーモンスターと呼んでいた友人がクッキーを皿に戻したのに気づいた。

「理由を話して」ハンナは彼の目をとらえて言った。「どうしてリリーに質問できなかったのか教えて」

「これまではつねに被害者に同情することができた」マイクはため息をついて言った。「今回はそれがどうしてもできないんだよ、ハンナ。ぼくは保安官代行として、ソニーを殺した犯人を探す責任がある。でも……とても言いにくいことだけど、今回はそれに集中できないんだ」マイクはそこまで言うと、もうひと口コーヒーを飲んだ。

ハンナは立ちあがってマイクのカップにコーヒーを注ぎ足した。彼の驚くべき告白について じっくり考える時間が必要だった。「マイク、まだクッキーをひとつも食べてないじゃない！　アンドリアの新作なのよ。チョコレートとピーナッツバター味なの」

マイクは大きなため息をついた。「そうだね、ハンナ。すごく気分が落ちこんでるから、チョコレートの助けがいるかもしれない。今したいのは、ロニーに丸投げしてこの事件から手を引くことだけだ」

ハンナはうめきたくなった。マイクに何を言ってあげればいいかまったくわからない。頭に浮かんだのはある質問だけだったので、それを口にした。

「ほんとうに身を引きたいの、マイク？」

マイクはもう一度クッキーに手を伸ばし、ひとつ取ったあと、また皿に戻した。「いや、今は何もわからない」

「オーケー、それなら少し時間をとって考えてみるべきだと思う」

「少しならいいが、あまり時間はかけられない。うちには捜査チームがふたつしかないんだよ、ハンナ。ロニーとぼく、それにリックと新入り。リックは新入りと組んでしばらくたつけど、まだスピーディに対処できない」

「今夜のようにロニーが主導権をにぎるのであれば捜査を進められると思う？」

マイクは長いこと考えていた。「たぶん。絶対とは言えないけど、たぶんできると思う」

「それなら、今あなたがやるべきことはそれよ」自分が感じている以上に前向きに聞こえるようにハンナは言った。「あなたは疲れているのよ、マイク。少し眠れば朝にはましな気分になっているかもしれないわ」

「ここにはもう戻ってこないのかと思った」ハンナが姉妹の部屋に戻ると、アンドリアは言った。「今までずっとリリーといっしょだったの?」

「ううん。心配させちゃったならごめんね、アンドリア。あんたの携帯に電話する時間がなくて」

「いいのよ。心配してたわけじゃないの。ただ……」アンドリアはそこまで言うと軽く笑った。「仲間はずれにされてちょっと嫉妬しちゃった」

ハンナは笑った。「たいしたことじゃなかったのよ。厨房を出ようとしたら、別の人が来て」

「だれが来たの?」

「マイクよ。空腹で食べるものがほしいのかと思って用意してあげた。クッキーを焼きはじめていたし、スープも残っていたから」

「クッキーを焼いたの?」アンドリアは驚いたようだ。「明日の朝いっしょに焼くつもりだったのに……」彼女はしゃべるのをやめて時計を見た。「もう今日の朝ね」

ハンナは首を振った。「今朝は早起きしなくていいわよ、アンドリア。リラックスする必要があったから、作っておいた生地を全部焼いたの。クッキーは完成しているから、今日はキャラメルソースを作ってキャラメル・ピーカンロールを焼くだけよ」

「わたしのチョコレート・ピーナッツバター・ホイッパースナッパー・クッキーも焼いた

の？」アンドリアは尋ねた。縄張り意識を刺激されたようだ。

「一回に焼けるぶんだけね。でもすっかりなくなったわ。リリーに一ダースあげて、マイクにも少し持っていってもらった。手間をかけて悪いけど、あとでもっと生地を作ってもらえる？」

「もちろんよ！　リリーとマイクはあのクッキーを気に入ってくれた？」

「リリーはすごく気に入ったみたいよ！　チョコレートとピーナッツバターは彼女の二大好物らしくて、サリーが彼女を部屋に案内しようと迎えにくるまでに、お皿に出したぶんを完食してた」

「サリーもいたの？」

「ええ。リリーのためにクッキーを包んでいたら、ディックと自分にも一ダースもらえないかとサリーにきかれて。気づいたらすっかりなくなっていたの！」

アンドリアの顔がよろこびの表情に変わった。「じゃあ、気に入ってもらえたのね？」

「ディックはわからないけど、リリーは気に入ってた。マイクとサリーもね。きっと大人気になるわよ、アンドリア」

「ああ、よかった！　じゃあ試食は合格？」

「三人が合格を出したわ……実際は四人ね。ほかのケーキやクッキーを焼いているあいだにわたしも五、六枚食べたから」

「朝は何時に階下に行けばいいの？」アンドリアはまた時計を見ながらきいた。

「朝食ビュッフェは八時からだから、六時で大丈夫だと思う。ほとんど準備はできているから」

「姉さんが全部やってくれたのね」アンドリアは少しがっかりしているようだ。「わたしに電話してくれればよかったのに。ずっとここで起きて待ってたから、階下に手伝いに行けたのに」

「いつもより少し余分に休息が必要だと思ったのよ」ハンナは最初に思いついた言い訳を口にした。「だってあんたは夜じゅうバーでカクテルをテーブルに運びながら、手がかりを求めて目と耳を働かせつづけていたんだもの。たいへんだったでしょう、アンドリア」

「それほどたいへんじゃなかったわ」アンドリアは手を振ってハンナの賛辞を退けながら言った。「いろんな人と話したり、話を聞くのは楽しかったし」

「何か興味深い話は聞けた？」枕の下からパジャマを引っ張り出しながらハンナはきいた。

「ええ、でも姉さんの寝る支度ができるまで待つ。そっちはどうだった？　マイクが厨房に来たって言ったわよね。何か耳寄りなことを教えてくれた？」

　危ない橋をわたっているのはわかっていた。妹にうそをつきたくはなかったが、マイクが話してくれた個人的な問題は明かすわけにはいかない。「話すようなことは何も」と言って、できるかぎりごまかした。「だれかと話したかっただけで、たまたまわたしがそこにいたんだと思う」

「個人的なこと？」アンドリアは興味を惹かれたらしい。

「ええ、犯人探しとは関係ないことよ」

「マイクは雑談したかったの？」

「そうみたい。少なくとも、あんたの最新ホイッパースナッパー・クッキーを試食するまではね」

　アンドリアは笑ってドレッサーに行くと、ローザが置いていったトレーからグラスに水を注いだ。「もういいから寝る支度をして」アンドリアはバスルームのほうを示した。「これをわたしの側のベッドサイドテーブルに置いたら、今夜わかったことを話すわ」

　ハンナは早朝に浴びなくていいように急いでシャワーを浴びた。疲れすぎて、眠れるかどうかわからなかった。マイクが抱える個人的危機と彼の話の内容が、頭のなかでぐるぐるまわっていた。アンドリアがこれ以上話をしないでくれればいいのに、と思いさえした。とても疲れていたので、マイクのことも、リリーのことも、ソニー殺害事件のことも、今夜はもう話せない気がした。

　永遠とも思えるあいだ体を拭いたあとパジャマを着た。足を引きずりながらバスルームを出た。ベッドサイドランプがついていて、ハンナはアンドリアのベッドを見た。運が彼女に味方した。アンドリアは丸くなってぐっすり眠っていた。

14

翌朝ハンナが目を覚ますと、ドレッサーに朝食のバスケットが置かれ、アンドリアはベッドにいなかった。起きあがって目をぱちぱちさせ、部屋のなかを見まわした。すてきなツインルームの部屋に、アルコーブや隠れる場所はない。やがて、シャワーの水音が聞こえ、ハンナは小さく微笑んだ。アンドリアはバスルームで、朝の身支度をしているのだ。

また横になって二度寝したかったが、上体を起こしたままベッドサイドに座った。毛布の誘惑よりも朝のコーヒーへの切望のほうが強く、ふかふかの枕もコーヒーの誘うような香りには勝てなかった。ハンナは立ちあがってローブを羽織ると、ドレッサーの上の朝食のトレーに向かった。かぐわしいコーヒーの最初のひと口を飲んだとき、アンドリアがバスルームから出てきた。

「よかった、起きたのね」アンドリアはハンナのそばに来て自分のコーヒーを注ぎながら言った。「ポットのふたを取っておいたら、姉さんが目を覚まして飲むんじゃないかと思ったの」

「正解だったわね」ハンナは妹に微笑みかけながら言った。「熱いコーヒーの香りをかぐと目が覚めるのよ。最初は香りだけで満足してたけど、起きあがってトレーを見たら、起きて一杯飲まなくちゃと思ったの」

「起こしたら怒られるかと思って。子供のころみたいに。それはいやだったから、別の方法を試すことにしたのよ」

「考えたわね。たしかに怒る気にはなれないわ」ハンナはそう言ってコーヒーをもうひと口飲んだ。「ルームサービスってやっぱり最高ね」

「ほんと！」アンドリアは同意し、ローザが持ってきてくれた朝食のドーナツにかぶりついた。

「もう少ししたら完全に目が覚めると思うから、そうしたら仕事に行きましょう」ハンナはそう言ってコーヒーを飲み干すと、お代わりを注ぐために立ちあがった。「ほとんど目が覚めたし、シャワーは寝るまえに浴びたから、あとは服を着て靴を履くだけよ」

「姉さんはゆっくりしてて」アンドリアが言った。「わたしは急いで厨房に行って、追加のチョコレート・ピーナッツバター・ホイッパースナッパー・クッキーの生地を作るから。昨夜リリーとマイクとサリーが気に入ってくれたのがうれしくて」

「わたしを忘れないで」ハンナは自分をリストに加えた。「わたしも気に入ったわ。きっと釣り人たちに受けるわよ」

「よかった！」アンドリアはとてもうれしそうだ。「リリーは朝食ビュッフェに来るかしら？」

「わからない。マイクが昨夜ウォリーに電話したから、彼は今日の午後、車でここに来るみたい。マイクが電話でソニーは亡くなったと伝えているのを聞いたわ」

「殺されたことは話したの？」アンドリアがきいた。

「ええ。でも、当面その事実は伏せておくつもりだとウォリーに言ってた。運がよければ犯人が尻尾を出すかもしれないから」

「さすがマイク。うまくいくといいわね、姉さん。殺人者に朝食ビュッフェを給仕するのかと思うとちょっと怖いけど」

アンドリアが厨房に行ったあと、ハンナはしばらく部屋にとどまった。顔を洗い、歯を磨き、言うことを聞かない赤毛のカーリーヘアを落ちつかせるためにできることをし、今日のために選んでおいた服を着た。そして、ドレッサーのまえに座ってサリーの最高においしいコーヒーをもう一杯飲むと、名残惜しくはあるが部屋を出て厨房に向かった。

「お待たせ」ハンナはドアを押し開けて言った。「ここはほんとうにいいにおいね！」

「アンドリアのクッキーのせいよ」サリーが言った。「昨夜四時間も残業してすべての生地を焼いていたんですってね、ハンナ。信じられない」

「冷静になる必要があったから。そういうとき、オーブン仕事はいつも役に立つの」ハンナはそう言うと、作業台の上のレシピを見にいった。

「アプリコットとココナッツとミルクチョコレートのバークッキー？」ハンナはレシピを見ながら言った。「サリー、これはあなたのレシピ？」

「いいえ、アンドリアのよ」サリーは答え、アンドリアに微笑みかけた。「今朝これを持ってきて、どう思うかときくから、ランチビュッフェに出してみたらと言ったの」

アンドリアを見ると、ほのかに頬を染めていた。「気を悪くしないでほしいんだけど、姉さんの組み合わせ自由なバークッキーのレシピを見ていたら、これが思い浮かんだの。作ったことがないからうまくいくかどうかわからないけど、サリーは試してみたいって」

ハンナはしばらくアンドリアを見つめたあと、笑顔になった。「すごくいいと思うわ！」彼女は言った。

「でも……」アンドリアは少し気まずそうだ。「これは姉さんのレシピで、わたしはそれに勝手に手を加えたのよ」

「だから何？　レシピの数はかぎられているのよ、アンドリア。新しいレシピは定番レシピから学ぶことで生まれるの」

「そうだけど……それってほとんどパクりじゃない？」

「そうとはかぎらないわ」ハンナはにっこりして言った。「ベーキングには化学が関係しているのよ、アンドリア」

「わたし、化学の単位を落としてるのよ！」テーブルのまえに座ってアンドリアが言った。「化学のことなんて何もわからないわ。元素の周期表だって思い出せないんだから！」

「わたしもよ」サリーが言った。「あなたは、ハンナ？」

「単位は取れたけど、そんなにいい成績じゃなかった。少しは覚えてるけど、なんとか切り抜けた感じね。覚えた元素は期末テストで必要なものだけだったし。わたしが言いたいのは、基本レシピには、きちんと結果を出したければ絶対に従わなければいけない基本項目があるということ。それはソフトクッキーにも、クリスプクッキーにも、パイにもあって、材料リストを見ればわかる。問題は、固形材料と液体材料の比率をちゃんとわかっているかどうかなの。それと、どんな膨張剤(レヴニング)が必要かを」

「膨張剤のことなら知ってる」アンドリアがすかさず言った。「膨らませるものでしょ」

サリーはうなずいた。「そのとおりよ、アンドリア」

「でも知っているのはそれだけよ」

「大丈夫よ」ハンナは言った。「膨張剤のタイプはどんな仕上がりにしたいかによるの。軽くふんわりさせたければ、特定の材料を加える必要があるし、しっとりどっしりさせたければ、まったくちがった配合にしなければならない」

アンドリアは混乱しているようだ。「何を使えばいいかはどうすればわかるの？」

「これ以上は無理だわ」サリーはそう言って椅子から立ちあがった。「あなたたち姉妹はつづけて。わたしは料理人で、お菓子職人じゃないもの。ほかの厨房スタッフの様子を見にいって、下準備が進んでいるか確認してくる」

「またあとでね」ハンナはカップを取って、コーヒーをもうひと口飲んだ。「どんな膨張剤が必要かは勉強しないとわからないのよ、アンドリア。複雑だから。あんたがひいおばあちゃんのエルサのようでないかぎりね。彼女は歩けるようになるまえにお菓子作りを教わったんじゃないかと思う。レシピの材料を見ただけですぐに作り方がわかったから」

　アンドリアは微笑んだ。「小さいころだったけど覚えてる。すごくおいしいクッキーを作ってくれたわね！」

「パイもケーキも、それ以外のものもいろいろね。わたしはエルサひいおばあちゃんのすべてのレシピを持っているけど、ときどき記憶にあるものを探して、材料を変えて作ってみたいと思ってるの。あんたがアプリコットとココナッツとミルクチョコレートのバークッキーでしたみたいに」

「わたしが姉さんのレシピの材料を変えたみたいに？」

「そう。エルサひいおばあちゃんのレシピから一部を借用したこともあるし」

「それって……どう言えばいいかわからないけど、ひいおばあちゃんの思い出をつねによみがえらせているってことよね」

「すてきな考え方ね、アンドリア。そのとおりだと思う。今ひいおばあちゃんは天国からわたしたちを見おろして、こう言ってるかもよ……」

「あたしのレシピの方がよかったね、って」アンドリアがつづけた。「レシピにアレンジを加えられると、よくひいおばあちゃんは怒ってた」

「覚えてる。でも、気前よくみんなにレシピを教えてたわ」ハンナは靴に手を伸ばして履きはじめた。「昨夜バーでトーナメント参加者と話して、何か重要なことはわかった？」

「もちろん！」アンドリアは得意げに言った。ひどく興奮している顔つきだ。「ジョー・ディエズと義理の息子さんのマークがフィッシング・トーナメントでここに来ていることがわかったわ」

「ほんと？　ジョーの娘さん夫婦はドイツ駐在だと思ったけど」

「そうよ、でもマークは二週間の訓練のためにアメリカに戻ってるの」

「じゃあダーラとお子さんたちもここに？」

アンドリアは首を振った。「ダーラは子供たちに学校を休ませたくなかったから、基地にとどまったの。マークだけが滞在を一週間延ばして故郷に戻ったところ、フィッシング・トーナメントがあると聞いて、参加しようとジョーを説得したらしいわ」

「なるほど。ジョーは釣りが好きだものね」

「そう。引退して以来、夏になるとほとんど毎日釣りに出かけているんですって。マークはジョーの補佐役としてトーナメントに申しこんで、ふたりはジョーのボートで参加しているの」

「ダーラがいなくてちょっと残念ね。両親に会いにきたかったでしょうに」

「ダーラは年度の終わりまで子供たちを基地の学校に通わせたかったんですって。ジョーと奥さんはオクトーバーフェストのとき、娘と孫たちに会いにドイツに行くことになっているそうよ」

「マークも釣りをするの？」どうしてアンドリアはこの話をしたのだろう、と思いながらハンナは尋ねた。

「うん。しかも、マークは大学時代ソニーを知っていたの」

「ほんと？」ハンナはそう言ったあと口をつぐんだ。なぜそれが重要なのか、アンドリアに話してもらおう。

「だからこの話をしてるのよ。マークとダーラは大学時代に出会ったんだけど、そのとき彼女はソニーとつきあっていたんですって」

　ハンナは「なるほど（アハ）！」と叫びたくなったがこらえた。アンドリアは自分のタイミングで重要事項を明かしたいだろうから。

「ダーラは当時ソニーと婚約中で、マークはダーラの友だちとつきあっていたの。よくダブルデートしていたから、マークはソニーがかわいい女の子を見かけるたびに口説いていたことに気づいていた」

「ダーラはソニーがほかの女の子といちゃついているのを知っていたの？」ハンナはきいた。

「知っていたし、もちろんいやがっていた。ふたりがキャンパスから少し離れた、寝室がひとつのアパートに越してからはとくに。彼女はソニーに文句を言い、彼は親切にしているだけだと言った」

「彼女は信じたの？」

「うん、ある午後早めにうちに帰って、彼がほかの女の子とベッドにいるのを見つけるまではね」

「気の毒なダーラ！」不実な恋人との自身の最初のいざこざを思い出し、ハンナは同情した。「それで、彼女はどうしたの？」

「彼を捨てて空軍に入隊した」

「卒業を待たずに？」

「そう。空軍は彼女を別の大学に入れて卒業させたあと、ドイツの基地に配属した」

「でも、マークはどこに登場してくるの？」ハンナはきいた。

「それがまったくの偶然なの。マークも空軍に入隊していたのよ。そして、同じドイツの基地の配属になった」アンドリアはかすかに微笑んだ。「ジョーは運命だったと言ってたわ」

「でしょうね！」

「ダーラとマークはそこで再会して恋に落ち、最初の休暇でレイク・エデンに帰ったときに結婚することになった」

「ダーラを悲しませたソニーに、マークがまだ恨みを持っていると思うのね？」ハンナは重要な質問をした。

「ジョーにきいてみたの。彼はそれはないと思うと言っていたけど、わたしはちょっと気になって」

「わたしもよ。たしかに可能性はある」

姉妹は少しのあいだ黙りこんだ。やがて、アンドリアが尋ねた。「調べるべきだと思う？」

「うん、思う！」ハンナは言った。それはまちがいなかった。「できるだけ早く調べたほうがいいわ」

アンドリアはまだ少し疑っているようだ。「でも、こじつけっぽくない？」

「こじつけかもしれないけど、殺人の動機にならないとはかぎらないでしょ」ハンナは言った。「可能性があるものはすべて疑わなくちゃ。話してくれてありがとう、アンドリア。これまでになかった手がかりだわ」

アンドリアは笑顔になった。「よかった。でも……ジョーかマークがソニーを殺すなんてこと、ほんとにありうると思う？」

「もちろん。今の時点ではどんなことでもありうるわ。マークの軍での仕事について何か知ってる？」

「パイロットよ。それしか知らない。ジョーのキャリアについては少し知ってるけど。ビルが一度ジョーにきいたことがあるの。ジョーは狙撃兵時代に獲得した勲章を見せてくれた。ビルはジョーを保安官事務所に勧誘したけど、爆弾の専門家や狙撃兵としてのスキルが必要とされることはないだろうと言われたの。いざというときは、どんな緊急事態にもよろこんで手を貸すけど、退役もしたし、今後はリラックスして妻や家族と楽しみたいということだった」

「それは理解できるわ」ハンナはそう言って立ちあがった。「オーケー、アンドリア。今の話は全部あとで確認しましょう。そのまえにあんたのアプリコットとココナッツとミルクチョコレートのバークッキーのレシピを試して、おいしいかどうかたしかめるわよ」

「ほんとに？」アンドリアはきいた。期待に興奮しているようにも、少し不安そうにも見える。

「ええ。生地はレシピどおりの分量で作るけど、とりあえず天板一枚ぶんだけ焼いてうまくいくか確認しましょう」

「うまくいかなかったら？」アンドリアがきいた。

「そのときは、理由を考えてみる。それでもわからなければ、それを捨ててほかの材料を試す。レシピを書いたものはある？　ざっと見てみたいんだけど」

「ある」アンドリアは持ってきたノートのもとに急ぎ、あるページを開いてハンナにわたした。「これよ」

ハンナはレシピに目を走らせながら、記憶している自分のレシピとのちがいを確認した。固形材料と液体材料の量は同じで、すべて問題ないように見えた。

「どう思う？」

「ひとつだけいい？」ハンナは言った。「レシピには刻んだドライアプリコットが必要と書いてあるけど、どうやって刻むつもり？」

「ええと……フードプロセッサーで？」アンドリアは言ったが、それは答えというより問いかけだった。

「それはかまわないけど、刻まれたアプリコットがくっついてボール状になるのを防ぐために、あるものが必要よ」

「そうか！」アンドリアは驚いた顔をしたあと、うなずいた。「そのとおりね。フードプロセッサーでマシュマロを刻もうとしたことがあるけど……とんでもないことになったもの！」

「考えてみて、アンドリア。このレシピではクラストに何を使った？」ハンナはアンドリアにノートを返した。

「砕いた〈ローナドゥーン〉のクッキー。でも……これはフードプロセッサーで砕いてもボール状にはならないわよね？」

「ええ。乾いた材料だから。考えてみて、アンドリア。どんな乾いた材料を加えれば、べたべたのボールにならずにドライアプリコットを刻めると思う？」

「小麦粉？　小麦粉は乾いた材料よね」

「そのとおり。でも、あんたのレシピには小麦粉がない」

アンドリアはノートを見直した。「それなら……〈ローナドゥーン〉のクッキーは？　クラスト用のクッキーを砕くときに余分に砕いておいて、ドライアプリコットを刻むときにフードプロセッサーに入れたらどう？」

「ブラボー！」ハンナは手をたたきながら言った。「完璧よ、アンドリア。クッキーを砕くとき多めに砕いておいて、ドライアプリコットを刻むときに少量をフードプロセッサーに入れるの。これなら新しい材料を追加する必要がないし、味が変わることもない。そして、ドライアプリコットをくっつかないようにすることができる」

アンドリアはとても誇らしそうだ。「ココナッツは？　刻んでも大丈夫？」

「ええ、あまり細かくしすぎなければね。ほかに心配なことはある？」

アンドリアはまたレシピに目を落とした。「ないと思う」

「じゃあうまくできるかやってみましょう」ハンナは言った。「うまくいくはずだけど、食べてみるまではわからないからね」

「そうね」アンドリアは小さくうなずいた。「材料を取ってくる」

「その必要はないわ」

「えっ？」アンドリアはわけがわからないという顔をした。「どうして？」

「これはあんたのレシピだから。わたしが材料を集めて、あんたがすべてを混ぜて型に入れるのよ」

「でも……ほんとに――」

「本気よ」ハンナは急いで妹をさえぎった。「きっとうまくいくから、アンドリア。今回はひとりでできるはず。でも、ひとつだけ約束してほしいことがあるの」

「何？」

「わたしにいちばんに味見させてくれること」ハンナはそう言うと、アンドリアのそばまで行って抱きしめた。

③ 砕いたクッキー 1 1/2カップ分を①の型の底に
できるだけ均等に散らす。

④ その上に甘いコンデンスミルクをできるだけ均等に注ぐ。

⑤ フードプロセッサーの底に取り分けておいた
クッキークラムを大さじ1散らし、その上に半身の
ドライアプリコットを約15個入れたあと、
さらにクッキークラム大さじ1を振り入れる。
断続モードでドライアプリコットを細かく刻む。
フードプロセッサーから出して量り、1/2カップあれば充分。
足りなければまたフードプロセッサーの底に
クッキークラム大さじ1、ドライアプリコット、
残りのクッキークラムを順に入れ、断続モードで
ドライアプリコットを細かく刻む。

⑥ 刻んだドライアプリコット1/2カップを
④のコンデンスミルクの上に散らす。

⑦ その上にミルクチョコチップ2カップを
できるだけ均等に散らす。

⑧ その上にココナッツフレークの細切り1カップを散らす。

⑨ 幅広の金属製スパチュラで全体を型に押しつける。
幅広のスパチュラがなければ濡らした
清潔な手のひらで押してもよい。

⑩ 175℃のオーブンで30分焼く。

アプリコットとココナッツとミルクチョコレートのバークッキー

●オーブンを175℃に温めておく

材料

とかした有塩バター……113グラム

〈ローナドゥーン〉のクッキーを砕いたもの……1 3/4カップ
（砕いてから量る。クッキーは2パック買うこと——残った分は学校から帰った子供たちのおやつに）

甘いコンデンスミルク……1缶（397グラム）

刻んだドライアプリコット……1/2カップ（刻んでから量る）

ミルクチョコチップ……2カップ（わたしは〈ネスレ〉のものを使用——312グラム入りか340グラム入りのもの）

ココナッツフレークの細切り……1カップ（きっちり詰めて量る）

作り方

① とかした有塩バターを、23センチ×33センチのケーキ型に注ぎ入れ、傾けながら型の底全体と側面3センチぐらいのところまでバターをいきわたらせる。

② 〈ローナドゥーン〉のクッキー1パックをフードプロセッサーに入れて砕き、クッキークラムを作る。1/4カップ分取り分けて、小さめのボウルに入れておく。

⑪ オーブンから取り出してワイヤーラックの上などに
置いて冷まし、冷めたらブラウニーサイズの
棒状に切り分ける。

罪深いバークッキー、
切り分ける大きさにもよるが20〜30本分。

濃いブラックコーヒーか、
冷たい牛乳とともに召しあがれ。

15

ハンナにはわかっていたことだが、もちろんアンドリアのバークッキーはおいしく出来あがった。姉妹がその日のオーブン仕事を終え、きれいに片づけた厨房で一杯のコーヒーとともに腰をおろしたとき、サリーがはいってきた。

「ああ、よかった」サリーは言った。「コーヒー休憩中ね。ちょっとおじゃましてもいい？　あなたたちに会わせたい人がいるの」

「もちろん」ハンナはすぐに返事をし、アンドリアも同意してうなずいた。「ポットにコーヒーを淹れたところなの。アンドリアの新作バークッキーの試食もできるわよ」

サリーは遅れてはいってきた女性を手招きした。「こっちよ、ジャネット。友だちのハンナ・スウェンセンとアンドリア・トッドに会ってちょうだい。ふたりは親切にも今週うちのデザートシェフの代わりをしてくれているの」

「お会いできてうれしいわ」女性はサリーが引いてくれた椅子に座って言った。「サリーから聞いています。彼女がピンチに陥ったことも、あなたたちが助っ人として来てくれたこども」

「こちらはリリーのお母さんのジャネットよ」サリーが紹介した。「今朝マイクがソニーのことを発表するつもりだとリリーに伝えて、お母さんを呼ぶことも許可したの」

身なりのいい年配女性のジャネットはうなずいた。「今朝リリーから電話をもらって、すぐに車でここに来たの。かわいそうな娘になんて恐ろしいことが起こったんでしょう！」

「リリーがここに来てソニーをなんとかするようにと言われたことは、ご主人から聞いていますか？」ハンナはきいた。

「いいえ。ウォリーからは聞いていません」ジャネットはため息をつき、サリーを見た。

「このふたりは知らないのね？」

「ええ。わたしが話すことじゃないと思ったから」サリーは答えた。「あなたが話して、ジャネット」

「ウォリーとわたしは別居しているんです」ほんの少し顔をくもらせながらジャネットは言った。「もう結婚して長いし、ふたりとも離婚は望んでいないけど、ずっといっしょにいるとうまくいかないの。まだお互い愛し合っているし、週末はいっしょにすごすけど、平日は別々に生活しているのよ」

「それでうまくいくんですか？」アンドリアがきいた。妹がひどくびっくりしていることにハンナは気づいた。

「ええ、この数年はうまくいっていた。実はわたし、ひどい依存症を抱えていたの。気分が落ちこんで寂しくなると、心の穴を埋めるために薬物に逃げたのよ」

「穴？」ハンナはそうきいて、つづきをうながした。

「そう。ウォリーは仕事でとても忙しくて、わたしに割く時間があまりなかった。それはわたしのせいでもあるの。わたしのため、そしてリリーのために、夫には成功してもらいたかった。父はとても成功した人で、覚えているかぎりつねに仕事をしていた。当然父には母やわたしとすごす時間はあまりなかった。わたしたち家族はそれでうまくいっていたから、ウォリーとわたしもうまくいくと思っていたの」

「ちょっと待ってください、ジャネット」ハンナはアンドリアのバークッキーを切り分けようと立ちあがりながら言った。「とても興味深いお話ですけど、あなたには栄養源とコーヒーが必要だと思います」

サリーが笑った。「言ったでしょう、ジャネット。ハンナはあなたが空腹そうに見えなくても食べ物を勧めるって。彼女はいつもまずコーヒーとクッキーを勧めるの」

「アンドリアの新作クッキーです」ハンナは切り分けたクッキーを皿に盛ってテーブルに運んできた。「食べてみてください、ジャネット。今オーブンから出したばかりですけど、もう食べられるくらいには冷めてますから」

ジャネットはクッキーをひとつ取ってかじった。「あら！」彼女は笑顔になって言った。「すごくおいしい！」

「ほんとにおいしいわ」サリーも最初のひと口を食べて、アンドリアに親指を立ててみせた。「やったわね、アンドリア！ この新作バークッキーは釣り人たちに大受けするわよ！」

ハンナはサリーとジャネットがアンドリアのクッキーを二本ずつ食べるのを待って、全員のカップにコーヒーを注ぎ足した。「あなたの結婚についてもっと話してください、ジャネット」

ジャネットは大きく息をついた。「わかったわ。ウォリーと結婚した直後、父が亡くなって、わたしがボートビジネスを引き継ぐことになった。ウォリーはずっとボートに魅せられていたから、彼になら家業をまかせられると思った。数年後、新しいボートを展示する場所として、スポーツ用品店のチェーン展開を決めた。そのあと、リリーを妊娠していることがわかったの。仕事のせいであれほどウォリーが時間をとられるようになるとは思わなかった。わたしは寂しくて、そのせいで結婚生活はつらいものになった」

「上昇志向のカップルにありがちなことよ、ジャネット」サリーが言った。

「わかってる。ウォリーが長距離トラックのドライバーでも同じよ、と自分に言い聞かせたわ。一度に一、二週間家を留守にするんだから。でも……どうしてもそれが受け入れられなくて、妊娠と孤独に耐えるために薬にたよるようになった」

ハンナとアンドリアは目を合わせた。この意外な告白について、どちらも何を言うべきかわからなかった。

「幸い、ジャネットにはローザがいた」サリーはジャネットの肩に手を置いて言った。「ローザはジャネットとウォリーの家族にとって糊のような存在なのよ」

「ローザはリリーの第二の母親でもあった」ジャネットは付け加えた。「リリーを産んだあともまだ大量の薬を飲んでいたわたしは、プロの手助けが必要だと気づいた。そして実行した。リハビリ施設で何カ月もすごして、ようやく依存症から回復したの。でもそのあいだ、リリーは母親なしで、週末しか父親が帰ってこない家で暮らした。わたしに言えるのは、ローザがいてくれて感謝しているということだけ！　彼女はわたしたち三人が普通の暮らしに近いものを送れるように手を貸してくれたの」

「ローザは住みこみの子守だったんですか？」アンドリアが同情の目でジャネットを見ながらきいた。

「ええ。ローザは完璧だった。わたしの代理でリリーの小学校に行ってくれたし、ほかのボランティアのママたちのように、少なくとも週に一回は学校にクッキーを届けてもくれた。リリーもローザが大好きだった。今でもそうよ」

「でも、あなたは依存症から回復した」サリーが言った。「何もかもうまくいったじゃない、ジャネット」

「ええ、そうね。リリーは第二の母親であるローザがいて幸せそうだったし……」ジャネットは小声で笑った。「ローザはPTAの会合や、保護者面談までわたしの代わりに行ったのよ。ローザにはほんとうに恩義を感じているわ」

「ローザはいつまで働いていたんですか?」ハンナがきいた。

「リリーが高校三年生になるまで。そのあとローザはレイク・エデンに引っ越して、サリーとディックがここをオープンさせてからは、サリーのもとで働くようになったの」

「彼女にはわたしも感謝してるわ!」サリーがすかさず言った。

「とにかく……依存症から回復すると、わたしは家業に関わることにした。公認会計士の資格を持っているから、就業時間中ずっと帳簿に目を通していた。だから出張が多いの。リリーとウォリーがブレイナードで新店舗開店の準備をしているとき、わたしはセントクラウドの店舗にいた」

「ご主人からリリーをここに向かわせたという連絡はなかったそうですけど」アンドリアが言った。

ジャネットは首を振った。「ええ、ウォリーから電話はなかった。夫はわたしがソニーとの婚約に反対していることを知っていたけど、リリーには自分の考えがあった。彼と結婚すると決めていた。つまりそういうことなの。ソニーがあの子にふさわしいとは思えなかったけど、娘が不適切な人物にすっかり惚れこんでしまったら、できることはあまりないものね」

「ソニーが飲酒問題を抱えていたことは知っていましたか?」ハンナはきいた。

「いいえ。知っていたら、婚約を破棄するようなんとしてでも説得していたわ。ソニーはわたしのまえで酔っ払ったりしなかったから、それほどひどいなんて全然知らなかった」

「リリーがあなたに電話して事情を話さなかったなんて驚きです」ハンナは言った。「もしわたしが婚約中で、結婚しようとしている人が問題を抱えていたら、母に電話して助言をもらうと思うから」

「リリーがそうしてくれていたらよかったのに!」ジャネットは深いため息をついた。「わたしとそのことについて話したくなかったんでしょうね。理由はもうひとつあるわ。リリーはあまりわたしを信用していないの。昔からお父さんっ子だったから」

「でも、あなたを愛しているでしょう?」アンドリアがきいた。

「それはわかってる。ただそれほど親密じゃないってだけ。あの子はわたしがソニーを気に入っていないと知っていた。彼を好きなふりをしなかったのは大きなまちがいだったかもしれない。でも、彼は絶対に娘にふさわしくないと思ったの。リリーは……」ジャネットはふさわしいことばを探しているらしく、そこでことばを切った。「うぶすぎた。ソニーにとってはね」

「そうだったんですね」とアンドリア。

「週末やパーティはつらいものになった。最悪だったのはみんなで休暇をすごしたときよ。ウォリーとわたしは美しい湖に面したノースウッズにキャビンを持っているの。もちろんボートも二艘持っていった。いつもそうするのよ。リリーとソニーに一艘、ウォリーとわたしに一艘。ソニーはボートの操縦をまったく知らず、覚えようという気もなかった。ただ座っているだけで、自分は指一本動かさずにリリーに何もかもやらせた」

「彼は釣り番組に出るために、たくさんのことをずいぶん速く学んだのね」サリーが言った。

「学んでなんかないわよ！　だからジョーイも出演しているんじゃないの。実際の作業は彼がしていて、ソニーは女性視聴者を魅了するためにハンサムな顔を提供するだけ。それについてはリリーが正しかったわ。ソニーを出せば女性視聴者が増えるとあの子は父親に言ったの。たしかに女性視聴者は増えた。でも、娘の婚約者は女たらしだった。調べたら、リリーにプロポーズするまえに四回も婚約していたのよ！」

「そのことをリリーには？」アンドリアがきいた。

「伝えてないわ。そんなことをしてなんになるの？　リリーはソニーに夢中だった。わたしの話なんて信じなかったでしょう」

「じゃあ、ソニーはリリーには本性を隠していたんですね？」ハンナがきいた。

「うまい言い方ね」ジャネットはおもしろくなさそうな笑みを浮かべて言った。「リリーは完全にソニーの魔法にかかっていたし、彼について悪いことは一切信じないのはわかっていた。彼の悪口を言ったり仲たがいさせるようなことを言わないように、細心の注意を払わなければならなかった。彼と結婚してもらいたくなかったのはほんとうだけど、あの子にはっきりと言うことはできなかった。自分で彼の欠点に気づいてくれるよう願うしかなかったの」

ハンナは小さくため息をついた。「そして、願いは叶わなかった？」

「ええ、少なくとも、わたしの知るかぎりは。リリーはいつも明るくて独創的だった。瞬時に人を見抜いた。でも、ソニーのこととなると視界がくもってしまうの」

「お嬢さんを導こうと綱渡りをしながら、彼から引き離すのを恐れていたように聞こえます」アンドリアが言った。

「そうなのよ！　わたしが感じていたのはまさにそれなの」ジャネットは理解してもらえて感謝しているようだった。「たぶん、こんなことを言うべきじゃないし、リリーが聞いたらぞっとすると思うけど、ソニーが死んでも悲しくはないわ！」

16

サリーは厨房の壁の時計を見あげたあと、ジャネットを見た。「もう行かないと、ジャネット。マイクのところにあなたを連れていくと約束したのよ」

「わたしにいろいろと質問したいんでしょうね」

「バークッキーを持っていって、ジャネット」アンドリアはリリーの母親のために持ち帰り用のクッキーを用意しようと立ちあがった。

「マイクのためにもひと箱用意したほうがいいわよ」ハンナは妹に指示した。「そうすればマイクにジャネットのクッキーを全部食べられずにすむから」

「そうね」アンドリアは急いでクッキーをもうひと箱用意した。「ジャネット、わたしならふた箱持っているところをマイクに見せないようにします。彼に全部食べられてしまうかもしれないから！」

「あなたのぶんはわたしがあなたの部屋に届けておくわ」サリーが言った。「そうすれば、マイクもそそられずにすむでしょ！」

　サリーとジャネットが出ていくのを待って、ハンナはアンドリアを見た。「どう？」

「どうって、何が？」

「ジャネットの話をどう思った？」

「そうね……悲しいと思った。彼女はリリーを心から愛していて、娘のために最高を求めている。それに、彼女ははっきり言った。ソニーは娘にとって最良の相手ではないと思うって」

「すべてそのとおりね」ハンナは黙りこんだ。ふたりが聞いたことについて、アンドリアに考えさせたかった。

「彼女は、ソニーが死んでも悲しくはない、と正直に話してくれた」アンドリアはそこで眉をひそめた。「まさか姉さんの考えは……」

「アリバイが証明されるまではだれもが容疑者よ」ハンナは言った。

「でも、ジャネットはセントクラウドの店舗で帳簿を調べていたと言ってたわよ」

「そうね。そのことばを信じるつもり？」

「うーん……信じるべきじゃないのかも。店の人に確認するべき？」

「ええ」ハンナは答えた。「わたしよりあんたがやったほうがいいわ。あんたが店に電話して」

「ほんとに？」アンドリアは驚いたあと、大きな笑みを浮かべた。「それほどわたしを信用してくれてるの？」

「もちろんよ。結果を知らせてね。そのまえに、ランチビュッフェ用にアプリコットとココナッツとミルクチョコレートのバークッキーの生地をもう少し作っておきましょう」

「了解。でも、かなり大量に焼いたわよ」

「それはわかってる。すごくよくできていたわよ、アンドリア！　大人気まちがいなしだから、すぐなくなって追加が必要になると思う」

「ほんと？」アンドリアはうれしくてたまらないようだ。「そうなってくれるとうれしい。じゃないと追加ぶんが無駄になっちゃう」

「無駄になんてならないわよ」ハンナは笑って言った。「マイクのことを忘れないで。味見したとたん、もっとほしいと言ってくるから」

追加ぶんのアプリコットとココナッツとミルクチョコレートのバークッキーを焼いてしまうと、アンドリアとハンナは掃除をすませて厨房をあとにした。サリーはジャネットを連れてマイクとロニーのところに行っているので、計量のあと釣り人たちに提供するランチビュッフェまでやることがなかった。

「そうしたければ、早めにあがってもいいわよ、アンドリア」ハンナは妹に言った。「ランチビュッフェはわたしひとりでなんとかなるから」

アンドリアは首を振った。「グランマ・マッキャンがトレイシーとベシーを学校とプレスクールに迎えにいったあと、彼女の農場に連れていってくれることになっているの。小さな花壇を作らせてくれるんですって」

ハンナは笑顔になった。「それはすてきね。トレイシーは花が大好きだから」

「そうなの。わたしは植物を育てるのが苦手だけどね」アンドリアが言った。「キンレンカも育てられないんだから。育てるのが世界一簡単なのに」アンドリアは先にエレベーターに向かい、ハンナのためにドアを押さえた。「姉さんはどうするの？　仮眠をとるつもり？」

ハンナは少し考えてから首を振った。「ううん。疲れてないこともないけど、釣り人たちが戻るまえに何かしたいわね」

「何をしたいの？」

「そうねえ……湖に出たいかな。天気がいいし、水上はリラックスできるわ。残念ながらボートはないけど」

「ボートなら借りられるわよ。ディックにきいてみましょうよ。船外モーターの使い方なら知ってるから」

「それはわたしも知ってるけど、手漕ぎボートでもかまわないわ。立ちあがってだれかに手を振らないと約束してくれるなら、インのカヌーを借りてもいいし」

姉妹はエレベーターに乗りこみ、アンドリアはぐるりと目をまわして天井を見あげた。

「絶対にそのことを忘れさせてくれないのね」

ハンナは笑った。「あたりまえでしょう。前方にビルのボートが見えたせいで、わたしたちはふたりとも湖に落ちたんだから」

「わざとじゃないわよ。それに、なんとかカヌーをもとに戻して水をくみ出したでしょ」アンドリアは指摘した。

「全身ずぶ濡れになったけどね」

「たしかに」アンドリアは降参した。「手漕ぎボートのほうがいいかもしれないけど、とにかくディックにきいてみましょう。たぶんバーで掃除と補充をしてると思う」

「わかった。上着を取ってきたあと階下に行きましょう」二階でエレベーターが止まると、姉妹はエレベーターを降りて部屋に向かった。

すぐに温かい服に着替えて上着を持った。エデン湖に出かける支度には五分もかからなかった。エレベーターで地階に戻り、長い廊下を歩いてまっすぐディックのバーに向かった。

「やあ、きみたち！」ふたりがバーにはいるとディックが声をかけてきた。「準備中なのはわかってる……よね？」

「ええ」ハンナはバーカウンターに歩み寄り、バースツールに座って言った。「借りられるボートがあるかききたくて来たの。ランチビュッフェのまえに、アンドリアとふたりで少しのあいだ湖に出たいなと思って」

「私のを使うといい」ディックは言った。「船内エンジンの操縦法はわかるかい？」

「わかるわ」ハンナが言った。

「わたしも」アンドリアが言い添える。「ビルと新しいボートで湖に出たとき、運転させてもらったから」

「ビルはやさしいんだな！」ディックが本心らしい口ぶりで言った。「私だったらサリーにボートをまかせられないよ」

「手漕ぎボートでもいいの」ハンナは言った。「自慢のボートをくれなくてもいいのよ、ディック」

「あげるつもりはないよ。貸すだけだ」

ハンナは笑った。「もう、ディックったら！　いつもならことばの選び方にもっと気をつけるんだけど」

ディックも笑った。「まちがいはだれにでもあるさ。よし、ボートのある場所まで案内しよう」

そして、あっという間にハンナとアンドリアは湖の上にいて、ドックが背景のなかに消えていこうとしていた。

「姉さんが操縦してくれてよかった」アンドリアは姉の隣で、座り心地のいいキャプテンチェアに座って言った。

「実は……わたしもよ」ハンナは妹を見てにやりとしながらそう返した。「操縦席にいるほうがはるかに湿気を感じないから」

「あそこを見て、姉さん！」アンドリアが小さな島のほうを指さしながら興奮した様子で言った。「あれってジョーじゃない？」

ハンナはまぶしい日差しのなかで目を細くした。「ええ、そうみたいね。いっしょにいるのは義理の息子さんかしら」

「マークよ」アンドリアが思い出させた。「まずはあそこに行って、ふたりに話をきかない？」

「ふたりが釣りをしていないならね。見たところ、座って話をしながら、朝食ビュッフェから持ってきたキャラメル・ピーカンロールを食べているだけみたいだけど」

「ちょうどいいわ」

「とりあえずおしゃべりをしにいって、様子を見ましょう」

「でも、ふたりはソニーが殺されたことをまだ知らないんじゃない？」

「ええ、だから今ふたりと話したいの。ソニーのことは公式に発表されるまでだれにも話せないし」

「わかったわ、姉さん。ジョー・ディエズのことは知ってるわよね？」

「ええ」ハンナは小さく微笑んで言った。母がかつてジョーとつきあっていたことをアンドリアは知らないらしい。「まずはわたしにまかせて。あんたはここだと思うときに話にはいってきて」

ハンナはジョーとマークが休んでいる小さな島に向かってボートを進ませた。島に生えている木の陰に場所を見つけて、彼らのすぐ近くにボートをつけ、島に降り立った。「こんにちは」ハンナはふたりに声をかけた。

「やあ、ハンナじゃないか！」ジョーは言った。彼女に会えてうれしそうだ。「ちょうどきみのキャラメル・ピーカンロールをもっと持ってくればよかったと思っていたところだよ」

「あら、おふたりは運がいいわ」ハンナはそう言って、持ってきたキャラメル・ピーカンロールの袋を差し出した。「たまたまお望みのものを提供できますよ」

「きみは人の心が読めるようだ」ハンナから袋を受け取りながらジョーが言った。「義理の息子のマークには会ったことあるかな？」

「いいえ。あなたがフィッシング・トーナメントにジョーを誘ったそうですね、マーク。アンドリアから聞きました」ハンナは彼ににこやかに微笑みかけた。「お会いできてうれしいわ」

ジョーはマークを見た。「こちらはハンナ・スウェンセンと妹さんのアンドリアだ。ビュッフェのロールパンやクッキーはすべてふたりが焼いているんだよ」

「すばらしい」マークはふたりを褒めた。「ビュッフェテーブルのうしろにいるのは見かけていたけど、ちゃんと会うのは初めてですね」

「きみが自分のボートを持っているとは知らなかったよ、ハンナ」ジョーが言った。

「わたしのじゃないんです」ハンナは言った。「湖に出たかったのでディックに借りたんですよ」

「私を探すために?」ジョーが不思議そうな顔できいた。

「いいえ、ランチビュッフェに戻るまで朝を楽しむためです」ハンナはそこで息を整えた。

「ソニーのことでおふたりと個人的に話したかったからでもあるけど」

ジョーは小さくうなずいた。「昨夜アンドリアに話したことのせいでかな?」

「それもあります」ハンナはマークを見た。「アンドリアから聞いたんだけど、ソニーはあなたの奥さんと婚約していたことがあるそうね」

「そうなんだ。大学時代の恋愛で長くはつづかなかった。ダーラの話では、ソニーは当時たいへんなプレイボーイだったらしい」

ハンナは微笑んだ。「そうみたいね。おとといの晩バーにいたら、うわさどおりの彼を見ることになったでしょう」

「ジョーから聞いたよ」マークは言った。「ソニーはそこにいる女性全員を口説こうとしたとか」

「ハンナとアンドリアの母上までね！」大きくにやりと笑いながらジョーは言った。「だが、ドロレスはあっぱれだった。彼女がソニーの足を踏んだおかげで、マイクとロニーとドクは彼をストレッチャーに乗せて部屋に連れていくことができたんだから」

「それを見逃したなんて残念だな！」マークは首を振った。「ダーラと電話中だったんだ。そのことを彼女に話してやりたかったけど、話さなくてよかったのかもしれない」

「どうして？」アンドリアがきいた。

「ダーラはソニーにひどく傷つけられたことをまだ少し引きずっているから」マークは説明した。「彼が今では後悔していると信じたいんだと思う」マークは首を振った。「もちろんソニーは後悔なんてしていない。フィッシング・トーナメントの初日にそれがわかったよ」

ハンナは身を乗り出した。これはおもしろくなってきた。「どうしてそう思ったの？」

彼女はマークにきいた。

「ソニーとふたりだけで話す機会があったから、ぼくの妻のダーラのことを覚えているかときいてみたんだ。大学が同じだったから、よろしく伝えてほしいとたのまれたと言ってね」

「ソニーはダーラを覚えてました？」ハンナはきいた。

マークは首を振った。「いいや。大学時代の彼女の写真も見せたけど、当時はすごくたくさんの人と会ってたから、彼女と会ったことは思い出せないと言った」

「ふたりは婚約していたんでしょう?」アンドリアは驚いて言った。

「そうだよ。そのせいで彼女は大学を辞めて空軍にはいったんだ。卒業してから軍にはいるつもりだったけれど、彼と同じキャンパスにいたくなかったそうだ」

「わかるわ!」自分も大学時代に似たような経験をしたことを思い出して、ハンナは言った。

「わたしも」アンドリアも言った。「それであなたはどうしたの、マーク?ソニーはきみを覚えていないとダーラに言ったの?」

「もちろん言わなかったさ!」マークはとてもそんなことは考えられなかったようだ。

「ダーラが知る必要はないよ。元婚約者が当時から彼女のことをほとんど考えず、新しい相手を見つけたとたんにすっかり彼女を忘れたなんてことはね」彼はアンドリアを見た。

「昨夜きみがジョーと話していたときも、ぼくはドイツの基地にいる妻と電話中だったんだ」

「ソニーはダーラにとってずいぶんと期待はずれだったのね」ハンナは言った。「あなたがソニーを嫌っていたとしても無理ないと思うわ」

「とくに好きというわけじゃないけど、感謝している部分もあるんだ。ダーラはソニーのせいで空軍にはいった。もし彼と結婚していたら、ドイツの基地でぼくたちが出会うことはなかったんだからね」

ハンナは笑顔になった。「そういう見方ができるのはすてきね。それに、彼女に言わなかったのはいい判断だと思う。傷ついたかもしれないもの」

「私もそう言ったんだよ」ジョーがマークの肩をたたいて言った。「ダーラは当時ソニーに首ったけだった。自分が彼にとってそれほど重要ではなかったと知るのは、平手打ちされるようなショックだろう」

ハンナは腕時計を見た。「会えてよかったわ、マーク。そしてジョー……いつもながら楽しかったです。でも、ランチビュッフェの料理を出すためにそろそろ戻ったほうがいいみたい。ぜひ試してもらいたいワイルドライススープがあるの。わたしのお気に入りのレシピなのよ」

「それはぜひいただこう」ジョーは約束した。

アンドリアはわずかに眉をひそめた。ハンナには妹が何を考えているかわかった。「おふたりに伝えたいことがあるの」ハンナはそう言うと、大きく息を吸った。「だれにも言わないつもりだったけど……状況を考えると、これから公になるニュースをおふたりに何も知らせないのは忍びなくて」

「殺人があったのだね？」ジョーはうかがうようにハンナを見ながらきいた。

「ええ」

「ソニー？」ジョーはアンドリアを見てからまたハンナを見た。

「そうです」

「いつ？」今度はマークが質問した。

「昨日の朝。マイクは今日の午後まで発表を控えているの」

「それできみは昨夜私のところに話をしにきたんだね」ジョーはアンドリアに言った。

「そうです。ごめんなさい、ジョー。本気であなたを疑っていたとか、そういうことではないんです。情報を集めようとしていただけで」

ジョーはマークに微笑みかけた。「これがこのお嬢さん方のやっていることなのだよ。ハンナが事件を解明し、アンドリアが手助けをする。ときどきはいちばん下の妹のミシェルも参加する」

「つまり、きみたちは探偵なのか？」マークがきいた。

「いいえ」ハンナは首を振った。「公式には何者でもないの。レイク・エデンの町とそこに暮らす人たちが大好きというだけ。わたしたちの地元だし、こういうことが起きたら、だれがやったかを見つける手助けがしたいの」

「ぼくがソニーを殺したとは思わないんだね？」マークはちょっと不安そうにきいた。

「思わないわ」ハンナはすぐに答えた。「アンドリアがバーでジョーと話したときも思っていなかった。確認する必要があっただけなの」

「では、私たちはふたりとも容疑者ではないんだね？」ジョーがたたみかけるようにきいた。

「ええ、もうちがいます」アンドリアはそう答えたあと、ハンナを見た。「そうよね、姉さん？」

「そのとおりよ」ハンナはみんなを安心させた。

「だが、そもそもどうして私たちについて〝確認〟する必要があったんだい？」ジョーがきいた。

「軍人時代、あなたが狙撃兵だったことを知っていたからです」アンドリアが言った。

「あなたを保安官事務所に採用したいと思っていたとビルに聞きました」

「ソニーは……撃たれたのか？」

「何も話せないんです」アンドリアはハンナのほうを見た。

「ええ、ソニーは撃たれていました」ハンナは気まずそうにしている妹に助け舟を出した。

「でも、ここだけの話にしてくださいね。マイクがソニーの死因を発表するかどうかわからないので」

「だれにも言わないよ」ジョーが約束した。「そうだな、マーク？」

「もちろん。しつこいようだけど、ぼくたちの疑いは晴れたんだよね？」

ハンナはうなずいた。「容疑者リストがあるけど、インの部屋に戻ったら、すぐにあなたたちの名前にバツをつけて消すわ」

「そうか……」ジョーはハンナに笑みを向けた。「ほっとしたよ！　これでマークと私はランチビュッフェできみに教えてもらったワイルドライススープを楽しむことができる！」

ワイルドライススープ
(3.8〜4.7リットルの
スロークッカー用レシピ)

注意:
このレシピでは箱や袋入りの乾いた材料を大量に使う。
湿気を防ぎ、互いにくっつかないようにするため
乾燥剤の小袋がはいっている材料もある。
乾いた材料の重さを量る際は小さめのボウルにあけ、
この小袋を取りのぞいてからスロークッカーに入れること。

材料

ビーフブロス……411グラム入り2缶
（わたしは〈スワンソン〉のものを使用）

即席マッシュポテトの素……1カップ

〈リプトン〉の粉末オニオンスープの素……1袋

生クリーム（ハーフ&ハーフ）……2カップ

乾燥ワイルドライス……227グラム
（わたしは〈アンクル・ベン〉の
レディ・ライス・ロング・グレイン&ワイルドを2袋使用）

〈キャンベル〉の濃縮チェダーチーズスープ……283グラム入り1缶

キューブ状に切ったハム……225グラム
（または〈ホーメル〉のリアル・クランブルベーコン122グラム入り1パック）

ハンナのメモその1:
このレシピはレイク・エデン学区のコック長、エドナ・ファーガスンのもの。
エドナは時短料理の女王で、それはこのレシピが証明している!

ハンナのメモその2:
すべての材料をスロークッカーに入れてかき混ぜ、
低温に設定するだけでよい。

準備:
スロークッカーを使う場合、内側に〈パム〉などの
ノンスティックオイルをスプレーする。
こんろで作る場合は3.8リットル分のスープがはいる大きな鍋を用意する。

作り方

① ビーフブロス、即席マッシュポテトの素、
オニオンスープの素、ハーフ&ハーフ、
ワイルドライス、濃縮チェダーチーズスープ、
キューブ状に切ったハムまたは
クランブルベーコンをスロークッカーに入れ、
かき混ぜてふたをする。

② スロークッカーを低温にセットする(プラグがコンセントに
差しこまれていることを確認すること)。 3〜4時間で完成。

温かくクリーミーな食べ応えのある
ワイルドライススープ、8〜10人分。

ハンナの最後のメモ:
ワイルドライスは水中で生育する穀類で、
米というわけではないが、スモーキーでナッツのような風味があり、
ミネソタでは主食なみに好まれている。

オニオンスープ
(3.8〜4.7リットルのスロークッカー用レシピ)

オーブンを使うのはスープに添えるフランスパンをトーストするときだけ

材料

有塩バター……大さじ3

刻んだスィートホワイトオニオン……4カップ

ニンニクのみじん切り……ひとかけ分(または瓶入りのもの小さじ1)

ビーフブロス……411グラム入り3缶

ビーフブイヨンキューブ……4個

水……1カップ

ウスターソース……小さじ1 1/2

黒コショウ……小さじ1/8(挽きたてのもの)

コニャックまたはブランデー……60cc(お好みで)

バゲット……1本(2.5センチの厚さに切って8〜10枚分)

細かくおろしたグリュイエールチーズまたはスイスチーズ……1カップ

⑤ 2.5センチの厚さに切ったバゲットの両側にバターを塗り、
天板にならべる。

⑥ 200℃に予熱したオーブンで2分焼き、
ひっくり返してもう2分焼く。

⑦ オーブンから天板を取り出して、
おろしたグリュイエールチーズかスイスチーズを振りかける。

⑧ 天板をオーブンに戻し、余熱でチーズをとかす。
そのあいだにオニオンスープをボウルによそう。

⑨ オーブンからチーズバゲットを取り出し、
チーズの面を上にしてスープに浮かべる。
みんなによろこばれる、高級なフレンチレストランにも
引けを取らないスープの出来あがり。

ハンナのメモ:
オニオンスープは大好きだけど、いつもうんざりするのは、
タマネギの薄切りが細長いので、よく気をつけていないとたまに
服に落ちてしまうこと。ロブスターを食べるときのような前掛けを
レストランが用意してくれるといいのにと思っていたが、
ミシェルとわたしは別の解決策を思いついた。
このレシピにスライサーを使わず刻んだタマネギを使ったのは、それがおもな理由。
第2の理由は単純に便利だったから。
〈レッド・アウル食料雑貨店〉では袋入りの刻んだタマネギを売っている。

作り方

① 大きめのスキレットに有塩バターを入れて中火にかけ、
バターをとかして広げる。刻んだタマネギとニンニクを入れ、
しんなりするまで20分炒める。

② スロークッカーの内側に〈パム〉などのノンスティックオイルを
スプレーし、①の炒めたタマネギとニンニク、ビーフブロス、
ビーフブイヨンキューブ、水、ウスターソース、
黒コショウを入れてかき混ぜる。

③ ふたをして低温で5〜8時間調理する
(急いでいるときは、高温で2時間半〜3時間)。

④ スロークッカーのふたを開けてコニャックかブランデーを加え、
よくかき混ぜてからふたをする。

17

「こういうボートの操縦方法を知っていればよかった」〈レイク・エデン・イン〉に戻りながら、アンドリアが言った。「ビルのボートよりずっと新しいし、オプション機能もたくさんついてるのよね。運転するのも楽しそう」

「楽しいわよ。あんたもやってみる、アンドリア？　車を運転するのと同じだし、近くにはだれもいないわよ」

アンドリアは微笑んだ。「本気？」

「本気よ。何かあっても、わたしがすぐそばにいるし。あんたならボートを沈めたりしないでしょ」

「運転してみたいな」アンドリアは言った。「ディックは気にしないかしら？」

「大丈夫よ。こういうボートを運転したことがあるかどうかもきかずに、わたしが運転するのを許してくれたんだもの」

「たぶんすごくいい保険にはいってるのよ」運転席に移動したアンドリアが言った。妹の口元ににやにや笑いが浮かんでいるのにハンナは気づいた。

「きっとそうね」ハンナはそう言うと、声をあげて笑った。「大丈夫だって、アンドリア。ドックまでは距離があるし、ぶつかりそうなものは何も見当たらないから。操縦に失敗してもひどいことにはならないわよ」

「へえ、そう？　わたしが初めて父さんから車の運転を教わるために出かけたときのことを覚えてる？」

ハンナは笑いだした。「父さんはわたしで懲りたから、あんたのときは心の準備ができていたはずよ。わたしもカーブにさしかかったとき、あんたとまったく同じことをしたの。スピードを落とさなきゃならないのを知らなくて、速すぎて側溝に落ちそうになった」

「父さんはそんなこと何も言ってなかった！」アンドリアはハンナといっしょに笑った。

「忘れていたのかしら？」

「それはないわね。家族全員がカーブでスピードを落とさないのかどうか知りたかったのかも」

「ミシェルも同じことをしたの？」

「ミシェルの最初の運転レッスンのあと電話してきた父さんはそう言ってた」

「母さんは――」

「母さんもよ」ハンナは口をはさんだ。「本人にきいてみたの。母さんの両親は母さんに家の車を運転させなかったし、当時の高校では車の運転を教えなかったでしょ。だから、結婚後父さんが運転を教えなければならなかったの」

「もうすぐ着くわよ」遠くにドックが見えてきて、アンドリアが言った。「このボートを停める方法がわからないんだけど」

「つまり……ドックに入れる方法のこと？」

「うん。どうやるの？　モーターを切るだけでいいの？」

「それよりもう少し複雑ね。わたしがやるわ、アンドリア。あんたは見てて」

「ああ、よかった！」アンドリアはひどくほっとした顔でハンナと交代した。「ボートを壊したとディックに報告したくないもの」

ハンナがボートをドックに入れると、姉妹はインに急いだ。ロビーにはいったところで、ハンナはフロントデスクのほうを見た。「彼、夜勤のフロント係じゃない、アンドリア？」

「たぶん。同じ人みたい」

「よかった！　いっしょに来て。ソニーが殺された朝、彼はここにいたらしいから」

「彼が何か見たかもしれないと思うの？」

「何かを見たか、聞いたかもしれない」ハンナは言った。「今は大学が学期休み期間だから、ダブルシフトで働いているんじゃないかしら」

「こんにちは、クレイグ」フロント係の名札を見てハンナは言った。

「こんにちは、ミス・スウェンセン。またお会いできてうれしいです」フロント係は彼女に親しみのこもった笑みを向けた。「こちらは妹さんですよね？」

「そうよ、でもミス・スウェンセンじゃないの。今はミセス・トッドよ」

「保安官夫人ですよね。サリーから聞いてます」

「ソニー・バウマンがひどく酔っ払って、部屋に運ばなければならなかった夜、あなたはここにいた？」ハンナは尋ねた。

「ええ、いました！　ぼくはストレッチャーがはいれるようにエレベーターのドアを押さえていたんです。友愛会のハウスパーティでもあんなに酔った人は見たことがありませんでしたよ」

「友愛会の宿舎に住んでるの？」アンドリアがきいた。

「今はちがいます。内装工事中なので、サリーがここに部屋を用意してくれたんです。車で行き来しなくてすむから、必要なときはダブルシフトで働くこともできます」

「サリーはそれを最大限に利用しているというわけね」ハンナはそう言って微笑んだ。

「はい、でもこっちもありがたいんです。日中はサリーのために雑用もしていますけど、バイト代がすごくいいから。部屋代は無料だし、おいしいものもいろいろ食べさせてもらえるし。夜勤にはいらなきゃならないときは、朝に準備ができしだいコーヒーとロールパンまで持ってきてもらえるんです」

「夜遅くにリリーが来たときはここにいた?」

「ええ、いました。ローザもです。リリーがローザに電話して、来ると伝えたのかも」

「おそらくそうでしょうね」ハンナは同意した。

「リリーにはフィッシング・トーナメントがはじまるまえにも会っているんです」クレイグは言った。「イベントの一週間まえにウォリーといっしょにここに来たので」

「ソニーは?」アンドリアがきいた。「彼も来たの?」

クレイグは首を振った。「彼は来ませんでした。ぼくが尋ねると、ソニーは別の湖で釣り番組を撮影していて忙しいからとリリーに言われました」

「リリーのお母さんは?」アンドリアがきいた。「彼女も夫と娘といっしょに来たの?」

クレイグはまた首を振った。「彼女には今朝初めて会いました。サリーが紹介してくれて」

だれかが来てフロント係に用事を言いつけるまえに、ほんとうにききたいことをきくなら今だ、とハンナは思った。「昨日の朝ソニーとジョーイがボートに向かったとき、あなたはフロントにいた?」

「はい。ソニーはまえの晩の酒がまだ残っていたんだと思います。ドクが何か酔い覚ましの薬を与えているのはたしかだと思ったけど、まだお酒が残っているような様子でした」

「気づいてくれてありがたいわ」ハンナは言った。「どうしてお酒が残っていると思ったの？」

「彼はサングラスをかけていました、まだ日が出るまえなのに。それに、すごく慎重に歩いていました。飲んでいないと人に思わせたいときに酔っ払いがするみたいに」

「ソニーは目が赤いのを隠すためにサングラスをかけていたのかもしれないわ」アンドリアが言った。

クレイグはうなずいた。「その可能性はあります。でなければ、頭痛がひどくて、ロビーの明かりのせいで目が痛かったのかも」

「ソニーと何か話した？」アンドリアがきいた。

「ジョーイが急いでやってきてふたりで外に行ったので、その機会はありませんでした」

「ふたりはどこに行ったの？　知ってる？」

「いいえ、でもボートが動きだす音がしたので、何か理由があってこんなに早く湖に出るんだなと思いました。そのとき、サリーがコーヒーとロールパンを持ってきて、ぼくが朝食を食べているあいだ彼女がフロントにいました」

「朝食のあと少し眠ることはできたの？」ハンナがきいた。

「結果的には。でも、すぐにというわけではありません。二杯目のコーヒーを飲んでいたとき、電話が鳴るのが聞こえたのでフロントに戻ると、日中担当のフロント係が遅れそうなので、彼が来るまでここにいてくれとサリーに言われました」

「フロントに戻ったあと、別のボートが動きだす音は聞こえた?」

「いいえ、ジョー・ディエズとマークが出発するまでは。朝食ビュッフェのあと最初に現れたのが彼らです。混むまえにいい場所を確保したいから、早めに湖に出たいんだと言っていました」

「日中のフロント係が来るまで何時間残業したの?」ハンナがきいた。

「それほど長くありません。一時間というところです。そこに突然ジョーイが戻ってきました。ロビーにはいってきた彼は蒸留所のようなにおいがして、服はびしょ濡れでした」

「何があったのかと彼にきいた?」アンドリアがきいた。

「ええ、もちろん! ジョーイはカンカンに怒っていました! ソニーはボートでまた酒を飲んでいて、ジョーイに酒をぶっかけたそうです。ジョーイはとにかく早く部屋に行って服を脱ぎ、シャワーを浴びたいと言っていました」

「ジョーイも飲んでいたと思う?」ハンナがきいた。

「ジョーイはビール以外飲みません。サリーから聞きました。それに、前夜ジョーイは一杯のビールをちびちび飲んでいたとディックも言っていました」

「ボートであったことについて、ジョーイはほかに何か言ってた?」

「いいえ、エレベーターまでいっしょに来てボタンを押してくれと言われただけです。乗りこんだら、中央に立って何もさわらないようにすると言ってました」

「そのとおりにした？」

「はい。念のため戻ってきたエレベーターに消毒剤を持って乗りこんで、あらゆる場所を拭きましたけど」

「エレベーターのなかを拭いているあいだ、ほかのボートが出ていく音は聞いた？」ハンナはきいた。

クレイグは首を振った。「いいえ。ふたりの参加者が朝食ビュッフェのテーブルをとるために早めにおりてきたけど、ロビーを通ってドックに出ていった人はいませんでした」

ハンナはその情報の意味を考えた。「ジョー・ディエズとマークがいつおりてきたか知ってる？」

「はい！」クレイグは自信をもって質問に答えられることがうれしいらしかった。「ジョーイが階上に行って、ソニーがボートで湖に戻っていってから数時間後です」

「ソニーが湖に出ていく音を聞いたの？」

「いいえ、でもドックにはいったときジョーイかソニーが走行灯をつけたようなんです。エレベーターを拭きに出たときはまだその明かりが見えたけど、戻ってきたときは真っ暗でした」

「つまり、ソニーが走行灯を消したか、ボートがいなくなったわけね？」アンドリアが話を整理した。

「はい。外が見えるくらい明るくなってから確認したら、ソニーのボートはいなくなっていました」

「ジョー・ディエズとマークのボートが出ていった時間はわかる？」ハンナがきいた。

「ええ。ジョーのボートは船外にモーターがついた古いものです。静かな湖の上なら何キロも先まで聞こえます。聞こえたのは日中のフロント係が来て、ぼくが部屋にあがろうとしたときです」

「それは何時だった？」

クレイグは考えこんだ。「午前十時近かったと思います。ビュッフェを終了したサリーとあなたたちは、道具類を片づけて厨房に運ぼうとしていました。それって十時ごろでしたよね？」

ハンナはうなずいた。「ええ。ジョーとマークのボートはその直前に出発したのね？」

「そうです、ジョージ・コールターもいっしょに」

「ジョージ・コールター？」ハンナが繰り返した。「その人には会ったことがないと思う」

「たぶんバーで見ているはずですよ。トーナメント参加者で、ソニーがダンスしたブロンド女性の夫です。彼はいい人ですよ、ハンナ。ジョーとマークはジョージといっしょにここに寄って、三人でボートに乗ると言っていました。ジョージのボートが故障して、直るのが午後遅くになるからということで」

「じゃあ、ジョージは一日じゅうジョーとマークといっしょだったの？」ハンナは確認のためにきいた。

「そうです」

「ありがとう、クレイグ」ハンナはにっこりして言った。「すごく助かったわ」

「やっぱりあなたたちは殺人事件を解明しようとしているんですね？」クレイグがきいた。

ハンナは一瞬彼の顔をまじまじと見た。「どうしてそう思うの？」

「殺人事件を何度も解明しているあなたたちがぼくに質問しているから」

「殺人があったってだれかに聞いたの？」クレイグの解釈に少し動揺した様子でアンドリアがきいた。

「そういうわけじゃありません。でもすぐにわかりましたよ。昨日、ぼくに質問したいとのことで、マイクとロニーに呼ばれました。そして、何が起きているか知っているかときかれました。制服警官たちが階上のある部屋に向かったせいもあります。そのあと、救急隊員が来てまっすぐドックに向かい、シートにくるまれた人物を救急車に乗せたと知りました」

ちょうどそのとき、妻たちのグループがロビーにはいってきて、フロントデスクに近づいた。クレイグとの個人的な時間は終わったとさとったハンナは、彼に別れの笑みを向けた。「お仕事みたいね」彼女は背後のグループを見て言った。「質問に答えてくれてありがとう、クレイグ。またあとで会いましょう」

ロビーをあとにして、厨房にいるサリーのもとへと長い廊下を歩きはじめながら、ハンナはアンドリアが眉をひそめているのに気づいた。少し待ったが、アンドリアは何も言わなかった。

「どうしたの?」ハンナはきいた。

「どうしてクレイグにジョー・ディエズとマークのことをきいたの?」

「単純に知りたかったから」

「ソニーが殺された朝に何があったかは、もうふたりから聞いてるのに」

「まあね」

「それならどうしてクレイグにあんな質問をしたの? ジョーとマークを信じてないの?」

ハンナは小さくうなずいた。「信じてるわよ。ふたりに聞いたことの裏付けをとっていただけ」

「それってふたりを信じてないってことでしょ!」

「そういうわけじゃない。ダブルチェックしていたの。それだけのことよ」

「ふうん」アンドリアが理解するには少し時間がかかった。「いつもそうするの?」

「ええ、できるときはね。疑いが晴れるまではだれもが容疑者なのよ、アンドリア。それはわかってるでしょ」

「ええ、でも……戻って容疑者リストからあなたたちの名前を消すつもりだって、さっきふたりに言ったじゃない」

「そうするわよ……ランチビュッフェのあと、部屋に戻ったらすぐにね」

アンドリアが考えこんでいるあいだに、ふたりはダイニングルームとディックのバーの入り口を通りすぎた。角を曲がって厨房に向かいながら、アンドリアは深いため息をついた。

「つまり」探るようにハンナを見ながら言った。「姉さんが言いたいのは、だれに何を言われても信じるなってことね。ちがう？」

ハンナはかすかに顔をしかめた。「ある意味そうだけど……」そして、少し考えてからつづけた。「だれも信じていないわけじゃないわ。いったん保留しているだけよ。別の信用できる人に会ったりして確認をとる必要があるの。わたしはクレイグと話すことで、ジョーとマークの話の裏をとった。部屋に戻ったら、容疑者リストから彼らの名前を消すわ。そうすると言ったとおりにね」

「でも、クレイグがジョーとマークの話とくいちがうことを言っていたら、名前は消さない……そういうこと？」

「ええ」ハンナは認めた。

「つまり、姉さんはつねに疑っているのね、探偵活動をするときはずっと」

ハンナは足を止めて考えこんだ。「たしかにそうね」と言ってため息をつく。「人に質問しているうちに身についてしまうのよ。ほかの情報源を見つけるまでは、その人の話を鵜呑みにするわけにはいかないから」

姉妹はしばらく無言で歩いた。やがてアンドリアがため息をついた。「ビルが探偵じゃなくてよかった！　わたしの話を信じてもらえなかったら悲しいもの」

ハンナは微笑んだ。「そんな心配はいらないわよ。あんたは殺人の容疑者じゃないでしょ、アンドリア。もしそうなら、ビルだってあんたの話を疑ってかかるかもしれないけど」

「でも……姉さん！」アンドリアはひどく動揺しているようだ。「そんなの愛じゃないわ！　愛し合っている夫婦は信頼し合うべきよ。そんなの……あたりまえのことでしょ！」

「もちろんよ」ハンナは言った。自分がどんなにロスを信頼していたかを思い出した。彼にうそをつかれていたのを知ったとき、どんなにショックだったかを。「でも、探偵はやみくもに人を信じるわけにはいかないの」ハンナは妹の肩を抱いて言った。「だから探偵はたいてい独身か離婚経験者なのかもしれない。既婚者にはとてもむずかしい職業なのよ、アンドリア。既婚者は人の話を信じる傾向があるけど、探偵の仕事の性格上、それができないから」

「今考えてみると、姉さんの言うとおりだと思う。ビルが保安官でよかった。探偵になる必要がなくて」

18

「ハンナ、話がある」ハンナがダブル・パイナップル・クッキーのトレーを補充していると、背後からマイクの声がした。「あとでバーで会えないかな？」

「いいわよ」なんの話だろうと思いながら、ハンナはすぐに言った。ジョーとマークの事情聴取から何かわかって、その結果を報告したいのだろうか？

「このクッキー、おいしいですね、ハンナ！」マイクのあとからやってきたロニーが言った。

「アンドリアに言ってあげて。これを作ったのは彼女だから」ハンナはにっこりして言った。

「そうなんですか、すごくおいしいです！　ミシェルに作り方を教えてくれるかな？」

ハンナは笑いだしそうになったが、なんとかこらえた。ミシェルはお菓子作りのベテランで、アンドリアはまだ修行中なのに。「アンドリアはよろこんでミシェルにレシピをあげると思うわよ」ハンナははぐらかした。「それに、あなたがそう言ったと知ったらすごくよろこぶと思う」

「リリーとジャネットが来てる」ハンナにたのまれてミートボールとマッシュルームソースの容器を持ってきたアンドリアが言った。「これを保温トレーに補充すればいい？」

「お願いするわ」ハンナは妹に微笑みかけながら言った。「パスタの保温トレーもチェックしたほうがよさそうね。ところで、さっきまでロニーがいたんだけど、ダブル・パイナップル・クッキーがとても気に入ったみたいよ。あんたがミシェルに作り方を教えてくれるか知りたがってた」

「ええっ？」アンドリアはひどく驚いたようだ。「わたしがミシェルにクッキーの焼き方を教えるですって？　それがロニーの望みなの？」

「そう言われたの」

「何それ、笑える！　ミシェルは何年もお菓子作りをしていて、これより百万倍もむずかしいクッキーを山ほど焼いてるのに」

「それはそうだけど、ロニーがあんたのクッキーを気に入ってくれたのはやっぱりうれしいでしょ」

アンドリアはしばらく考えてから微笑んだ。「そうね。ロニーにお礼を言わなくちゃ。よろこんでミシェルにレシピをあげると伝えるわ」そしてくすっと笑った。「姉さんとミシェルとわたしはこの件で大笑いすることになりそうね」

ハンナが笑っているあいだに、アンドリアは姿を消した。アンドリアはロニーの賛辞にだいぶ気をよくしているようだ。ハンナが釣り人のひとりにラザニアを取り分けたところで、リリーとジャネットがビュッフェテーブルにやってきた。「ランチをいかが?」ハンナは重ねた皿と銀器を示してきいた。

「おいしそうだけど、何も食べられそうにないわ」リリーが答えた。「食事がすんだら、マイクはソニーのことをみんなに伝えるつもりらしいの……だから……あんまり食欲がなくて」

「無理もないわ」ハンナは言った。そして、ジャネットを見た。「あなたはどう、ジャネット?」

「いいえ、けっこうよ。リリーと同じ気持ちだから。公式発表を見届けたら、すぐに部屋に行って体を休めるつもり」

「お父さまは?」ハンナはリリーにきいた。「もうここに着いたの?」

「いいえ、夜まで来ません。新しい店舗での作業が終わりしだい車でここに来ることになってるの」

「リリー、もう行かないと」ジャネットが娘の腕を取った。「マイクが手招きしてる。わたしたち、ちょっとあいさつしようと寄っただけなの」

ふたりを見送りながら、ハンナは一瞬同情を覚えた。マイクの発表を聞くのはどちらにとってもつらいはずだ。数人のトーナメント参加者の皿にそれぞれの好みの料理を盛りながら、ソニーが亡くなったと聞いたらこの人たちはどんな反応をするだろうかと考えた。衝撃を受けるのはまちがいないだろうし、涙する女性もいるかもしれない。そして、ソニーに何があったのだろうという疑問が生まれるはずだ。通常なら昼食後のお知らせのあと、ハンナとアンドリアは残った料理を片づけて厨房に戻ることになっていた。だが今日はちがう。ここに残って、みんなの反応を判断するつもりだった。

ビュッフェの終了を知らせる鐘が鳴り、ハンナとアンドリアは猛烈な勢いで残った料理を容器に移した。ランチは参加者たちに大人気だったので、容器に移す料理はそれほどなかった。カートに皿を重ね、料理にラップをしてしまうと、通りかかった厨房スタッフのひとりが、皿や料理を積んだカートを押して厨房に向かった。

「どこに座る？」アンドリアがハンナにきいた。

「あんたも残るの？」

「うん、ソニーのことを聞いたときのみんなの様子を見たいから。何かわかるかもしれないでしょ」

ハンナは小さくうなずいた。アンドリアは探偵らしく考えるようになっていた。「舞台裏からのぞきでもしないかぎり、参加者の顔は見えないだろうけど」

「そうね、でも、わたしたちならできる、でしょ？」

「もちろんできるわ。ライブ演奏や何かのとき以外はカーテンを閉めておくステージならね。ついてきて、どこに立てばいいか教えるから」

ハンナは先にビュッフェ会場から廊下に出た。ドアを開けてアンドリアについてこいと合図し、暗い内部にはいっていく。「ここが舞台裏よ」できるだけささやきに近い声で言った。「静かにしていれば、ここにいることはだれにもばれないわ」

ハンナは音をたてずに、カーテンの両側に一脚ずつ椅子を運んだ。カーテンの端と壁のあいだにはわずかな隙間がある。「ここに座って」椅子のひとつを示して言った。「わたしは反対側に座るから。去年サリーがシナモンロール・ファイブとステージで歌ったとき、ここから彼女を見たの」

「わたしも知っていたらよかった。ここに来て姉さんといっしょに聴いたのに」アンドリアが言った。

アンドリアとハンナが椅子に座って、ここならたしかにビュッフェ会場を眺めるのにもってこいだと思ったとき、ロニーが段をのぼってステージの張り出し部分にある演台のまえに立った。マイクは発表もロニーにまかせることにしたらしい。

ロニーが咳払い（せきばらい）をすると、魔法のように話し声がやんだ。「オーケー、座って落ちついてください、みなさん。いくつか大事なお知らせがあります」

かすかな音がしてハンナが振り向くと、背後にマイクが立っていた。彼は唇のまえに指を立て、ハンナの隣に椅子を引いてきて座った。そして、彼ものぞける隙間を見つけた。

ハンナはアンドリアに合図をし、妹はうなずいた。ロニーが話しはじめたので、マイクはふたりに黙って耳を傾けてもらいたいのだ。

「最初のお知らせはソニー・バウマンに関することです」ロニーはつづけた。「今後はジョーイがソニーの代わりを務めます。また、ブレイナードの店舗にいるウォリーから電話がありました。彼は今夜、ディックのバーのハッピーアワーに間に合う時間にここに来て、どんな質問にも答えるそうです」

「ソニーはどこにいるんだ?」テーブルから声があがった。ブロンド女性の夫ジョージ・コールターだとハンナにはわかった。

「ソニーは昨日の午後ドク・ナイトの病院に運ばれました。トーナメントにはもう戻りません。ウォリーからは、ここに着いたらどんな質問にも答えますとだけ言われています」

「重体なの?」だれかがきいた。

「私にはミスター・バウマンの容体についてこれ以上答える権利がありません。今後はジョーイとウォリーがトーナメントをつづけるとだけお知らせしておきます」

どうやらソニーが死んだことはまだ隠しておくつもりのようだ。

しばしの沈黙のあと、だれかが尋ねた。「計量はジョーイがやるんですか?」

「はい、手順はこれまでと変わりません。それと、これはいいお知らせなんですが……」

数人が拍手をしたので、ロニーはことばを切った。「この先はジョーイに伝えてもらいましょう。みなさん、びっくりしますよ。ジョーイがこれから話すことを聞いたら、このトーナメントに参加してよかったと思うはずです！」

拍手を受けてロニーが壇上からおり、代わりにジョーイが演台のまえに立った。「ロニーの言ったとおりです！　この部屋のなかの二名の方にとって、とても幸運なお知らせです。ウォリーがさらに二名の方に賞を進呈することになりました！」

賞賛の口笛が響き、ジョーイは笑った。「その内容は……うーん、私もトーナメントに登録するんだった！」

「それはだめだ！」だれかが怒鳴った。「あなたはプロなんだから、参加は許されないぞ」

「当然のことを教えてくださってどうも」ジョーイは満面の笑みで返した。「私はソニーではありませんが、ウォールアイ釣りに関してはとてもくわしいんです」

「あなたのほうがソニーよりずっとたくさんのことを知っているでしょ」妻たちのひとりが返す。

「信任票をどうも」ジョーイは彼女に微笑みかけた。「さて、もうひとつのお知らせです。昨夜の計量の勝者はスタン・ジョーダンでした。ディナーのときにお伝えする機会がなくて申し訳ありませんでした。そして、正午と夕方の計量のあとにバリー・ウィザーズが救難艇を出して、魚の放流をすることもお知らせしたいと思います」

「ありがとう、バリー！」だれかが怒鳴り、拍手がわき起こった。

ハンナは誇らしげなバリーの顔を笑顔で見つめた。ミネソタ大学の医学部進学課程で学んでいるバリーは現在休暇中だ。家があまり裕福ではないバリーは、片っ端から奨学金を受けており、ミネソタ大学が彼の代わりに学費を払っていた。

「残るはいちばん大きなニュースです。私はこれを最後まで言わずに取っておきました」

「当然だよ」とジョー・ディエズが言い、みんなが笑った。

「ありがとう、ジョー。昨夜計量を手伝ってくれたジョーの義理の息子さんのマークにもお礼を言います」

「それで、ビッグニュースというのは？」だれかが怒鳴った。

「教えてくれよ、ジョーイ」別の怒鳴り声がした。

「わかりました。ほんとうに大きなニュースなので、みなさん、水なりなんなり今飲んでいるものをテーブルに置いてください。聞いたらこぼすかもしれませんから」

いっせいに笑い声があがったが、みんなジョーイにそうさせられているのがハンナにはわかった。

「ありがとう」ジョーイは言った。「ランチビュッフェの直前にウォリーと電話で話したところ、びっくりするようなことを言われました」

「何を言われたんだ⁉」釣り人のひとりが声をあげたあと、沈黙が流れた。みんなジョーイが賞品について話すのを待っているのだ。

「優勝賞品はカスタムフィッシングボート一艘でしたが、ウォリーは準優勝者にもカスタムフィッシングボートの賞品を進呈したいそうです。すばらしいですよね？」

驚きのための数秒間の沈黙のあと、会場じゅうに拍手喝采がわき起こった。

「ほかの賞品には何があるんだ？」部屋の後方からだれかが怒鳴った。

「よくぞきいてくださいました」ジョーイは言った。「みなさん、ウォリーが大金持ちなのはご存じですよね？」

「どういう意味だ？」別のだれかがきいた。

「今夜のハッピーアワーになったら、その意味がよくわかると思います。ウォリーを囲んで、バーで抽選会をします。幸運な勝者にはウォリーの財布のなかの現金をすべて差しあげます！」

後方のだれかが叫んだ。「やったー！」そして、拍手の嵐となった。

「ボートに乗っているもうひとりは、参加者の助手はどうなるんですか？」妻たちのひとりがきいた。

「助手の方にも抽選券を差しあげます。どちらかが勝者になれば、現金がもらえます」

これには妻たちや助手たちから拍手がわき起こった。

「ありがとう」ジョーイは笑顔で答えた。「ほかにもお伝えしなければならないことがありました。ウォリーは計量を終えるごとに魚の放流のための船を出すと言ってくれたバリー・ウィザーズにとても感謝していて、バリーの医学部進学課程の学費の残りを全額支払うつもりだそうです」

　バリーは愕然(がくぜん)としているようだ。「そんなこと思ってもいなかった……」バリーはそこで首を振った。「うそだろう……信じられない！」

「これだからミネソタの人たちはウォリー・ウォレスを愛しているんですよね」ジョーイが言った。「さあ……みなさん、午後のおやつの袋をもらってください。私は自分のをちょっとのぞいてみました。サリーとハンナとアンドリアは私の大好物を焼いてくれたようです。ダブル・パイナップル・クッキーに、ホットファッジ・アンド・バニラ・バークッキー、チョコレートとフルーツとナッツのカップケーキもありましたよ。ディック特製のレモネードがはいった魔法瓶も」

「ディックの特別な材料入り？　それともなし？」参加者のひとりがきいた。

「ディックにはきいていませんが、おそらくお縄(ビハインド・ザ・バー)になるようなものははいっていないでしょう」ジョーイは答えた。「ドクの忠告によりノンアルコールであることはたしかです。ドクからは、これまでのところ全参加者のＨＲＩの成績は完璧で、とてもうれしいとのことです」

「ＨＲＩって？」妻たちのひとりに尋ねられ、ジョーイは笑った。「ドクにきいたところ、釣り針がらみの負傷（フック・リレイテッド・インジュアリー）のイニシャルだそうです」いっせいに笑い声があがり、また静かになった。「さて」ジョーイは言った。「お知らせは以上です。さあ……湖に出てエデン湖最大の大物を釣りあげましょう！」

ダブル・パイナップル・クッキー

材料

よく水気を切ったクラッシュパイナップル……1/3カップ

有塩バター……170グラム

グラニュー糖……1/2カップ

ブラウンシュガー……1/2カップ（きっちり詰めて量る）

塩……小さじ1

バニラエキストラクト……小さじ1

パイナップルエキストラクト……小さじ1/2

ベーキングソーダ（重曹）……小さじ1/2

ベーキングパウダー……小さじ1

とき卵……大2個分（グラスに入れてフォークで混ぜる）

中力粉……2カップ（きっちり詰めて量る）

ホワイトチョコチップまたはバニラベーキングチップ……2カップ

ハンナのメモその1：
この生地は手でも作れるが
電動ミキサーを使ったほうが簡単。

⑧ 表面に密着させるようにしてラップをかけ、
冷蔵庫に入れて最低45分冷やす。残しておいた
パイナップルジュースのボウルにもラップをかけて
冷蔵庫に入れておく。これはこのあと紹介する
パイナップル・フロスティング・ドリズルに使うほか、
朝の子供たち用のオレンジジュースに混ぜても。
クラッシュパイナップルがあまったら、
バニラアイスクリームに添えると美味。

⑨ クッキーを焼く準備ができたらオーブンを190℃に予熱する。

⑩ 予熱が完了したら冷蔵庫から生地を取り出し、
スプーンか容量小さじ2のスクーパーですくって
用意した天板にならべる。

⑪ 190℃のオーブンで10〜14分焼く(わたしは12分)。

⑫ オーブンから取り出して天板のまま少なくとも3分冷ましたあと、
ワイヤーラックに移して完全に冷ます。
冷めたらパイナップル・フロスティング・ドリズルで
デコレーションする。

ソフトでねっとりしたクッキー、
大きさにもよるが3〜4ダース分。

ハンナのメモその2:
このクッキーはそのままでもおいしいが、
パイナップル・フロスティング・ドリズルを
たっぷりかけるとさらにおいしい、
とはみんなの意見。

準備:
① 天板に〈パム〉などのノンスティックオイルをスプレーするか、
オーブンペーパーを敷く。
② 小さめのボウルの上にざるを置いて、
缶詰のクラッシュパイナップルの水気を切る。
ボウルのなかのジュースは取っておく。
③ 有塩バターを耐熱ボウルに入れ、電子レンジ(強)で1分加熱してとかし、
そのままさらに1分待つ。完全にとけていなければ20秒加熱して
20秒待つ工程をとけるまで繰り返す。カウンターに置いて冷ます。

作り方

① 電動ミキサーのボウルにグラニュー糖、ブラウンシュガー、
塩、バニラエキストラクト、パイナップルエキストラクトを入れ、
低速で混ぜる。さらにベーキングソーダ、
ベーキングパウダーを加えてよく混ぜる。

② とかしたバターを注ぎ、低速でかき混ぜる。
ミキサーを切り、ボウルの内側をこそげる。

③ 水気を切ったクラッシュパイナップルの水気を
厚手のペーパータオルでさらに拭き、
1/3カップ分量ってミキサーのボウルに入れて、
低速でかき混ぜる。

④ とき卵を加えてかき混ぜる。

⑤ 中力粉を半カップずつ加え、その都度低速で混ぜる。

⑥ ミキサーを切り、ボウルの内側をこそげてミキサーからはずす。

⑦ 生地を手でひと混ぜしてから、ホワイトチョコチップまたは
バニラベーキングチップを加えて手で混ぜる。

パイナップル・フロスティング・ドリズル

材料

粉砂糖……3/4カップ（きっちり詰めて量る）

パイナップルエキストラクト……小さじ1

パイナップルジュース……大さじ2〜3

作り方

材料をすべて混ぜ、なめらかになって、
クッキーにたらすのにちょうどいい固さになるまでかき混ぜる。
スプーンの先から、またはダイナーでケチャップ入れとして
使われているようなスクイーズボトルに入れて、
クッキーにたらす。

ホットファッジ・アンド・バニラ・バークッキー

●オーブンを160℃に温めておく

材料

室温でやわらかくした有塩バター……450グラム

グラニュー糖……1カップ

粉砂糖……1 1/2 カップ

バニラエキストラクト……大さじ2

中力粉……4カップ（きっちり詰めて量る）

ホットファッジ・フィリング：

ホットファッジソース……347グラム
（わたしは〈スマッカーズ〉のものを使用）

ホワイトチョコチップまたはバニラベーキングチップ
……340グラム入り1袋

シーソルトまたはコーシャーソルト……大さじ1（粗挽きのもの）

準備：
23センチ×33センチのケーキ型の内側に
〈パム〉などのノンスティックオイルをスプレーする。

ハンナのメモその1：
このクラストとフィリングは電動ミキサーを使うとずっと簡単。
手でも作れるがかなり疲れる。

⑧ 冷ましたクラストの上にホットファッジソースを注ぎ、
できるだけ均等に広げる。

⑨ その上にホワイトチョコチップまたは
バニラベーキングチップをできるだけ均等に振りかける。

⑩ ここで塩の出番！　シーソルトまたはコーシャーソルト
大さじ1を振りかける。

⑪ 取り分けておいた生地を冷蔵庫から取り出し、
清潔な手でちぎってクランブルにしながら、
その上にできるだけ均等に散らす。
少し隙間をあけておくと、ファッジソースがぶくぶく
泡立つのを見ることができる。

ハンナのメモその3:
バークッキーの上でホットファッジがぶくぶく泡立つと、
とても見栄えがいい。

⑫ オーブンに戻し、さらに25～30分、
または表面のクランブルが軽く色づくまで焼く。

ハンナのメモその4:
とてもいいにおいがするので、すぐに切り分けて食べたくなるはず。
でもじっとがまん！　でないと、ぶくぶく泡立つホットファッジのせいで
口のなかをやけどすることになる。

作り方

① 電動ミキサーのボウルに有塩バター、グラニュー糖、
粉砂糖を入れ、白っぽくクリーミーになるまで中速で混ぜ、
バニラエキストラクトを加えてさらによく混ぜる。

② 中力粉を半カップずつ加え、その都度かき混ぜる。

ハンナのメモその2：
中力粉を加えても生地はかなりやわらかいが心配いらない。

③ カップ山盛り1杯分の生地をジッパーつきの
ビニール袋に入れて口を閉じ、冷蔵庫に入れておく。

④ 残りの生地を用意したケーキ型に入れ、
清潔な手で押しつけながら、底全体とサイドの下から
2センチぐらいまで、できるだけ均等に広げる。
少しぐらいでこぼこになっても大丈夫。
食べる人はだれも気にしないから。

⑤ 160℃のオーブンで約20分、
または縁が薄い茶色に色づくまで焼く。

⑥ クラストの縁が色づいたら、オーブンから取り出し、
型ごとワイヤーラックなどに置いて約15分冷ます。
オーブンはまだ消さないこと!

⑦ クラストが冷めたら、ホットファッジソースの瓶のふたを取り、
瓶ごと電子レンジ（強）で15～20秒加熱する。
1分待ってから鍋つかみを使って取り出す。

⑬ 5分冷ましたあと、鍋つかみで
型をワイヤーラックに移し、完全に冷ます。

ハンナのメモその5:
冬に家でこのバークッキーを焼いたときは、
バルコニーの小さなテーブルにワイヤーラックを置いて、
そこに型をのせた。ミネソタの冬の空気にさらすと、
ホットファッジ・アンド・バニラ・バークッキーは
あっという間に冷めた。

⑭ 完全に冷めたら、ブラウニーサイズに切り分け、
きれいな大皿にならべてテーブルに出す。

だれもが好きになるおいしいブラウニーサイズのお菓子、
ケーキ型1台分。冷たい牛乳かホットチョコレート、
または濃いホットコーヒーとともに召しあがれ。

ハンナのメモその6:
マイクはこのバークッキーが気に入ったとのこと。
もちろん、マイクはどんなバークッキーでも好きなんだけど!

チョコレートとフルーツとナッツのカップケーキ

●オーブンを175℃に温めておく

材料

レーズン……1カップ

ラム酒……30cc（わたしは〈バカルディ〉を使用）

卵……大4個

植物油……1/2カップ

生クリーム……1/2カップ

サワークリーム……227グラム（わたしは〈クヌーセン〉のものを使用）

チョコレートシロップ……大さじ1（わたしは〈ハーシー〉のものを使用）

チョコレートケーキミックス……1箱
（23センチ×33センチの角型ケーキ1台、または2段の丸型ケーキ1台が焼けるもの。わたしは〈ピルズベリー〉のものを使用）

粉末の即席チョコレートプディング・アンド・パイフィリング
……144グラム入り1パック（わたしは〈ジェロー〉のものを使用）

細かく刻んだ塩味のカシューナッツ……1カップ（刻んでから量る）

ミニチョコチップ……340グラム入り1袋
（312グラム入りでもよい。わたしは〈ネスレ〉のものを使用）

⑦ フードプロセッサーかナイフで刻んだカシューナッツを
1カップ量ってボウルに加える。

⑧ ①のレーズンが液体のほとんどを吸ってふくらんでいるのを
確認したら、水気を切ってボウルに加える。

⑨ ミニチョコチップを加え、全体をゴムべらでよくかき混ぜる。

⑩ スプーンかスクーパーでカップケーキ型の3/4まで
生地を入れる。焼くと紙カップの上までふくらむ。

⑪ 175℃のオーブンで20～25分、またはまんなかに
ケーキテスターか木の串か長楊枝(ながようじ)を2センチほど刺して、
何もついてこなくなるまで焼く。

⑫ オーブンから取り出してワイヤーラックなどの上に置く。
熱いうちに型から出そうとすると、形がくずれることがあるので、
室温まで冷めたら型からはずし、冷蔵庫で少なくとも
30分冷やしてからフロスティングを塗る。

みんな大好きなリッチなチョコレートカップケーキ、
18～24個分。
フロスティングを塗ったあと、
冷たい牛乳か濃いホットコーヒーとともに召しあがれ。

ハンナのメモ:
アルコールを使いたくない場合は、
ラム酒の代わりにラムエキストラクト小さじ1を使うとよい。
アルコールを使わずにラムの風味をつけることができる。

準備:
12個焼けるカップケーキ型を2枚用意し、紙カップを2重に敷く。

作り方

① 2カップはいる耐熱容器(〈パイレックス〉の計量カップなど)に
レーズンとラム酒を入れ、ひたひたまで水(分量外)を注ぐ。
電子レンジ(強)で1分加熱し、さらに1分待ってから取り出す。
タオルを敷いたキッチンカウンターに置いて冷ます。

② 電動ミキサーのボウルに卵を割り入れ、
低速で色が均一になるまでかくはんする。
植物油、生クリームを入れ、その都度低速でかき混ぜる。

③ 小さめのボウルにサワークリームを入れ、
チョコレートシロップを加えて混ぜる。
これを電動ミキサーのボウルに加え、低速でかき混ぜる。

④ チョコレートケーキミックスを加え、低速でかき混ぜる。

⑤ 粉末の即席チョコレートプディング・アンド・パイフィリングを
加え、低速でかき混ぜる。

⑥ ミキサーを切り、ボウルの内側をこそげてミキサーからはずす。

ハンナのメモその2:
フロスティングを数分間やわらかいままにしておきたいときは、
ダブルボイラーの上に戻す。
こうしておくと10分ぐらいは固くならない。
まだカップケーキに塗る準備ができないうちに
フロスティングが固くなってきたら、
ダブルボイラーの下側の鍋をまた火にかけ、
その上にフロスティングのはいった上側の鍋を置く。
2分ほどおいてかき混ぜればまたやわらかくなる。

カップケーキに塗ったあとにフロスティングが残ったら、
好きな人にわたしてスプーンですくって食べてもらおう。
ソーダクラッカーの塩がついていない面に塗ったり、
シュガークッキーに塗っておやつにも。

ハンナのメモその3:
このフロスティングは冷めるとファッジのようになる。

チョコレート・ファッジ・フロスティング

材料

セミスィートチョコチップ……2カップ（340グラム入り1袋分）

塩……小さじ1/4（チョコレートの風味を際立たせる）

甘いコンデンスミルク……397グラム入り1缶

有塩バター……大さじ2（28グラム）

ハンナのメモその1：
二重鍋(ダブルボイラー)を使うと失敗しない。
厚手のソースパンを弱火から中火のこんろにかけても作れるが、
焦げつかないように木のスプーンか耐熱のスパチュラで
絶えずかき混ぜていなければならない。

作り方

① ダブルボイラーの下側の鍋に水を入れる。
上側の鍋につかないようにすること。

② 上側の鍋にチョコチップと塩を入れ、ダブルボイラーを中火にかける。チョコチップがとけるまでときどきかき混ぜる。

③ 甘いコンデンスミルクを加え、つねにかき混ぜながら、
フロスティングがつややかになり、
広げられる固さになるまで約2分火にかける。

④ 火を止め、上側の鍋をはずして冷たいこんろの上に置き、
バターを加えてとけるまでかき混ぜる。

19

マイクが座っていた場所を見ると、彼はいなくなっていた。ハンナとアンドリアはそれぞれ椅子をたたみ、ラックのもとの場所に戻した。

舞台裏の暗闇から出ると、アンドリアは腕時計を見た。「もう行かないと」

「トレイシーとベシーはグランマ・マッキャンの農場に行ってるんじゃなかったの？」

「そうだけど、午後に内見がひとつはいってるの。わたしの見込み客だから、ほかの人に内見を担当させると、コミッションが折半になっちゃうのよ」

「コミッション収入でベッドルームに新しいカーテンをつけるつもりなんでしょ？」

アンドリアは驚いた顔をした。「どうして知ってるの？」

「このところずっとその話をしてるし、あんたがベッドルームの壁を塗り替えたがってるのを知ってるから」

「推理したのね？」

「そういうこと。家を売りにいきなさい、アンドリア。午後にまたオープン仕事をするときに会いましょう」

　アンドリアが行ってしまうと、ハンナはノーマンに電話して、午後はいっしょに湖に出られると知らせることにした。呼び出し音が数回鳴ったあと、ノーマンが出た。

「やあ、ハンナ。会えなくてごめん、実は町に向かっているところなんだ。午後に二時間ほどクリニックにいる必要があって」

　ハンナは少しがっかりした。午後にノーマンとのんびりするのを楽しみにしていたのだ。

「クリニックで何があったの？」

「ドク・ベネットがインプラントの予約を受けたんだけど、少し不安を感じているようなんだ。彼が歯科大学にいたころ、インプラントは実験的な治療法だったから、時間をかけて学ぶことができなかったらしくて」

「それで、あなたがインプラントの施術をするの？」

「いや、彼がやる。ぼくは彼が必要としたときのためにそばにいるだけだよ」

「あなたってやさしいのね、ノーマン」ハンナは彼を褒めた。「とてもむずかしい施術なの？」

「そうでもないよ、やることさえわかっていれば。ぼくがいるのはバックアップのためで、二時間もかからないだろう。ほかの参加者たちといっしょにバーのハッピーアワーには顔を出すよ。あとで会おう、ハンナ」

愚かなのはわかっているが、捨てられたような気分で電話を切った。マイクは姿を消し、アンドリアは出かけていき、ノーマンまでいなくなってしまった。厨房に戻ってあらたなデザートを作りはじめるべきだろうかとしばらく考えたが、必要とされないかもしれないものを作る気にはなれなかった。

「なんだかなあ」ハンナは廊下を歩きながらそう言って、ため息をついた。サリーはもう厨房にはいないだろうから、話をしなければならない相手はだれもいない。ディックがまだいることを願って通りすぎざまにバーをのぞいたが、明かりが消えていて、だれもいないようだった。

向きを変えてエレベーターに戻ろうとしたとき、マイクが急いでこちらにやってくるのが見えた。

「待ってくれ、ハンナ」マイクが声をかけてきた。「話があるんだ」

少なくともわたしを必要としてくれる人がいたわ、と思ってハンナは微笑んだ。なんだかみじめな気分だ。

「あら、マイク」ハンナは彼が追いつくのを待って言った。

「どこに行くんだい？」

ハンナは小さく肩をすくめた。「別にどこにも。ぶらぶらしながら、何をするべきか考えていたの」

「ラッキーだったよ」マイクはハンナの腕を取って言った。「ちょうどいいときにきみをつかまえられて。きみが必要なんだ、ハンナ。殺人事件ノートは持ってる?」

ハンナは首を振った。「階上の部屋にあるけど」

「じゃあ取ってきてくれ。今日の午後はバーを使っていいとディックに言われてるんだ。ノートを取ってきたら、いっしょにバーに行って、事件について話そう。情報交換したいんだ。二、三きみの印象を聞きたいこともあるし」

「いいわよ」ハンナはぜひともマイクと話したいと思っている自分に驚きながら言った。

「よかった。バーに飲み物を用意しておくよ。白ワインでいい?」

ハンナは首を振った。「ありがとう、でもやめとく。レモネードがあればそれを一杯お願い」

「わかった」マイクはそう言って、エレベーターのボタンを押した。「レモネードを用意しておくよ。バーで会おう」

アンドリアと使っている部屋のドアを解錠すると、ローザがベッドメイキングをしていたのでハンナは驚いた。「こんにちは、ローザ」彼女はヘッドハウスキーパーにあいさつした。

「こんにちは、ハンナ。部屋をお使いでしたら、十分以内には終わりますから」

「いいえ、大丈夫よ」ハンナは言った。「ノートを取りに戻っただけだから。また階下に戻らなくちゃならないの」

「マイクに会われるんですか?」ローザは尋ねた。

言い当てられて、ハンナはぎょっとした。「ええ、実は……そうなの。どうしてわかったの、ローザ?」

「リリーが午後にまた事情聴取を受けることになっているので。あなたも同席するんですか、ハンナ?」

「ええと……それはわからないけど」ハンナは急いで考えた。「わたしに同席してもらいたいの、ローザ?」

「ええ、ぜひ。リリーのそばにいさせてほしいとマイクにお願いしたんですけど、だめだと言われたんです」

「どうして同席したかったの?」

「リリーはわたしの娘ですから」

ハンナはその告白に驚いて、ぽかんと口を開けた。そして、急いで閉じた。釣りあげられた魚のように見えていただろう。そんな自分の反応が少し恥ずかしかった。「ごめんなさい、ローザ。驚いちゃって。リリーはあなたの実の娘さんなの?」

「生物学上の母親かときかれれば、答えはノーです。リリーの生物学上の母親はもちろんジャネットです。でも、わたしは赤ちゃんのころからリリーの世話をしてきました。ジャネットは治療の必要があったから。ミスター・ウォリーにたのまれて、リリーを愛していたので引き受けました。わたし自身に子供はいません。ずっと働いてきて、結婚もしたことがありません。リリーが生まれたとき、わたしはミスター・ウォリーとジャネットの家政婦でした」

「あなたがリリーを育てたことは知っているわ。サリーに連れられて厨房に来たとき、ジャネットが話してくれたから」

「そうなんです。ジャネットは出産後にかかる病気にかかってしまって」

「産後うつのこと？」

「そうです！　ミスター・ウォリーはそう呼んでました。ジャネットは入院が必要になり、入院生活は長引きました。ミスター・ウォリーはわたしをリリーの世話係にして、家政婦を別に雇いました」

　ハンナは少し考えた。ウォレス家の家庭の事情をあらたな視点で見ることになりそうだ。

「つまり、リリーが生まれて二、三カ月は母親が不在だったのね」

「いいえ、それ以上です。ジャネットはリリーが生後六カ月になるまで帰ってきませんでした」ローザはそこで深いため息をついた。「わたしは戻ってきたジャネットに、リリーの世話についてできるかぎり教えました。でもジャネットはまだ本調子ではなく、何をすればいいか理解できないようでした。飲んでいた薬がいけなかったのだと思います。そのせいでジャネットはリリーのおむつ交換を忘れ、食べさせることを忘れました」

「それに気づいたとき、あなたはどうしたの?」ハンナはきいた。

「ミスター・ウォリーに伝えました。気はとがめましたが、ジャネットはまったくリリーの世話ができなかったのです。彼女が望んだのはもっと薬を飲むことだけでした」

「ウォリーはなんて?」

「ジャネットを特別なお医者さまのところに連れていったところ、特別な治療プログラムが必要で、治療が終わるまではしばらくかかると言われたそうです」

「それであなたが?」

「はい、そのままリリーの世話をしてほしいとミスター・ウォリーに言われました」

「再入院することになってジャネットはがっかりした?」

「ええ、それはもう。とてもがっかりしていました。薬をやめられればよかったんですが、できませんでした。赤ちゃんの世話をしたがっていたのは知っています。でも……」彼女はそこでまたため息をついた。「薬なしにはすごせなかったんです」

「それで、ジャネットは再入院を?」

「はい。わたしは彼女に言いました。心配はいらない、あなたが望むかぎりわたしがリリーの世話をするからと」ローザは両手を組み合わせた。「わたしがまちがっていたのかもしれません。よくわかりませんが。わたしはできるかぎりのことをしました。リリーは母親を必要としていました……それでわたしを母親だと思ったのでしょう」

「ジャネットの治療はどれくらいかかったの？」

「十年以上。ミスター・ウォリーはお見舞いに行きましたし、わたしも行きました。最初のころリリーも一度連れていきましたが、赤ちゃんに会うことでジャネットがひどく動揺するとお医者さまに言われました」

「それはつらいわね」

「治療は長引きました。数カ月ごとに帰宅してはいましたが、そのたびに再入院することになりました。自分がいなくても育っているリリーを見てつらかったんだと思います。リリーがわたしをママと呼ぶのを聞いたときは、激しく動揺してその晩病院に戻ることになりました。ママはわたしではなくジャネットだとリリーに説明しようとしたんですが、あの子は幼すぎて理解できなかった」

ハンナは涙ぐみそうになった。赤ちゃんのリリーにとって、ジャネットが家にいたりいなかったりするのはひどく混乱することだったにちがいない。ジャネットが娘を置いていくにあたっては、関係者全員が涙したことだろう。「せっかく帰ってきたのに病院に逆戻りすることになるたびに、あなたも赤ちゃんのリリーもウォリーもつらい思いをしたでしょうね」

「はい、ジャネットはもっとつらかったと思います」ローザは言い添えた。「わたしがスーツケースに荷物を詰め、ミスター・ウォリーがそれを車に運ぶと彼女は泣きました。でも、病院に戻らなければならないことはわかっていました」

「お気の毒に。何もかもあなたにはつらいことだったでしょうね」

「ええ、それはもう。わたしはジャネットに心配いらないと言いました。リリーは大切にお世話しますからと。自分の娘のようにリリーを扱うとジャネットに約束しました」

「それでジャネットの気分は落ちついたのかしら？」

「そう思います。微笑んでわたしを抱きしめ、自分がいないあいだリリーの母親でいてほしいと言いました」

ローザの目はうるんでおり、ハンナも泣きたくなった。「彼女が依存症から回復して家に戻れるようになったとき、リリーはいくつだったの？」

「ジャネットが帰ってきたのは、リリーが中学に進もうとするころでした。わたしたち全員にとってとても幸せな日でした。その夜ジャネットは、リリーの成長を見守ってやれないことをいつも後悔していたと話してくれました。どんなにリリーを愛しているか証明するためにできることがあればいいのにと」

ハンナは首を振るしかなかった。「あなたはなんと言ったんですか、ローザ？」

「リリーはあなたに愛されているとわかっていますよと伝えましたが、ジャネットは泣きだして、自分がそばにいてやれなかったことはもう取り返せないと言いました。リリーに愛していると証明するためにできることが、いつか見つかるかもしれないとも言っていました」

またしてもハンナは泣きそうになった。「もう行かないと」と言って、ベッドサイドテーブルに急ぎ、殺人事件ノートを手にした。「ディックのバーでマイクに会うことになっているの」ドアに向かったが、ローザに言われたことを思い出して立ち止まった。「リリーのことは心配いらないわ、ローザ。マイクがリリーに事情聴取するときは、わたしがかならず同席するから」

ローザは少しほっとしたらしく、弱々しい笑顔を見せた。「事情聴取をするのがロニーなら心配はしないんですけど。彼のことは知ってますし……いい人ですから。でもマイクはときどき……なんと言えばいいのかしら、だれのことも信じていないように見えるんです。すでに心を決めているように」

20

エレベーターホールに向かいながら、ハンナは大きなため息をついた。ローザがリリーを愛しているのは疑いようがない。だが、それは彼女のベイビーをふさわしくない男性と結婚させないために殺人を犯すほどの愛なのだろうか？　その可能性はたしかにある。タイムラインを確認しなければ。まずはソニーが殺された日のローザの勤務時間を調べよう。フロント係にきけば答えがわかるはず。そして、あの日ローザが湖に出ることができていたなら、彼女がいつどうやってソニーを見つけ、殺害場所までおびき寄せたのかを調べる必要がある。

ノートを開いてペンを取り出し、ローザとの会話を簡単にメモした。あとでちゃんと書き直せるように、記憶を呼び起こすことばを選んで走り書きした。

エレベーターが来たので、殺人事件ノートを閉じてペンをバッグにしまった。マイクに会ったら、彼とロニーがリリーの事情聴取をするときわたしが同席することを認めさせなければ。

たった一階おりるだけなのに、エレベーターがロビー階に着くまでにやたらと時間がかかるような気がした。ようやく地階に着き、ドアが開いた。エレベーターから出て、フロントに寄って昼間のフロント係にいくつか質問をするつもりだったが、何人かの人たちがならんでいた。すでに時間がかかりすぎていたので、フロント係はあとでつかまえることにし、まっすぐマイクの待つバーに向かった。

「やあ、ハンナ」彼女がはいっていくと、マイクが声をかけた。「きみのレモネードだ。ここに来るのかどうか電話しようと思っていたところだよ」

「遅くなってごめんなさい。偶然ローザに会って、少し話をしていたものだから」マイクに示された椅子に座り、レモネードをごくりと飲んで、ハンナは説明した。「飲み物を用意しておいてくれてありがとう、マイク。すごくおいしい」

「だろう？　ディックのレモネードは最高だからね。階上にいるあいだにミシェルから電話はあった？」

「いいえ。どうして？」

「今夜みんなにダイニングルームに集まってもらいたいそうだ。ロニーの誕生日だから、ちょっとしたパーティを開くつもりらしい」

ハンナは驚いた。「ロニーの誕生日だなんて知らなかった」

「彼はぼくと仕事でここにいるから、ミシェルはここで家族の集まりをすればいいと思ったんだ」

「あなたも呼ばれてるんでしょ？」

「もちろん。七時に集合してほしいと言われた」

「アンドリアはもう知ってるの？」

マイクはうなずいた。「ミシェルがアンドリアの携帯に電話した。現地で内見客を待っているところだったらしい。ノーマンにはアンドリアが電話で伝えてくれるそうだ」

「楽しそう」ハンナは言った。「でも、誕生日だとは知らなかったから、ロニーへのプレゼントを用意してないわ」

「プレゼントはいらないとミシェルは言ってたよ。みんなが集まることがロニーにとってはプレゼントだからって」

「でも、何もないのは悪いわ。もっと早く教えてもらっていたら、何か用意できたのに」

「きみはきっとそう言うだろうから、もし何かしたければ、ブラウニーを焼いてあげてほしいとミシェルが言ってたよ」

「あなたに焼いてあげたのと同じブラウニー？」ハンナはきいた。マイクに腹を立てて仕返しのためにハラペーニョ・ブラウニーをあげたときのことを思い出したのだ。彼がそれを食べて気に入ったため、作戦は裏目に出たのだが。

「普通のブラウニーのほうがいいと思うよ」マイクは言った。「ぼくはきみのハラペーニヨ・ブラウニーが好きだけど、ロニーには辛すぎるからね。ロニーはチョコレートが好きなんだ」

「じゃあダブルファッジ・ブラウニーを焼くわ」ハンナは急いで言った。「ロニーはナッツが好きかしら?」

マイクは少し考えてから言った。「ほかのナッツはどうだかわからないけど、マカデミアナッツにはまっているのは知ってるよ。このあいだの休暇にご両親がハワイに行って、お土産に買ってきたらしい。今まで食べたなかでいちばんおいしいナッツだとロニーは言っていた」

「サリーの厨房にあるか確認して、あったらブラウニーに入れてみる」

「いいね」マイクは言った。「ぼくたちにも焼いてくれるのかな?」

「もちろん。ここには業務用オーブンがあるから、みんなが食べられるぐらいの量を焼けるわ」

「よかった!」マイクはうれしそうだ。「ところで、ローザと話したと言ったね。何か興味深い話は聞けた?」

「そういうわけじゃなくて」ハンナは言った。「リリーのことと、あなたがまた彼女の事情聴取をすることがちょっと心配みたい」

「一回目の事情聴取でぼくがリリーにきびしすぎたと思ったのかな?」

「よくわからないけど、あなたさえよければ今回はわたしに同席してもらいたいんですって」

「むしろありがたいよ！」マイクはちょっとほっとしたようだ。「ぼくの代わりに出てくれとたのもうと思っていたんだ」

「あなたの代わりに？」

「ああ。今回はロニーひとりにやらせようと思う。この捜査は彼主導で進めているし、そろそろぼくなしでやれるようになってもらわないと」

「そう」ハンナは言った。ほかにどう言えばいいかわからなかったからだ。「ロニーがリリーに事情聴取するのはいつなの？」

「よくわからない。サリーは宴会場をあけておいてくれているはずだ。トーナメント参加者たちは夜の計量から戻って、ハッピーアワーのバーに行くだろうから」

「なるほど。あなたはバーにいるの？」

「いや、書類仕事を終わらせるために保安官事務所に行かなきゃならないんだ。ロニーも今行っている。明後日（あさって）ビルが戻るまえに、報告書を仕上げないと」

ハンナは眉をひそめた。「報告書は捜査が終了してから提出するんじゃないの？」

「そうだよ……普通はね。でも、今回は特別な事情がある。実を言うとね、ハンナ、ぼくは今すぐにでもこの捜査から離れたいんだ！」

ハンナはマイクの硬い表情に気づいた。「もしかして……」彼女はそこで慎重にことばを選んだ。「この事件の捜査に自信がないの？」

「自信がない？」マイクはつらそうに笑って、彼女が使ったことばを繰り返した。「いや、ぼくはこの捜査をおりたいんだ、ハンナ。この状態が気に入らない」

「どういう状態なの？」ハンナはきいた。

「わからない。容疑者をだれひとり把握できていないような気がするんだ」

「ほんとに？」ハンナはショックだった。マイクがこんなふうに話すのは聞いたことがなかった。「まえに言ったことがあったわよね、すべての容疑者の事情聴取を終えれば、だれが有罪でだれが無罪かわかるって。今回の事件はそうじゃないの？」

「ああ。今回はちがう」マイクは小さく肩をすくめた。「だれが有罪だろうとなかろうとほんとにどうでもいいんだ。とにかくだれかに自白させて捜査を終えたい」

ハンナは混乱した。「でも……いつも言ってたじゃない、あなたの仕事は被害者のために正義を求めることだって」

「今回はいい仕事ができなくても別にいいと思っている。それにぼくはこれまでずっといい仕事をしてきた。もうこれ以上この事件について考えなくてもいいように、だれかを脅してでも自白させたいよ」

「そんな……なんと言えばいいかわからないわ」ハンナは正直に言った。

「つまりね、ハンナ……ぼくは人びとを助けたくて法執行官になった。被害者のために正義を求め、犯罪者がきちんと罰せられることを望んだ。つねに人びとの身になって考えた。容疑者の疑いを晴らし、日常生活に戻れるようにしてやりたかった。そして、犯罪者を見つけて逮捕し、罪を償わせたかった。きみはぼくを知っている。きみならわかるだろう?」

「ええ、マイク。よくわかるわ」

「それがいやになったんだ。ぼくは道を見失っている。さらに悪いことに、ぼくは……人間性まで失いつつあるような気がする。だからこの捜査にはきみの力が必要なんだ。ぼくひとりでは解決できない。ロニーにできるかどうかもわからない。とりあえず、いっしょにきみのノートを読んでみよう。役に立つかもしれない」

マイクといっしょにノートを確認しながら、ハンナは忙しく考えていた。いくつか鋭い質問をしてきたものの、マイクが心ここにあらずなのはわかった。

「ちょっときいていい、マイク?」容疑者について話し合ったあと、ハンナは尋ねた。

「何を知りたいんだい?」

「わたしが捜査に手を貸そうとすると、あなたはいつもちょっと怒るわよね。でも今回は手を貸してほしいとたのんでいる。だれがソニー殺害事件を解明するか気にならないの?」

マイクはたっぷり一分考えてから首を振った。「気にならない」

ハンナは彼の手をにぎった。「あなたを助けるためにわたしにできることはある？」

「わからない。これまで事件に対してこんな気持ちになったことは一度もないんだ。自分に何が起こっているのかわからないよ……」

21

ハンナは心配そうな表情をできるかぎり消そうとしながら、バーを出て廊下を歩き、ロビーに向かった。もちろん殺人事件の調査はつづけるし、できることなら解決するからとマイクを励ました。だが、友だちを助けるためにほかにもできることがあればいいのにと思った。マイクを心から愛しているし、混乱している彼を見るのはつらかった。同じ法執行官なら力になれるのかもしれないが、ハンナにはだれにたのめばいいか……。

「ステラだわ！」答えを思いつき、思わず声に出して言った。マイクの元の職場であるミネアポリス市警のステラに電話して助けを求めよう。

ロビーを横切ってエレベーターに向かおうとしたとき、フロントに座っている人物に気づいた。夜間のフロント係のクレイグだ。

「クレイグ！」ハンナは彼と話をしようとフロントに急ぎながら声をかけた。「こんな時間にここで何をしているの？」

「またダブルシフトなんですよ」彼はにこやかに言った。

「でも……数時間まえに勤務を終えたばかりじゃないの？」

「ええ。すぐに部屋にあがって寝ましたよ。もうすぐだれかがランチを持ってきてくれますし、ここに座って電話に出たり、お客さまの質問に答えるだけですから」

「それならよかった」ハンナは言った。「今はインで寝泊まりしているから、長く働けるのね」

「ぼくにとっては申し分ないんです。服は洗濯しなくていいし、食料品を買いにいくことも、通勤もしなくていいんですから。それに今は何も講義を取っていないので、目一杯働けるんです」クレイグはますます笑顔になった。「もちろん、バイト代もよけいにはいりますしね。来年のためにすごく助かるんです。このまま夜間のフロント係として雇ってもらえて、出る講義をひとまとめにできれば、友愛会の宿舎を離れてここに住めるかもしれないので」

「それはすてきね」ハンナは言った。

「最高ですよ、とくに食事が。買い物も料理もしなくていいし。厨房に何があるかチェックして、電話でルームサービスをたのむだけでいいんですから。夢のような仕事ですよ」

ハンナは微笑んだ。「サリーのほうも夢のような従業員を手に入れたというわけね」

「そんな、褒めすぎですよ。仮眠するために階上に行くところですか？」

ハンナは少し考えてから首を振った。「いいえ、厨房に行くわ。今夜のディナーはロニーの誕生日パーティだからブラウニーを焼かないといけないの。明日のクッキーの準備もしておこうかしら」

「新しいクッキーのレシピ、ほしくないですか？」クレイグはきいた。

「いつも募集中よ。提供してくれるの？」

「実はあるんです。誕生日に祖母がよく作ってくれた特別なクッキーが」

「あなたの誕生日はいつ？」

「クリスマスから二日としないうちに誕生日が来るから、みんなくれるのはクリスマスプレゼント兼誕生日プレゼントなんです。クリスマスのプレゼントとは別に誕生日にもプレゼントをくれるのは祖母だけでした」

「おばあさまはクッキーをくれたのね？」

「そうです。祖母が曽祖母からもらったレシピで特別なクッキーを作ってくれました。ポテトチップで作るクッキーです。ポテトチップはぼくの大好物なんですよ！」

「レシピは持ってる？」

クレイグはうなずいて、デスクの上に出してあったノートに手を置いた。「祖母が書いてくれたものをここに入れてます。コピー、ほしいですか？」

「もちろん！」ハンナはすぐにそう言うと、殺人事件ノートの白紙のページを開いた。

「ここで写させてもらってもいい？」

「その必要はありませんよ！　ぼくがコピーを取りますから。デスクの奥にクレジットカードや運転免許証をコピーするためのコピー機があるんです。数秒でできますよ、待っているお客さんはほかにいませんし」

「それはありがたいわ！」ハンナは言った。そして、クレイグがノートの前面のポケットから手書きのレシピカードを取り出すのを見守った。

「祖母の字はすごく小さいから、拡大コピーにしますね」

ハンナはデスクのまえでクレイグがコピーするのを待った。コピーしてもらったものを見て笑顔になった。「クランベリーとクルミを使うのね？」

「そうです。でも、どんなナッツでもいいみたいですよ。ぼくはクルミがいちばん好きだったから、祖母はクルミを使ったんです」

「とてもいいレシピだわ」ハンナは言った。「このあと少し作ってみる。あなたのぶんを取っておくわね」

「ぼくにももらえるんですか？」クレイグは明らかに驚いていた。「でも……ぼくの誕生日じゃないのに」

「そうだけど、試食してもらいたいのよ。それにはあなたのぶんがないとね」

「感激だな！」クレイグは満面の笑みで言った。「実は、祖母のレシピ本を持ってるんですけど、本格的なレシピばかりなんです。来週一度宿舎に戻るので持ってきますよ。読んでもらってコピーしてほしいレシピがあれば教えてください」

「うれしいわ！」コピーしてもらったレシピを几帳面にたたみながらハンナは言った。

「一、二時間したらまた来るわね、クレイグ。まだフロントデスクにいる？」

「ええ、六時までいます。そのあと夕食休憩をもらって仮眠をとります」

「じゃあ一、二時間後に会いましょう。新しいレシピを教えてくれてありがとう」

ハンナは微笑みながらフロントデスクをあとにした。新しいレシピに挑戦するのは大好きだし、このレシピはなかなかおもしろそうだ。このクッキーに必要な材料はすべて厨房のパントリーにある。ロニーのブラウニーに使うマカデミアナッツはどうだかわからないが。そんなことを考えていると、廊下の角を曲がったところで、反対側からやってきたローザとぶつかりそうになった。

「ごめんなさい、ローザ。レシピを読みながら歩いていたものだから」

ローザは小さく笑った。「大丈夫ですよ、ハンナ。わたしなんか何も読んでいなかったのに、あなたにぶつかりそうになったんですから」

ハンナは急いで考えた。ローザにききたいことはまだいくつかあったが、ブラウニーとクッキーをオーブンに入れてしまえば、リリーの事情聴取のまえに、ディックの手漕ぎボートを借りて湖でリラックスする時間が取れるだろう。今日は時間が足りない一日になりそうだし、ローザへの質問はまた今度にしてもいいけど……。

「あとでわたしと湖に出ませんか？」ハンナはヘッドハウスキーパーにきいた。

「湖に？」ローザは顔をくもらせた。「誘ってくださってありがとうございます、ハンナ。でも……水には近づかないことにしているので」

奇妙な答えにハンナは混乱した。「どうして？」

「わたしは……泳げませんし……湖は……父を思い出させるので」

「お父さまを？」

「はい」ローザはひどく動揺していて、ハンナは誘ったことを後悔しそうになった。「父は釣りが好きで、あるとき幼いわたしを連れて釣りに出かけました。でも、風が強くてボートが転覆してしまって……わたしはボートに引きあげられましたが、父は……溺死しました」

「まあ、ローザ！」ハンナはローザの肩に手を置いた。「そんな恐ろしいことがあったなんて！」

「ええ。父が恋しいです、ハンナ。だからわたしはドックを歩くこともできないんです。湖の近くには行きません。窓から見るぶんには平気ですが、それより近くには決して行かないようにしています」

「エデン湖で起こったの？」

ローザは首を振った。「いいえ、でもどの湖でも同じです。怖くなって、泣きだしてしまうんです」

「誘ったせいで悲しい思いをさせてしまってごめんなさいね」ハンナは謝った。

「いいえ、大丈夫ですよ、ハンナ。大昔のことですから。でも、湖に対してはこれからもずっとそう感じると思います」

ハンナはローザにさよならを告げて廊下を歩きながら考えた。ローザが話してくれたことでひとつはっきりしたことがある。ローザがソニーを殺すためにボートで湖に出たとは考えられない。

厨房に着くとまっすぐパントリーに行って、ロニーのブラウニーと新しいクッキーのレシピに必要な材料を集めた。パントリーの在庫品はきちんとグループ分けされていて、ナッツの場所を調べたハンナは顔をほころばせた。クルミのすぐ隣に、ローストした塩味のマカデミアナッツの大袋があったのだ！　マカデミアナッツがなかったら別のものを使うつもりでいたが、サリーのおかげでそうせずにすんだ。これでロニーの誕生日のブラウニーに彼の大好きなナッツを使うことができる。

材料を使う順にならべてから、殺人事件ノートを開いて、容疑者リストのローザの名前を消した。そして、材料を量って大きなボウルに入れながら、残った三人の容疑者について考えた。

まだリストにある最初の容疑者は、つねにその位置に書かれる人物、未知の動機を持つ未確認の人物だ。今のところ思い当たる人はいないので、ページをめくった。つぎの容疑者はリリーだ。ハンナはリリーについて書いたことに目を通した。

ローザによると、婚約者がブロンド女性とベッドにいるのを見つけたリリーは、服も部屋の鍵もなしで女性を廊下に放り出したという。リリーが激怒していたのは明らかだ。婚約者に裏切られたことが殺人の動機になりうるのも。リリーを第一容疑者とする要因はほかにもある。リリーはフィッシングボートとともに育ってきた。どこに行くにも自分のボートを牽引していくほどに。父親の経営するスポーツ用品店で働きながら成長し、そこで火器についての実用的な知識や使い方を学んだ。リリーはまちがいなく容疑者だ。

ハンナはあらたな材料をボウルに加えてかき混ぜた。でも、リリーは殺人者の器だろうか？　エデン湖のはるか奥まで婚約者を追いかけていって、冷血に殺すことが彼女にできたのか？　結婚の約束をした相手を処刑するほど失望していたのか？

可能性はある。それはわかっていた。裏切られた女は復讐に燃える。自分が好ましく思っているリリーがソニーを殺したとは信じたくなかったが、たしかに可能性はあった。

ブラウニーの生地はとてもいいにおいで、ハンナは指を突っこんで味見したくなった。なんとかそれをこらえて焼き型の準備をした。業務用オーブンは百七十五度にセットしてあり、そろそろ予熱が完了するころだった。

複数の型にできるだけ均等に生地を入れた。型をオーブンに入れ、必要な焼き時間をセットすると、クッキーの生地作りに取りかかるまえにカップにコーヒーを注いだ。

元気をくれる一杯を飲みながら、リリーの人生について考えた。母親なしに子供時代をすごすのは楽なことではない。だが、リリーはどの程度影響を受けたのだろう？　そのせいで愛する人への信頼を失ったのだろうか？

この手のえせ心理学的憶測をしてもどうにもならないのはハンナにもわかっていた。三人目の容疑者のページを開いて、リリーの母親であるジャネットについて書いたことを読んだ。

書かれているのは、サリーがジャネットを厨房に連れてきたとき聞いた内容だ。アンドリアがセントクラウドのスポーツ用品店に電話してわかったことも書いていた。ソニーが殺された日、ジャネットはその店の仕事をしていたという。それだけでジャネットの容疑は晴れるはずだが、ハンナはもう一度確認することにした。ジャネットはよくさまざまな場所から帳簿を持ち帰って、自宅のオフィスで仕事をするとローザは言っていた。ソニーが殺された日、ジャネットがセントクラウドの店のための仕事をしていたのはまちがいないが、実際にその店にいたのだろうか？

オーブンからよだれの出そうなにおいがただよいはじめ、ハンナはそれを吸いこんで微笑んだ。早くブラウニーを試食したくてたまらなかった。冷めたら大好きなファッジ・フロスティングを塗るつもりだが、それはあとでいいだろう。今はクレイグにもらったレシピでクッキーの生地を作って焼かなければならない。クッキー生地を作りながら、ブラウニーが焼きあがるのを待った。生地が完成すると、形成して天板にならべた。

天板をオーブンに入れた。ハンナは元気回復のためにコーヒーを飲もうと、厨房のテーブルのまえに座った。混ぜる、焼く、フロスティングを塗る作業のすべてを終えると、もうへとへとだった。新鮮な空気と日光でバッテリーを充電するために、湖に出るのもいいかもしれない。

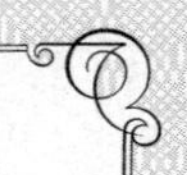

ハンナのメモその1：
薄くて塩味の、普通のポテトチップを使うこと。
焼きチップスやギザギザのもの、皮つき、手作り、
フレイバーつきのものは、脂っこくて塩辛い昔ながらの
ポテトチップよりおいしそうかもしれないが不可。

作り方

① 大きめのボウルに有塩バター、グラニュー糖、卵黄、
バニラエキストラクトを入れ、ふんわりと白っぽくなるまで
かき混ぜる（手でもできるが電動ミキサーを使うとずっと楽）。

② 中力粉を半カップずつ加え、その都度よくかき混ぜる。

③ 砕いたポテトチップ、刻んだクルミ、
ドライクランベリーを加え、よくかき混ぜる。

④ 清潔な手で直径2.5センチのボール状に丸め、
油を塗っていない天板にならべる。

⑤ グラニュー糖1/3カップを入れた小さめのボウルに
④のボール状の生地を入れて転がし、
グラニュー糖をまぶしてまた天板に戻す。
一度にたくさん入れるとくっついてしまうので、
ひとつずつおこなうこと。

ポテトチップ・クランベリー・クッキー

●オーブンを175℃に温めておく

材料

やわらかくした有塩バター……340グラム

グラニュー糖……1 1/2カップ

卵黄……2個分（卵白はふたつきの容器に入れて冷蔵し、スクランブルエッグに加えるなどする）

バニラエキストラクト……小さじ2

中力粉……2 1/2カップ（きっちり詰めて量る）

細かく砕いた塩味のポテトチップ……1 1/2カップ（砕いてから量る）

細かく刻んだクルミ……1 1/2カップ（刻んでから量る）

ドライクランベリー……1カップ（お好みでチェリー風味のものでも）

仕上げ用のグラニュー糖……1/3カップ

飾り用の、半分に切ったクルミかマラスキーノチェリー……5～6ダース

⑥ グラスの底または金属製のスパチュラに〈パム〉などの
ノンスティックオイルをスプレーし、
天板にならべたボール状の生地に押しつけて軽くつぶす。

⑦ 飾り用のクルミかマラスキーノチェリーをのせる。

⑧ 175℃のオーブンで10〜12分、
または縁が軽く色づくまで焼く。

⑨ 天板ごとワイヤーラックなどに置いて2分冷ましたあと、
天板をはずして完全に冷ます。

⑩ 濃いコーヒーか冷たい牛乳とともにテーブルへ。
〈クッキー・ジャー〉ではこのクッキーが大好評で、
クランベリー熱が高まる感謝祭のころにはとりわけ人気。

おいしいクッキー、
大きさにもよるが5〜6ダース分。

ハンナのメモその2:
このクッキーは比較的くずれにくいので持ち運びも可能。
子供が学校に持っていくお弁当のデザートにぴったり。

22

「こんにちは、ハンナ！」クレイグがロビーに入ってきたハンナに声をかけた。「祖母のクッキーはもう焼きましたか？」

「ええ、今冷ましているところよ。これから新鮮な空気を吸いに湖に出るから、戻ってきたらあなたのぶんを持ってくるわね」

「やった」クレイグは言った。そして、あらたにロビーにはいってきた人物に向かってあいさつした。「こんにちは、ジャネット」

「こんにちは、クレイグ」ジャネットが返した。「あら、ハンナ」

「ちょうどよかったわ、ジャネット」ハンナは偶然訪れた好機に微笑みながら言った。

「気分転換に湖に出ようと思っているんです。いっしょにどうですか？」

「いいわね」ジャネットはその提案に微笑んだ。「フィッシングボートをお持ちなの？」

「いいえ。でも、またディックに借りようかと思って」

ジャネットは首を振った。「その必要はないわ。ドックの端にわたしのボートがあるから。最新のウォリー・ボートよ。睡蓮の庭までそのボートで行きましょう」

「楽しそうですね。今朝わたしはディックのボートを借りましたけど、立派なものでしたよ。友人のノーマンはあなたのご主人のところのボートを借りています。ご主人がデザインするボートは美しいですね」

「ええ、そうなの。父の作るものも美しかった。ウォリーは父からボートの設計を学んだのよ。行きましょう、ハンナ。ウォリーの新作を気に入るかどうか、試してみてちょうだい」

「よろこんで！」ハンナはためらわずにジャネットの誘いを受けた。もちろんウォリーが設計した最新のフィッシングボートを見たかったというのもあるが、ジャネットに同行したかったのにはもっとずっと重要な理由があった。フィッシングボートでふたりきりになれば、ジャネットを質問攻めにする格好の機会が訪れるからだ。これよりいい状況があるだろうか？


自分の隣の広々したシートにハンナを座らせると、ジャネットは言った。「シートベルトをしたほうがいいわ、ハンナ。今日の午後の湖は少し波立っているから」

「教えてくださってありがとうございます」ハンナはシートベルトに手を伸ばして言った。

「このボートはノーマンが借りたものよりずっと大きいわ」

「借りたのはウォリー・ボートだったの？」トローリングモーターを始動させてボートをドックの外に導きながら、ジャネットは尋ねた。

「ええ、でももっと古いタイプだと思います」

ジャネットは明るい笑い声をあげた。「もちろんそうでしょうね！　これはウォリーのいちばん新しい型のものなの。これと同じボートはまだ世に出ていないのよ。来月生産がはじまるけど、来年の初めまで発売されないから」

「新作に試乗させてくださってありがとうございます！」ハンナは言った。そして、睡蓮の庭への旅をのんびりと楽しんだ。「わたし、あそこが大好きなんです。睡蓮の花が美しいから」

「ええ、そうね。今月のリリーの誕生日にちょうど見ごろを迎えるわ」

「すてきですね。だれがあそこに睡蓮を植えたのかしら。睡蓮があんなにさまざまな色があるなんて知りませんでした」

「わたしもよ。ウォリーが最高の水生植物の専門家を雇ってデザインさせたの」

「エデン湖の睡蓮の庭はご主人が作ったんですか？」

「そうよ。ミネソタ州内の釣りができる湖を十カ所選んで、リリーが生まれた直後に睡蓮（ウオーターリリー）を植えたの。あの子へのすてきな贈り物になるだろうと思ったんですって。あの人の思いつきがとてもうれしかったわ」

「ご主人はとてもいい方なんですね。奨学金のことを聞いたバリー・ウィザーズの顔をお見せしたかったわ。すごく感謝して、目に涙を浮かべていたんですよ」

「ウォリーはいつもみんなのためになることをするの」ジャネットは言った。「父の勧めで彼と結婚してほんとによかった」

「あなたはウォリーと結婚したくなかったんですか？」

「考えたこともなかったわ、父に説得されるまでは。ウォリーのことは好きだったけどね。父の会社の会計業務はすべてわたしがやっていたから、ボート会社に行くたびにウォリーとコーヒーを飲んでいた。ウォリーは父の会社の現場監督者だったの」

「彼に恋愛感情はなかったんですか？」

ジャネットは首を振った。「まったくなかったわ。大学を卒業して年ごろだったにもかかわらず、結婚にもあまり興味がなかった。結婚は……」彼女は小さく肩をすくめた。

「当時のわたしのやるべきことリストになかった」

「では、ウォリーと結婚したのはお父さまの顔を立てて？」

ジャネットは少し考えてから言った。「答えにくいことをきくのね、ハンナ。ええ、彼と結婚したのは父にしつこく勧められたからよ。実のところ、しない理由は見つからなかった。ウォリーは申し分のない相手だったし、うちの家業についてもよくわかっていた。正直、彼と結婚しない理由が見つからないから結婚したようなものだと思うわ」

ハンナは少し混乱した。「あなたはそれでよかったんですか?」

「父を信頼していたから、ウォリーと結婚するのがわたしのためになると言われればそうだと思った。ほとんど政略結婚みたいなものね。うまくいくケースもあれば、そうでないケースもある」

「あなたたちはうまくいった?」

「ええ、ありがたいことにね! ウォリーとわたしは趣味がまったく同じだった。彼はアウトドア好きで、わたしもそう。彼の好きなハンティングや釣りはわたしも楽しんでいるわ。ほんとうに似合いの夫婦だった。あのころは気づかなかったけど」

「今はウォリーを愛している……んですよね?」危ない道を歩いていると知りながら、ハンナは尋ねた。

ジャネットは振り向いて、不思議そうにハンナを見た。「気になる?」

「ええ、でも個人的すぎるというなら答えなくていいですよ。ときどき思いついたことをすぐ口に出してしまうんです、他意はありません」

ジャネットは笑った。「答えてあげるわ、ハンナ。ええ、たしかにウォリーを愛している。でも……献身のような静かな愛ね。今度はわたしが個人的な質問をさせて。だれかを愛したことはある?」

「ええ」

「それは静かな愛？　それとも、良識があれば別れるべきなのに離れられない、すべてを燃やし尽くす激しい愛？」

ここは正直にならなければならないだろう。「激しい愛です。わたしは彼に捨てられました」

「それは幸運だったわね。いずれはあなたが彼を捨てたと思う？」

「それは……わかりません」

「ときにはちょっと押してもらう必要があるのよ、それがそういう狂気じみた恋愛関係から逃れる方法」

「リリーはソニーとそういう関係にあったと思いますか？」

「ええ、わたしにはわかっていた！　わたしが何度リリーに助けを求めるべきだと言ったか知らないでしょう？　それか……せめて鎮静剤と呼ばれるものを飲むようにと」

「精神安定剤ですか？」

「ええ、そういったものよ。いろんな呼び方があるけど、あの子には不健康な感情がもたらす影響を和らげるものが必要だった。そうでなければ、ソニーの浮気のせいで頭がおかしくなっていたでしょうから」

「愛する人が自分を裏切っていると知るのは心が痛みますね」

「そのとおりよ。その狂気を抑える方法を見つけなければならない。でないと恐ろしいことが起こってしまう。わたしはリリーを愛しているし、あの子は助けを必要としていた。言って聞かせようとしたけれど、あの子はわたしの話に耳を貸そうとしなかった。自分がすべてをいちばんよくわかっていると思っていた。でもあの子は愛しすぎていた。そのせいでいずれ命を落としていたかもしれない」

「でも、ソニーが死んだ今、リリーは立ち直れると？」

間があって、ジャネットは目を細くした。少しのあいだじっとハンナを見つめたあと、キャプテンチェアの物入れに手を伸ばして銃を取り出した。「あなた……知ってるのね、ハンナ!?」

23

「どういう意味ですか？」ハンナはきいた。とっさに時間稼ぎをしていた。だれも助けにきてはくれないのに。マイクは保安官事務所で報告書を書くのに忙しいし、ノーマンは歯科クリニックでドク・ベネットのインプラントの施術を手伝っているし、アンドリアは見こみ客に家を見せている。ジャネットがハンナをどこに連れていったかを知っているのはクレイグだけで、彼はおそらくインの階上の部屋でぐっすり眠っているだろう。それでもポケットに手を入れて、携帯電話の録音ボタンを押した。

「しらばっくれないで、ハンナ。わたしがソニーを殺したとずっと疑っていたんでしょう！」

「いいえ……ちがいます」ハンナは言った。「たぶんリリーが殺したんだろうと思っていました」

「リリーが？」ジャネットは愕然とした声をあげた。「リリーはソニーに首ったけだったのよ。言ったでしょう。あの子に彼を殺せるはずがない。それどころか、来週彼と結婚するつもりだったのよ！　あのブロンドのふしだら女を部屋から蹴り出したあと、わたしに電話してきて計画を話してくれたわ」

今度はハンナが驚く番だった。「あんなことがあったのにリリーは彼と結婚したかったんですか？」

「ええ、そうよ。あの朝、あの子が部屋を出る直前に彼が目を覚まし、ふたりは話し合ったの。あんなことになったのは、きみが恋しくて寂しかったからだと彼は言ったそうよ」

「リリーはそれを信じたんですか？」

「もちろん信じたわ。そういう愚かな女はいるものよ。いつだって愛する男の言うことを信じてしまう。ソニーと結婚して、すべてのフィッシング・トーナメントに同行すれば、何もかもうまくいくとリリーはわたしに言ったわ」

「でも……どうして彼女は……」ハンナはそこまで言うと、ロスが出ていったのは自分が何かまちがったことをしたからだと、自分を責めていたことを思い出した。

「自分の経験を思い出しているのね？」ジャネットが尋ねた。

「ええ」

「話して。知りたいわ。リリーのことはもう心配いらない。また恋に落ちるまではしばらくかかるでしょう。もしそんなことがあるとしても。あの子の助けになることができてうれしいわ。わたしは娘をとても愛しているし、その愛を示す方法を探していた。ありがたいことにようやくそれを見つけたというわけ！」

ジャネットはおかしくなっている、とハンナの心の声が言った。なんとかして彼女に自分の話をつづけさせる方法を考えるのよ。そうすれば時間を稼げるかもしれない。

「あなたの言うとおりよ、ジャネット。わたしはとてもひどい経験をしたけど、わたしの気持ちはどうでもいいの。リリーのことのほうがずっと心配だわ」

「そうなの？」ジャネットはひどく驚いていた。「リリーに会ったばかりなのに？」

「ええ、でも、すぐに彼女が好きになったわ。だから、ソニーの態度を思うと、リリーが彼女にふさわしくない人と恋に落ちたことが悲しくて」

「そうなのよ！」ジャネットは微笑んだ。「娘にはどんな人がふさわしいと思う？」

「そうね、あなたのご主人のような人がいいんじゃないかしら。あなたは彼といてとても幸せそうだから」

「幸せというのが正しいかどうかはわからないけど、わたしは満足しているし、それで充分よ。ウォリーはわたしの望むものはなんでもくれる。そして、上手に面倒をみてくれる。依存症を責められたことも一度もないわ」

「当然よ！」声に真実の響きがあることを願ってハンナは言った。「あなたのせいではなかったんですもの。多くの女性が出産後はうつに悩まされる」

「お医者さまにもそう言われたけど、だからといって楽にはならなかった。薬をやめようとしたのよ、ハンナ。ほんとなんだから！　ただ、わたしはひどく落ちこむと、不安でたまらなくなるの。だから、そういう気分にならないために何かしなくちゃならないのよ」

「わかります」ハンナは言った。「そういう経験はないけど、わたしでもきっと同じように感じたと思う」

「わたしは長いあいだ家を留守にしていた」ジャネットはそう言って、またキャプテンチェアに座った。「帰してくれとたのんだけど、まだよくなっていないし、治療もすんでいないと医師に言われた。もしうちに帰ったらまた逆戻りだと警告された。娘に会いにいって腕に抱きしめたあとで、またすべてを失いたくはなかった」

「つらかったでしょうね」

「ええ！　病院に戻るたびに依存症に打ち勝つと誓ったわ。もしできなかったときは、その場でわたしを連れ去ってほしい、もう苦しませないでほしいと神に祈った」

「リリーはあなたが恋しかったでしょうね。あなたが彼女を恋しく思うのと同じくらいに」ハンナは言った。ポケットに手を入れて携帯電話がまだ会話を録音していることを確認しながら。「でもあなたは家に帰ってきた！　そして今もいる」

「ええ。そうよ。家に帰ったらすぐに薬を捨てるつもり。もう二度とこんな想いはしたくないのよ、ハンナ。ほんとうに。薬なしでやっていけるくらい強くなりたい。今回はできるとわかっているの、ソニーは死んで、リリーはもう依存症患者と暮らさなくていいんですもの」

「ソニーは薬物依存者だったんですか？」ハンナはきいた。

「いいえ、でもソニーの依存症も同じくらい危険だった。飲酒をやめられなかったの。リリーが話してくれた。結婚したら治療施設にはいると約束したけど、彼は意志が弱かった。うまくいきっこないわ。一週間ほどは禁酒できても、また飲みはじめるに決まってる！　そうなるのはわかってるのよ」ジャネットはあきらめたようにため息をついた。「わたしもそうだったから」

「ソニーには治療が効かなかっただろうと思うんですね？」

「まちがいないわ！　治療を終えてうちに帰っても、ストップウォッチが必要なほどの速さでまたお酒に手を出していたでしょうね！　娘に愛するウォリーのような人生を歩ませるわけにはいかない。依存症患者との暮らしは地獄よ、ハンナ。依存症であることと同じくらいつらいかもしれない。ソニーのせいでかわいい娘にそんな思いをさせるわけにはいかなかったのよ！」

「リリーを守るためにソニーを殺したと？」

「そうよ！　彼がこれ以上娘を傷つけるまえに殺さなければならなかった。わかるでしょう？」

「わかると思います」ハンナは言った。

「それならよかった」ジャネットは覚悟を決めたように見えた。「立ちなさい、ハンナ。睡蓮の庭を見てほしいの。今の時期はとても美しいわ。ソニーを殺したのと同じ方法であなたを殺してあげる。彼にも睡蓮の庭を見せたのよ」

目のまえに立ったジャネットを見て、ハンナはあらゆる技を駆使して彼女に話をつづけさせなければと思った。一艘のボートがすごい速さでこちらに向かっていたからだ。ジャネットが振り向いたらそれに気づいてしまう。そうさせないために、最初に頭に浮かんだことを口にした。「ソニーは睡蓮の庭を美しいと思ったかしら？」

「それを聞いてどうしようっていうの？」ジャネットが不思議そうにきいた。

「ちょっと知りたくなって。ソニーはそういうことに気づくタイプじゃなさそうだから」

「とても観察力があるのね、ハンナ」ジャネットは言った。「あなたの言うとおりよ。ソニーはわたしの娘のような美しいもののよさがわからず、破壊するような男よ」彼女は少ししてからつづけた。「睡蓮の庭をごらんなさい、ハンナ。最後に美しいものを見せてあげたいの」

「でも、わたしを殺す必要はないでしょう、ジャネット」ハンナは避けられない事態をできるかぎり遅らせようとして言った。「あなたが娘を守るためにソニーを殺さなければならなかったことは、きっと理解してもらえる」

「そうかもしれないけど、あてにはならないわ。でも、あなたはわたしが彼を殺したことをだれにも話せない。死人に口なしだから」

ハンナはボートの縁に手を伸ばしてしっかりつかまった。こちらに向かっているフィッシングボートはスピードをあげており、今にもぶつかりそうだった！

大きな激突音とともに、フィッシングボートがぶつかってきた。ハンナは衝突に備えていたが、ジャネットはちがった。彼女がバランスをくずしている隙に、ハンナは銃身をつかみ、ジャネットの手から銃を奪い取った。ジャネットは体勢を立て直しかけたところへ頭から漁網をかぶせられ、ボートの床に引き倒された。

「助けにきたぞ！」と声がして、パトロール船が横にならんだ。ロニーがジャネットのボートの縁をつかみ、マイクが乗りこんでジャネットに手錠をかけた。

ハンナはシートにへたりこんだ。震えながら深呼吸を繰り返して落ちつこうとした。また殺人者と対決してしまった。今回はほんとうにあと少しで命を失うところだった。救援隊の到着があとわずかでも遅かったら、今ごろ生きていなかっただろう。

「大丈夫か、ハンナ？」マイクが声をかけた。

「今のところは」ハンナは答えた。「どうしてわたしの居場所がわかったの？」

「アンドリアが内見から戻ると、部屋にきみはいなかった。それで探しに出かけたんだ」マイクが説明した。「彼女は厨房できみの殺人事件ノートを見つけた。容疑者のページのいちばん上に書かれていたのはジャネット・ウォレスの名前だった。アンドリアはぼくに電話したあと、クレイグと話し、きみがジャネットと睡蓮の庭に向かったことを知った。あとから来るようにとぼくたちに指示を残して、クレイグとアンドリアはひと足先にボートでここに向かったというわけだ」

ハンナは妹のほうを見た。アンドリアは漁網のハンドルをつかんだまま満面の笑みを浮かべていた。

「わたし、忘れてなかったわよ！」アンドリアは言った。「釣った小魚を網でつかまえるなんてばかばかしいと思っていたけど、父さんに言われたことは結局役に立ったわ！」

ハンナは笑った。「お手柄よ、アンドリア。今回は大物をつかまえたわね！」

24

その夜はお祝いごとがふたつあった。もちろんひとつはロニーの誕生日だが、ソニー殺害事件の捜査が無事終了したことも祝うことになった。ジャネットは保安官事務所の留置場に入れられ、ロニーとマイクをふくめた全員が、〈レイク・エデン・イン〉のダイニングルームの大きなテーブルを囲んだ。

ディナーはすばらしく、一同はディックの最高のシャンパンでロニーに乾杯した。みんなが満足げに椅子に背を預けると、ウェイターが希望者のためにコーヒーを運んできて、それ以外の人たちのために食後の飲み物の注文を取った。ミシェルからプレゼントはなしでと言われたので、ハンナはロニーのために焼いたブラウニーをミシェルに預け、あとで彼にわたしてもらうことにした。

「そろそろロニーのお誕生日のための特別なデザートをお出しするわね」サリーがテーブルに来て言った。「オーブンから取り出したところだから、すぐに運ばれてくるわよ。デザートがはいる場所は取ってあるかしら、ロニー。熱々を食べてもらいたいから、持ち帰りはできないんだけど」

「ぼくはマイクと同じですよ」ロニーが言った。「デザートがはいる場所はいつでもあります。どんなデザートですか、サリー？」

「バタースコッチ・サンデーケーキよ」

「バタースコッチ？」ロニーは笑顔になった。「バタースコッチ味のものは大好物ですよ！」

　サリーは笑みを返した。「知ってるわ。お母さまに電話して、あなたの大好きな味をきいたんだもの。リストのいちばん上にくるのはバタースコッチだと言われたわ」

「私のリストでもいちばん上だよ」ドクはロニーにそう言ったあと、サリーに向き直った。「サンデーケーキというのは何かな？　聞いたことがないが」

「すぐにわかるわ、今来たから」サリーはデザートカートを運んできたふたりのウェイターを示して言った。「準備はできてる？」彼女はウェイターたちにきいた。

「はい」ウェイターのひとりが答え、トレーのカバーを取ると、そこにはアルミ型にはいった小型ケーキがならんでいた。

　サリーは鍋つかみで型のひとつをつかんでデザート皿の上に伏せて置き、型の底を押してケーキを出した。もうひとりのウェイターにそれをわたし、彼がフォークでケーキの上部を割って開くと、温かいバタースコッチの香りが広がった。

ロニーは顔をほころばせ、ウェイターがケーキの上にひとすくいのバニラアイスクリームをのせると、笑みがさらに広がった。「たまらないな！」彼はデザート皿を受け取りながら言った。「食べるのが待ち切れないよ！」

「待たないで」サリーは言った。「ほかの人たちのぶんを用意しているあいだにとけちゃうから。あなたの誕生日なんだから、いちばんに食べてちょうだい」

サリーが皿にケーキを出し、ウェイターが上部を開いてアイスクリームを盛っているあいだに、ロニーは最初のひと口を味わった。「最高だ！」彼はうっとりしながら言った。

サリーとウェイターたちがすぐにほかの人たちにもデザートを出すと、同じ笑みがみんなの顔にも浮かんだ。ふたりのウェイターと入れ替わりに、別のウェイターがお代わり用の大きなコーヒーポットと、コーヒーを飲まない人が注文した食後の飲み物をのせたデザートカートを運んできた。

「デザートが足りないといけないから、わたしのお気に入りもふたつ用意したの」サリーが言った。「わたしもごいっしょさせてもらってコーヒーを一杯いただくわ。追加のデザートは持ち帰りもできるわよ」

「どんなデザートなの？」ミシェルがきいた。

「ヨーロピアン・ピーチケーキとスクール・アップルパイ」

「エドナのスクール・アップルパイ？」ミシェルが反応する。

「そうよ。彼女にレシピをもらったの。普通のアップルパイよりもたくさんの人にいきわたるから、ビュッフェにぴったりなのよ」

ロニーがサリーに言った。「それもひと切れずつ包んでください。スクール・アップルパイは高校を卒業して以来食べてないから」

「わたしもひと切れずつほしい！」ミシェルが言った。

みんなが好みを伝え、サリーがデザートを持ち帰り用に包むあいだ、ハンナはゆったりと座って会話に耳を傾けた。「デザートカートのことは心配しないで、サリー」デザートを包み終えたサリーにハンナは言った。「わたしが帰るとき厨房に戻して、残ったデザートは冷蔵庫に入れておくから。そうすればアンドリアとわたしが早朝のオーブン仕事のためにおりてきたとき、朝食に食べられるでしょ」

みんながお土産のデザートを受け取ったあと、パーティはお開きとなった。ハンナは帰ろうとするミシェルを引き止めた。「ロニーの誕生日プレゼントには何をあげたの？　すごく知りたいんだけど」

「教えてあげるけど、姉さんのアパートのリフォーム作業が終わってからね」

「バーに寄って飲み物を注文しようか？」ほとんどの人が帰ったあとで、ノーマンがハンナにきいた。

ハンナはうなずいた。「いいわね。わたしはお酒じゃなくてレモネードにする。飲み物をロビーに持ってきてもらえる？　少ししたら行くから」

　だれもいなくなると、ハンナはデザートカートを押して廊下を進み、厨房に向かった。残ったデザートを冷蔵庫にしまうと同時に厨房のドアが開き、マイクがはいってきた。

「少し時間あるかな？」彼はきいた。「どうしても聞いてもらいたいことがあるんだ、ハンナ」

「いいわよ」ハンナはすぐに応じた。「なんの話かしら、マイク？」

「ぼくは今回の殺人事件を解決できなかった。ロニーにもできなかっただろう。だからきみに感謝したいんだ、手伝ってくれたことに……」マイクはことばを切って首を振った。「手伝うというのはちがうな。事件を解明してくれてありがとうと言うべきだな」

「どういたしまして」彼が悩んでいる様子なのに気づいて、ハンナは言った。「こちらこそ、湖に助けにきてくれてありがとう。そうしてくれなかったら今夜ここにいられなかったわ」

　マイクは認めてうなずいた。「ここに来たのは、捜査チームを再編成するつもりだと伝えるためだ。新入りのことでリックと話したところ、彼もぼくと同じで、現場は務まらないだろうという意見だった。でも、文書事務は得意なようだから、ビルのアシスタントには最適だと思う」

「なるほどね。でも、新人さんがビルのアシスタントになったら、リックのパートナーがいなくなるわ」

「ロニーにはまだ言ってないけど、彼をリックのパートナーにするつもりだ。兄弟のチームだからうまくいくだろうし、主導役は交代で務めればいい」

ハンナは眉をひそめた。「ふたりはとても仲がいいからいいチームになると思うけど、あなたはだれと組むことになるの？」

「だれとも」

ハンナは混乱した。「つまり……あなたはひとりで事件を捜査するってこと？」

「いいや。ロニーとリックがうまくやれるか、新人がビルのいいアシスタントになれるか確認するのに一週間ほどかかるだろう。すべてがうまく運んだら、そのあとはビルに辞職すると伝えるつもりだ」

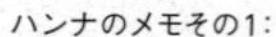

ハンナのメモその1:
食料雑貨店で売っているアルミホイルの使い捨てポットパイ型を使うと、
かなり楽なことがわかった。デザート皿かボウルの上でひっくり返し、
鍋つかみで型の底を押すだけでケーキが型からはずれる
(ポットパイ型は少し高いが、ケーキが早く取り出せるし、
型は洗えば何度か使える)。

準備:
使う型の内側に油を塗る。
小麦粉入りのノンスティックオイルをスプレーしてもよい。
その場合は一度スプレーしたあと、
数分乾かしてからもう一度スプレーする。

作り方

① 耐熱ボウルに有塩バターとバタースコッチチップを入れ、
電子レンジ(強)で90秒加熱する。
鍋つかみを使って取り出し、かき混ぜる
(バタースコッチチップはとけていても形をとどめているときがある)。なめらかになっていたら、キッチンカウンターに置いて
冷ます。まだとけていないときは、 20秒加熱して
かき混ぜる工程をとけるまで繰り返す。

② ボウルが手でさわれるくらい冷めたら、
卵黄4個分を加えてよくかき混ぜる。

③ 全卵5個を1個ずつ加え、その都度よくかき混ぜる。

④ グラニュー糖を加えてよくかき混ぜる。

⑤ 中力粉を加え、だまがなくなってなめらかになるまで混ぜる。

⑥ 用意した型に生地をできるだけ均等に注ぎ入れる。

バタースコッチ・サンデーケーキ

●オーブンを260℃に温めておく

材料

有塩バター……227グラム

バタースコッチチップ……1 1/2カップ
（227グラム。わたしは〈ネスレ〉のものを使用）

卵黄……4個分（卵白はふたつきの容器に入れて冷蔵し、
スクランブルエッグに加えるなどする）

全卵……5個

グラニュー糖……1カップ

中力粉……1カップ（きっちり詰めて量る）

バニラアイスクリームまたはチョコレートアイスクリーム……適量

型について：
ラージサイズの深いマフィン型を使ってもいいが、
カップを押し出せない硬い型の場合は、スープ用スプーン2本を
ペンチのように使ってケーキを取り出すことになる。
ラージサイズのマフィン型を使う場合は9個のケーキができる。
カップが取りはずせるタイプのものならポップオーバー型も使えるが、
ケーキを取り出すにはカップの内側にナイフをすべらせてから
ひっくり返す必要がある。
ひとり用のスフレ型も使えるが、やはりスープ用スプーン2本を使うか、
ナイフをすべらせてケーキを型から出す必要がある。
スフレ型を使う場合は小さめなら8個、
大きめなら6個のケーキができる。

⑫ ケーキをテーブルに運び、バニラアイスクリームか
チョコレートアイスクリームをすくってケーキの上に盛る。
濃いホットコーヒーか冷たい牛乳といっしょに出して
絶賛を浴びる。

ラージサイズのマフィン型なら9個、
ラージサイズの取りはずせるポップオーバー型なら6個、
スモールサイズのスフレ型なら8個、ラージサイズのスフレ型なら6個、
使い捨てのアルミホイルのポットパイ型なら6個分。

ケーキが残ったら電子レンジで温め直すことができるが、
同じものにはならない。それでもおいしいが、
まんなかはしっとりしたケーキのようになる。

ハンナのメモその4:
もっと豪華にするなら、パンケーキ用のベリーソースを作って、
大きめのデザート皿の縁に模様を描き、
まんなかにケーキを置く。

⑦緑のある天板にアルミホイルを敷き、
その上に型を置く。

⑧260℃のオーブンできっちり7分焼く。
それ以上でもそれ以下でもいけない。タイマーを使用し、
焼いているあいだオーブンの扉を開けないこと。

ハンナのメモその2:
このレシピの成功は、
短時間に高温で均等に焼くことにかかっている。
目標は外側だけに火がとおり、内側にはとけた
熱いバタースコッチが詰まっている状態。

⑨タイマーが鳴ったらすぐに天板ごとケーキを
オーブンから取り出し、ワイヤーラックなどに置く。

ハンナのメモその3:
オーブンから取り出したとき、
ケーキの中央はふるふるしているが、心配はいらない。
それで正解だから。

⑩2分待ってわずかに固まったら、鍋つかみを使って
デザート皿かデザートボウルの上でひっくり返す。

⑪2本のフォークでてっぺんを割り、
なかのソースを流出させる。

作り方

① 用意したケーキ型の底に桃のスライスをならべる。

ハンナのメモ：
この生地は手でも作れるが、電動ミキサーでも作れる。
〈クッキー・ジャー〉では一度に4個作るので
電動ミキサーを使用。

② ボウルに卵と植物油を入れ、とろりとするまでかき混ぜてから、
グラニュー糖を入れて混ぜる。

③ バニラエキストラクト、ベーキングソーダ、シナモンパウダー、
塩を加えて混ぜる。

④ 中力粉を1カップずつ加え、その都度よくかき混ぜる。

⑤ ボウルの内側をこそげ、最後にひと混ぜする。

⑥ 大きめのスプーンで生地をすくい、
ならべた桃の上に落とす（焼いているうちに広がるので、
桃が完全に隠れなくても心配いらない）。

⑦ 175℃のオーブンで60分焼く
（わたしは50分しかかからなかった）。

⑧ オーブンから取り出して、型ごとワイヤーラックなどに置いて
冷ます。

ヨーロピアン・ピーチケーキ

●オーブンを175℃に温めておく

材料

冷凍の桃のスライス……4カップ

卵……3個

植物油……1カップ

グラニュー糖……2カップ

バニラエキストラクト……小さじ1

ベーキングソーダ（重曹）……小さじ1

シナモンパウダー……小さじ2

塩……小さじ1/2

中力粉……2カップ（きっちり詰めて量る）

準備：

① 冷凍の桃のスライスを4カップ量り、
ざるに入れて解凍させる。
厚手のペーパータオルで水気を拭く。

② 23センチ×33センチのケーキ型の内側に
〈パム〉などのノンスティックオイルをスプレーする。

フロスティング

材料

やわらかくしたクリームチーズ……227グラム
（ホイップしていないブロックタイプのもの）

バニラエキストラクト……小さじ2

レモン汁……大さじ1（できればしぼりたてのもの）

とかした有塩バター……57グラム

粉砂糖……2カップ（大きなかたまりがなければふるわなくてよい）

作り方

① クリームチーズを冷蔵庫から出しておくのを忘れたら、耐熱ボウルに入れて電子レンジ（強）で20秒加熱する。やわらかくなっているか確認し、やわらかくなければさらに15秒ほど電子レンジにかける。

② バニラエキストラクト、レモン汁、とかしたバターを加えてなめらかになるまで混ぜる。

③ 粉砂糖を半カップずつ加え、その都度固さを確認する。フロスティングがゆるくて流れてしまうのも、固くてケーキからたれないのも不可。

④ ちょうどいい固さになったら（わたしは粉砂糖を全量使わなかった）、ケーキにかける。このフロスティングはとても寛容。ゆるければ粉砂糖を足し、固すぎたらレモン汁かバニラエキストラクトを少量加える。

おいしいケーキ、大きさにもよるが四角く切り分けて少なくとも12個分。

スクール・アップルパイ

●オーブンを175℃に温めておく

ハンナのメモその1:
このレシピはエドナ・ファーガスンからもらった。
レイク・エデン学区のコック長のエドナは、
学校のランチ用にこのパイを作っている。
23センチ×33センチのケーキ型で作るレシピ。

材料

クラスト……冷凍のパイシートを2パック買うか、
好みのレシピで作る

フィリング:

グラニュー糖……1 1/2カップ

中力粉……1/2カップ(きっちり詰めて量る)

おろしたナツメグ……小さじ1/4(できればおろしたてのもの)

シナモンパウダー……小さじ1
(だいぶまえに買ったものなら新しいものを買うこと!)

おろしたカルダモン……小さじ1/4

塩……小さじ1/2

皮をむいて芯を取り、スライスしたリンゴ……4カップ
(わたしは緑色のグラニースミスとフジ、またはガラのリンゴを混ぜて使う)

レモン汁……小さじ2

冷たい有塩バター……113グラム

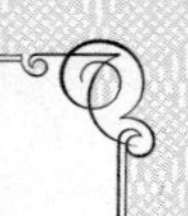

⑤ フレンチクランブルを作る。中力粉、さいの目に切った冷たい有塩バター、ブラウンシュガーをフードプロセッサーに入れ、断続モードで細かくなるまで混ぜ、ボウルにあける。

⑥ フレンチクランブルをつかんで④の上から振りかける。

⑦ 175℃のオーブンで50分、またはフレンチクランブルが色づくまで焼く。

ハンナのメモその2:
出来あがりを確かめるには、ナイフの先をパイに刺す。
リンゴがやわらかくなっていれば出来あがり。

⑧ オーブンから取り出してワイヤーラックなどに置く。30分から1時間冷ましてから切り分ける。

最高においしいパイ、四角く切り分けて少なくとも16個分。
金属のスパチュラで簡単に型から取り出せて、
デザートボウルに(または学校の食堂のデザートコーナーのトレーに)
入れることができる。

ハンナのメモその3:
温かいうちに出すなら、甘いホイップクリームや
バニラアイスクリームを添えてもすごくおいしい!

フレンチクランブル：

中力粉……1カップ（きっちり詰めて量る）

冷たい有塩バター……113グラム

ブラウンシュガー……1/2カップ

準備：

① 冷凍のパイシートを買った場合はパッケージの指示に従って解凍する。
② 大きめのまな板にパイシートを置き、
38センチ×43センチ以上の大きさに延ばす。
③ ケーキ型に敷き、底と側面にぴったりくっつける。

作り方

① グラニュー糖、中力粉、スパイス、塩をボウルに入れて
あわせておく。

② リンゴを大きめのボウルに入れ、レモン汁をかけて手であえる。
①の粉類を振りかけ、手でさらにあえる。

③ 用意したパイ生地のなかに②のリンゴを入れる。
対称的にならべてもいいし、ただ入れるだけでもいい。
最後にボウルに残った粉類を上から振りかける。

④ 冷たい有塩バターをさいの目に切り、リンゴの上に点々と置く。

訳者あとがき

〈お菓子探偵ハンナ〉シリーズ邦訳第二十五弾、『キャラメル・ピーカンロールは浮気する』をお届けします。

エデン湖でウォールアイ（スズキ目の大型淡水魚）を釣るフィッシング・トーナメントが開催されることになり、イベント会場となる〈レイク・エデン・イン〉には参加者たちが続々と集まってきます。主催者のウォリー・ウォレスはミネソタの実業家で、ボート製造・釣り具・スポーツ用品店チェーンのオーナー。タレントを起用した釣り番組も制作していて、その番組のスター、ソニー・バウマンもトーナメントを盛りあげるためにゲストとして参加するといいます。インのオーナーであるサリーにたのまれて、イベント期間中、妹のアンドリアとともに不在のデザートシェフの代わりを務めることになったハンナ。お酒がはいると女性に言い寄る傾向がある尊大なスターにたじたじとなりながらも、おおむね楽しく仕事をしていましたが、気分転換に出かけたエデン湖の睡蓮群生地で、やっぱり見つけてしまうのです。そう、死体を。ハンナはデザートシェフを務めながら、自身もトーナメントにエントリーしているノーマンや、アンドリアと協力して事件の真相を探ります。今回もお菓子探偵は大忙しです。

ハンナがインでの仕事を引き受けたのには、友だち以上恋人未満のノーマンの家に愛猫モシェともども居候中で、今後どうするか悩んでいるせいもありました。とりあえず一週間のイベント期間中はインに宿泊することになったので、居候の気まずさからは解放されます。ハンナが自宅に住めなくなったのは、元夫のロスのせいなのですが、二章でそのあたりの事情がダイジェストで紹介されていて、初めてこのシリーズを読む方にもなんとなくわかるようになっています。

今回ハンナの助手として活躍するアンドリア（不動産エージェントで二児の母）は、いつのまにかお菓子作りが得意なキャラになっていて、オリジナルのクッキーをインの厨房で作ったりもしています。以前はお料理オンチだったのに、今ではお菓子作りをはじめとしたお料理全般に興味津々で、どうやら褒められると伸びるタイプのようです。探偵の助手としてもなかなかシュアな働きをしています。

成長著しいアンドリアとは対照的に、大丈夫だろうかと心配になってしまう人もいます。ハンナのもうひとりのボーイフレンドのマイクです。保安官助手のマイクには何か悩みがあるようで、再三ハンナに相談しようとしています。食いしん坊キャラなのに、手にしたクッキーをなかなか食べようとしなかったり、明らかにおかしい！　ラストでは驚きの告白も飛び出します。どうした、マイク！　と言いたくなってしまうかも。

今回のレシピでいちばん気になっていたのが、〈レイク・エデン・イン〉でフロント係のアルバイトをしているクレイグのおばあさんが、彼の誕生日にいつも作ってくれるというポテトチップ・クランベリー・クッキー。甘いクッキーとしょっぱいポテトチップのマリアージュはどんなものなのかと興味津々でした。〈クッキー・ジャー〉の定番商品チョコチップ・クランチ・クッキーにはコーンフレークを使いますが、これは砕いたポテトチップを使います。さっそく試作したところ、さっくりもっちり食感と甘じょっぱさがあとを引く、最高においしいクッキーでした。訳者がこれまで試作したなかでベスト3にはいるかも（ちなみにあとのふたつは『プラムプディングが慌てている』のチョコレート・ラズベリー・トリュフと『シナモンロールは追跡する』のシンコ・デ・ココア・クッキー）。作り方も簡単なのでお勧めです。レシピの分量をすべて1／4にしたところ、ちょうど十二枚ぶん（家庭用オーブンの天板一枚ぶん）でした。バターの量も八十五グラムと比較的少量です。どうです？　これなら作ってみたくなりませんか？

今後のシリーズについても少しご紹介しましょう。本書のつづきが描かれる〝*Pink Lemonade Cake Murder*〟では、レイク・エデンで野球のトーナメントが開催されます。地元高校の野球チームはもちろん、元プロ野球選手も参加するイベントで、招待選手である元ミネソタ・ツインズの投手、ノーノーことバーニー・フルトンに注目が集まります。ノーノーは三年まえのカウンティフェアでハンナの母ドロレスをダンクタンクの水槽に落としたという〝前科〟があり（ダンクタンクはボールを投げて牛の目に命中させると椅子に座った人間が水槽に落ちるというもの。『キーライム・パイはため息をつく』参照）、ドロレスとは犬猿の仲。球界を追われる原因となった黒い噂もあります。ドロレスとノーノー、因縁の対決となるか、マイクの問題は解決するのか。

今年の春には〝*Chocolate Chip Cookie Murder*〟の二十五周年記念版も刊行予定とか。コージーミステリ界にハンナが登場してからなんと早くも四半世紀が経とうとしているのですね。シリーズはこれからもつづきます。

二〇二五年一月

〈ハンナ・スウェンセン・シリーズ〉

Chocolate Chip Cookie Murder　2001『チョコチップ・クッキーは見ていた』

Strawberry Shortcake Murder 2002『ストロベリー・ショートケーキが泣いている』
Blueberry Muffin Murder 2002『ブルーベリー・マフィンは復讐する』
Lemon Meringue Pie Murder 2003『レモンメレンゲ・パイが隠している』
Fudge Cupcake Murder 2004『ファッジ・カップケーキは怒っている』
Sugar Cookie Murder 2004『シュガークッキーが凍えている』
Peach Cobbler Murder 2005『ピーチコブラーは嘘をつく』
Cherry Cheesecake Murder 2006『チェリー・チーズケーキが演じている』
Key Lime Pie Murder 2007『キーライム・パイはため息をつく』
Carrot Cake Murder 2008『キャロットケーキがだましている』
Cream Puff Murder 2009『シュークリームは覗いている』
Plum Pudding Murder 2009『プラムプディングが慌てている』
Apple Turnover Murder 2010『アップルターンオーバーは忘れない』
Devil's Food Cake Murder 2011『デビルズフード・ケーキが真似している』
Cinnamon Roll Murder 2012『シナモンロールは追跡する』
Red Velvet Cupcake Murder 2013『レッドベルベット・カップケーキが怯えている』
Blackberry Pie Murder 2014『ブラックベリー・パイは潜んでいる』
Double Fudge Brownie Murder 2015『ダブルファッジ・ブラウニーが震えている』

Wedding Cake Murder　2016『ウェディングケーキは待っている』（ここまでヴィレッジブックス）
Christmas Caramel Murder　2016
Banana Cream Pie Murder　2017『バナナクリーム・パイが覚えていた』（ここからmirabooks）
Raspberry Danish Murder　2018『ラズベリー・デニッシュはざわめく』
Christmas Cake Murder　2018
Chocolate Cream Pie Murder　2019『チョコレートクリーム・パイが知っている』
Coconut Layer Cake Murder　2020『ココナッツ・レイヤーケーキはまどろむ』
Christmas Cupcake Murder　2020
Triple Chocolate Cheesecake Murder　2021『トリプルチョコレート・チーズケーキが噂する』
Christmas Dessert Murder　2021
Caramel Pecan Roll Murder　2022　本書
Pink Lemonade Cake Murder　2023

謝辞

以下の方たちに感謝します。

この本を執筆中のわたしにがまんしてくれた拡大家族。

わたしのレシピのいくつかを勇敢にも試食し、子供たちにまで勧めてくれたトルーディ・ナッシュとその夫のデイヴィッド。トルーディはブルサンチーズ詰めスペシャル・マッシュルームのレシピを考案してくれました。

友人たちとご近所さんたち：メル＆カート、ジーナ、ディー・アップルトン、ジェイ、リチャード・ジョーダン、ローラ・レヴァイン、本物のナンシー＆ヘイティ、ダン、フォー・ライブラリーのマーク＆マンディ、グローヴズ会計事務所のダリルとそのスタッフ、ＳＤＳＡのジーンとロン、ホームストリート銀行の友人たち。

ミネソタの友人たち：ロイス・マイスター、ベヴ＆ジム、ヴァル、ルサーン、ドロシー＆シスター・スー、メアリー＆ジム。

編集者のジョン・スコナミリオ。彼の忍耐力は尽きることがないようで、その的確な意見にはほんとうに助けられました。

つねにわたしを支え、賢明なアドバイスをくれるメグ・ルーリーとジェイン・ロトローゼン・エージェンシーのスタッフ。

ハンナに探偵活動とおいしいもの作りをつづけさせてくれる、すばらしいケンジントン出版のみなさま。

制作のロビンと広報のラリッサ。ふたりともこれ以上ないほどハンナシリーズを支えてくれています。

おいしそうなキャラメル・ピーカンロールの装画を描いてくれたヒロ・キムラ。わたしが作ったものもこんなふうに見えるといいんだけど！

ハンナシリーズのゴージャスな装丁を担当しているケンジントンのルー・マルカンジ。ほんとうにいつもおいしそう。

ハンナの動画およびテレビの配信を手がけ、ハンナのソーシャルメディアに登場し、わたしの息子でもいてくれるPlaced4Successのジョン。

わたしのウェブサイトwww.joannefluke.comのデザインおよび管理、そしてハンナのソーシャルメディアのすべてをサポートしてくれるタミー・チェイス。

レシピを試作し、最終テストをしてくれるキャシー・アレン。

幸せな長い年月のあいだ、ハンナとわたしの力になってくれたＪＱ。

ハンナの帽子、バイザー、エプロン、トートバッグにすてきな刺繍（ししゅう）をしてくれる、ベスとミシン軍団。

アリゾナ州スコッツデールのポイズンド・ペン書店での出版記念パーティや、フェニックスのＫＰＮＸテレビのお料理コーナーで手腕を発揮してくれた、フードスタイリスト兼友人兼メディアガイドのロイス・ブラウン。

美しく、何事にも動じない『アリゾナ・ミッドデイ』のプロデューサーでありホストでもあるデストリー。

ソーシャルメディアに関して専門的なサポートをしてくれるデビー・Rと、チーム・スウェンセンのみなさん。

本に出てくる医療および歯科医療関係の質問に答えてくださった、ドクター・ラハール、ドクター・ユーマリ、ドクター・キャシー・ライン、ドクター・レヴィ、ドクター・コスロウスキー、ドクター・アシュリー＆リー。

そして、ハンナシリーズを読み、家族のレシピをシェアし、JoanneFlukeのフェイスブックにコメントし、ハンナのドラマを見てくれるすべてのハンナファンにハグを。

訳者紹介　上條ひろみ

英米文学翻訳家。おもな訳書に本書をはじめとするジョアン・フルーク〈お菓子探偵ハンナ〉シリーズ、クリスティン・ペリン『白薔薇殺人事件』、エリー・グリフィス『窓辺の愛書家』『見知らぬ人』（東京創元社）など多数。

キャラメル・ピーカンロールは浮気(うわき)する

2025年1月15日発行　第1刷

著　者　ジョアン・フルーク

訳　者　上條(かみじょう)ひろみ

発行人　鈴木幸辰

発行所　株式会社ハーパーコリンズ・ジャパン
東京都千代田区大手町1-5-1
04-2951-2000（注文）
0570-008091（読者サービス係）

印刷・製本　中央精版印刷株式会社

定価はカバーに表示してあります。

ISBN978-4-596-72237-9

mirabooks

バナナクリーム・パイが覚えていた
ジョアン・フルーク
上條ひろみ 訳

ハネムーンクルーズを満喫中のハンナに、母が死体を発見したとの連絡が入る。大急ぎでレイク・エデンに戻ったハンナは、独自に事件の調査を開始するが…。

ラズベリー・デニッシュはざわめく
ジョアン・フルーク
上條ひろみ 訳

殺人に使われたのは、夫のロスに送られてきた毒入りチョコレート!? ハンナは夫のゆくえと事件の両方の調査を始めるが、思いがけない事実が次々と発覚し…。

チョコレートクリーム・パイが知っている
ジョアン・フルーク
上條ひろみ 訳

ハンナは傷つき悲しみに暮れていた。ロスの最悪な嘘が発覚したのだ。家族や友人たちの優しさに支えられ、なんとか立ち直ろうとしていたその矢先、信じられない事件が起きて…。

ココナッツ・レイヤーケーキはまどろむ
ジョアン・フルーク
上條ひろみ 訳

末妹ミシェルの恋人で保安官助手のロニーが殺人事件の第一容疑者!? 事件の担当刑事がいないという前代未聞の事態のなか、ハンナは独自に事件の調査をしはじめたけれど…。

トリプルチョコレート・チーズケーキが噂する
ジョアン・フルーク
上條ひろみ 訳

レイク・エデンのトラブルメーカー、バスコム町長が殺された。住人に話を聞けば聞くほど、容疑者候補は増えていき…どうする、ハンナ!? シリーズ24弾。

没落令嬢のためのレディ入門
ソフィー・アーウィン
兒嶋みなこ 訳

両親を亡くし借金を抱え、幼い妹たちの面倒を見なければいけないキティ。家族のため裕福な相手と結婚しようと社交界へ飛び出すが、若きラドクリフ伯爵に敵意を向けられ…。